我遇到你

敬一丹 / 著

长江出版传媒　长江文艺出版社

北京长江新世纪文化传媒有限公司
www.cjxinshiji.com
出品

与《焦点访谈》同行 20 年。
这只著名的大眼睛,关注着纷繁世界。

图1：朱镕基总理说，《焦点访谈》像一面镜子，照映出很多社会真实情况，现在农村老百姓和干部打交道有句口头语："你听不听？不听，我们《焦点访谈》见！" 1998年10月7日，《焦点访谈》迎来朱总理。

图2：1997年，香港回归，中央电视台72小时直播的四位总主持人。

图1：早期《东方时空》的主持人和最早的制片人孙玉胜。

图2：我们本来是同事，在这里相遇，却是三个身份：政协委员崔永元；人大代表敬一丹；记者柴静。

图3：连续15年的两会，我都是一边作为代表开会，一边作为记者报道。我用一个出席证，就可以省一个记者证，同事笑我："大姐，你这是潜伏啊！"

四川越西大营盘村,又称麻风村。
凉山各个角落的麻风病人集中在这里进行康复治疗,病人康复以后,
就留下安家落户,结婚生子,逐渐繁衍成一个村落。
麻风村的很多孩子从没走出去看过外面的世界。
穿着校服的女孩和同学们,将是未来改变麻风村的一代。

图1:"我们这儿200口人,300条腿。"中越边境的云南文山,战争过后,百姓生活愈加困难。村庄周围遍布地雷,很多乡亲受到伤害。

图2:河北灾区严冬中的教室。孩子们包裹得严严实实,小姑娘在念:"春眠不觉晓,处处闻啼鸟。"

图1：在漫无边际的沙漠中，月牙泉竟然存在了千百年，这是一个奇迹。专家告诉我们，人们曾经从月牙泉大规模抽水灌溉农田，致使南岸崩塌，泉眼堵塞。它就像一个少女，瞬间变得沧桑。该为泉哭，还是为人哭？

图2：直播中！这是广西灵渠，水在这里分手，一路奔向湘江，一路奔向漓江。凡是在江河湖海的分离处、汇合处，我总是莫名地激动，好像感受到血脉相连。

图3：长征路上的公益组。我们的任务是探访老红军。左二，公益组负责人刘宇，左三，小崔。

图1：2003年，在《电影传奇》里，小崔让我演警察。长影场工说："敬大姐的眼神和《焦点访谈》一样一样的！"

图2：《电影传奇》里，我扮演《奇袭》中的阿妈妮，小崔扮演志愿军伤员。一看小崔，我就忍不住笑场。

图1：2015年两会期间，我在CCTV邂逅姚明。我介绍："这是《焦点访谈》的演播室。"姚明说："哦，肃然起敬。"

图2：在《感动中国》，笑的机会不多。

图3："感动中国人物"的颁奖词，需要反反复复修改七八次，字斟句酌，为的是准确、朴素、有文采，更有打动人心的力量。

目录
CONTENTS

序　　　　　　　　　　　　　　　　　　001

01　"迟钝"，也许成全了我

机缘　　　　　　　　　　　　　　　　005
DNA　　　　　　　　　　　　　　　　017
迟钝　　　　　　　　　　　　　　　　021

02　永远一岁的女儿

A型血的慢动作　　　　　　　　　　　027
转型期，人怎么了？　　　　　　　　　029
想上学？还是想要钱？　　　　　　　　033
人穷得没了表情　　　　　　　　　　　035
户口啊，户口　　　　　　　　　　　　038
问号，延续了20年　　　　　　　　　　042
一个逗号　　　　　　　　　　　　　　044

03　和谁一起，很重要

白岩松的新闻私塾　　　　　　　　　　051
崔永元，蛮拼的　　　　　　　　　　　058
小水已是老水　　　　　　　　　　　　065
直播控何绍伟　　　　　　　　　　　　069
妖精级女编导鄢蔓　　　　　　　　　　072
他离开新闻，成为圈内新闻——张洁　　074
接头暗号，你懂的　　　　　　　　　　077

04 长长短短 20 年

舆论监督、每天、黄金时段　　　　　　　　091
在路上　　　　　　　　　　　　　　　　　094
"你缺少刚性"　　　　　　　　　　　　　098
把"舆论监督"从生词变成熟词　　　　　　101
朱总理："我看了《焦点访谈》就想打电话。"　103
记者，凭什么拥有一个节日？　　　　　　　107
保持痛感　　　　　　　　　　　　　　　　111
寒风中，那个窗口的等待　　　　　　　　　114
你任性吗？我，韧性　　　　　　　　　　　116
红烧头尾　　　　　　　　　　　　　　　　119
为什么没打马赛克？　　　　　　　　　　　123
那时候，这时候　　　　　　　　　　　　　125
你还看《焦点访谈》吗？　　　　　　　　　127

05 声音，仅仅听到是不够的

放大弱者的声音　　　　　　　　　　　　　133
传播智者的声音　　　　　　　　　　　　　142

06 每一个动作都是 ing

这一刻，我们等了 10 年　　　　　　　　　149
我是 A7　　　　　　　　　　　　　　　　　152
直播让我又爱又怕　　　　　　　　　　　　155

07 送别，难说再见
陈虻，你的眼神　　　　　　　　　161
罗京，你的声音　　　　　　　　　166
杨台，你的背影　　　　　　　　　169

08 通天塔
彼此听不懂，甚至不想听　　　　　175
矛和盾，能对话吗？　　　　　　　177
为了信息公开　　　　　　　　　　179
你遭遇过记者吗？　　　　　　　　181
咱们能像聊天那样说话吗？　　　　183
我是"挑毛病专业户"　　　　　　185
我们不是敌人　　　　　　　　　　187

09 每个生命都有权利发光
孩子，你不白瞎！　　　　　　　　191
如果火炬飘过废墟　　　　　　　　194
这只狗狗，让我流泪　　　　　　　199
我和你，在一起　　　　　　　　　204

10 草样年华
从蓝竹子到绿熊猫　　　　　　　　209
爸妈不在家，这还算家吗？　　　　213
飘在城市的边缘　　　　　　　　　217
角落里的孤独　　　　　　　　　　222
让女孩有尊严地活着　　　　　　　225
他抹去了我的眼泪　　　　　　　　227

11 他改变了很多人，他还在那里
  红花草   233
  麻风村有了王老师   242

12 我的绿日子
  17岁，走进片片树林   255
  月牙泉，你的病好些了吗？   259
  母亲河，我能为你做些什么？   263
  梁从诫：梁家三代人都是失败者   269
  娃儿叫沙沙   274

13 每年春天与好人约会
  你的呼吸，这样触动我   281
  白方礼们   289
  早春的种子   291
  什么样的人能感动中国？   293
  《感动中国》并没有创造好人   296
  花开没有声音，却很美   298
  为你写下传奇   302
  当《感动中国》遇到微博   305
  回到茫茫人海   308

  后记   311

序

2013年冬，我去了南极。

在那里，好像时间和空间的感觉都变了。

远离日常状态，就很容易想很久以前的事，也想以后很久的事。在这样的时空感觉里，发呆，想事儿，似乎也比平时清楚些，超脱些。

再过一轮春夏秋冬，又一个春天到来时，我的生活就要告别一种状态了。退休，在不远的前面等着我。这等人生大事，值得在这一片清明的天地间想想。

职业生涯的几十年，算是最好的年华吧！我的职业留下很多东西让我回味。忙碌中，总是遇到陌生和新鲜，回头看，新闻又变成了历史。一路上遇到的人，遇到的事，构成了经历，写满了年轮。

斗转星移的岁月，熙熙攘攘的世间，会遇到什么？得有多少恰好，得有多少偶然，才能遇到，这就是缘分。如果，不是那一年，那一天，遇到那样的人、那样的事，我也就不会是今天的样子。

沉淀下来的，都是我所珍视的各种遇到。这既是个人记忆，也带着时代的印痕，给自己的职业生涯做一个小结，是对自己的交代，也是向我所遇到的一切致意。

于是，在南极的船上，我把这样一些念头写在船舱的航行日志上，那感觉，好像是拉开距离看一幅画，南极给了我一个角度，让我看得真切了。

职业生涯，只是生命中的一部分，也许能算作自己的华彩乐章，也许是未来的另一种准备。

德雷克海峡的海浪溅起的浪花，瞬间消逝，新的浪又在涌动。过去的，又算得了什么呢？

在南极，似乎不能不想到人、生命、爱这样的命题。放眼望去，海天之间，很远很远。

我遇到你
Encounter

01
"迟钝",也许成全了我

在职业生涯中赶上机遇真是幸运，我赶上了广播的高峰，又赶上了电视的高峰，还赶上了新闻节目的黄金时代，自然就有了难得的经历，也成就了自己的职业理想。

那年月，广播、电视空白很多，创造空间很大，人也敢想敢干，在这片处女地里，阳光、水、种子、养料，都改变着人，成全着人。

这样的时间，这样的空间，我恰巧遇到了。

成全我的，当然有太多这样的外在因素，而我自己呢？

机缘

马年冬天，大雪节气到了。

微信里，央视新闻公众号《夜读·节气》栏目推出《大雪》，如同每一个节气一样。

手机里看微信，传来我读出的节气：

"大雪为十一月节，天大寒才有落地盈尺不可止的大雪……沟壑道路被扫平，新雪遍地，一脚没膝盖，一脚一雪窝，这才叫过瘾之大雪。"

声音是我的，内容是朱伟的。《三联生活周刊》朱伟的文字在《微读节气》这本书里，而这本书是朱伟的微博集锦，现在又通过微信"央视新闻"推出。

这个传播链挺有意思。

制作过程也挺有意思。央视新媒体找我，说要推出播音员主持人读诗，可以自选内容。我说，我来读节气吧。我喜欢节气，喜欢朱伟用微博谈节气的书。

从此，每个节气，我都是在"读"中过的。荷花开着，我读夏至，读秋分；荷叶残了，我读寒露，读霜降。节气，写得好美！出门看玉渊潭荷花，有了另一种眼光。

在复兴路 11 号老台拥挤的机房里面，是狭小的配音间。我和责编李伟每次在这里见面都如同接头一样，两人手里拿着同样的书，做这件事就是因为都喜欢节气，喜欢把这本书变成新媒体的方式与更多人分享。录音时，我们只是用这里隔音的环境，并不用话筒、调音台。我备稿，责编摆弄着他的手机。他点头，我对着手机开始读。

开始不太习惯，和话筒打交道这么多年，手机是不是不太专业啊？我一再问：行吗？真行吗？

年轻的责编笑笑，那意思好像是，新媒体的人就是这么任性，大姐呀，这就是今天的话筒啊！

夜读
《大雪》

自从十岁遇到话筒

50年前,我初识话筒,那年我10岁。

那时,我在哈尔滨国庆小学校。有一天,我们老师在班里叫了几个女同学:"梁晶、敬一丹……跟我来。"我们不知做什么,沿着长长的走廊,走到一个小屋。

小屋里,有一个从没见过的东西,老师说:"这是话筒,也叫麦克风,你们对着它,每人念一段课文。"话筒上裹着红绸子,很珍贵的样子,我对着它念,不知它会怎样。

我不知道,那其实是一次面试。梁晶被选中了,当了小广播员。每到课间,梁晶就在同学羡慕的目光里走了,一会儿,教室的小喇叭里就传来她那好听的声音:"同学们,请准备好,我们一起做眼保健操——1234,5678,2234,5678……"我一边按揉着眼睛,一边琢磨梁晶的声音是怎么到喇叭里来的,想象着那个神奇的裹着红绸子的话筒。长大了,梁晶学声乐,当时的"全校好声音"多年以后成为传媒大学的声乐教授,我们又是一个学校的了。

我还能遇到话筒吗?如果不是接下来的偶然,我可能就遇不到话筒了。

上中学了。

44中学负责广播站的马老师有一天来到国庆小学,她问:"这一届升入44中的同学谁朗诵好?我们想选广播员。"恰好,她问到了我的小学班主任郭清泉老师。郭老师推荐了我和另一个男生朱庆和。于是,我们就成了44中广播站的广播员。

假如,马老师遇到的是另外的班主任……

假如,郭老师一时没有想起我……

假如,马老师没有看中我……

那就不会有我与话筒的缘分。

44中学广播站的话筒也裹着红绸子,我们的声音也是红色的:

哈尔滨第44中学毛泽东思想广播站!现在开始广播。

首先学习最高指示:毛主席教导我们说,抓革命,促生产,促工作,促战备。

下面播送一连五排的大批判稿……

　　下面播送四连一排的广播稿：复课闹革命……

　　下面播送毛主席语录歌曲：世界是你们的，也是我们的，但是归根结底是你们的……

　　这红色的声音，今天恐怕需要解词吧？我不确定"90后"能不能看懂这些话："最高指示"，就是毛主席语录；"促战备"，是指准备与"苏修"打仗，苏修，指苏联修正主义。苏联修正主义是怎么回事？说来话长，同学，还是百度下吧！当时，"一连"就是一年级，"四连一排"就是四年级一班。"复课闹革命"是1968年以后那个阶段的口号，那时最初的学生红卫兵经过轰轰烈烈的停课造反阶段，已经下乡成为知青，后来的我们这拨儿学生要回到课堂了。回到课堂，也不一定有课本，有课本也不是传统的数理化的课本，而是《工业基础知识》《农业基础知识》。语文，则是报纸上的社论和毛主席诗词。幸好在语文课上我们遇到刘惠深老师，他趁机给我们讲诗词格律，他的漂亮板书滋润了同学们被大字报弄伤的眼和心。

　　这就是那荒唐年月红色声音的背景。

　　毕业了，我也上山下乡了。

　　我当知青最初干的活儿是修路，班组里选五大员，我被选为读报员。深山老林里，很久才运来一批报纸。我在公路边与知青面对面读那些过期的"两报一刊"（《人民日报》《解放军报》《红旗杂志》）文章，感觉离眼前的沙子石头铁锹挺远。我就挑小通讯读给大家，读得绘声绘色。

　　后来又去盖房子。工地上需要建一个临时的广播站，谁能当广播员？又巧了，哈尔滨知青小陈告诉队长说：小敬在中学当过广播员。这一句话，使我又一次遇到话筒。

　　工地广播站建在工棚里，我在话筒前就看得到热闹的工地。我的广播是用来战地激励的："添砖加瓦，大干快上！二队今天砌砖3000块。三队的进度超过昨天……""同志们，加油干啊！"

　　红旗招展，口号嘹亮，颇像电影《雷锋》中的一个场景。

　　房子建好了，广播站撤了，我失落了。

　　正在这时，山上林场建立广播站了，我有了之前的话筒前经历，机遇，又一次赶上了。

这个林场的大名叫"新胜经营所"，小名儿叫"九公里"。它坐落在距离防火检查站九公里的密林里。

广播站小小的，只有5平方米左右。话筒崭新崭新的，是上海无线电厂生产的，底座是浅蓝色的，一看就喜欢，话筒上依然包着红绸子。

每天清晨，整个九公里都还睡在晨雾里，我就起身去广播站。看看天，我独醒，好愉快！当小电站的井师傅轰隆一声发起电来的时候，我就打开150W扩音机的低压开关，先预热，半小时后，再开高压。

开始曲当然是《东方红》。唱片是黑色78转的，唱针一定轻放，不能"咯啦"一声，家家户户都有小喇叭，不能惊着小孩老人。声音渐渐升起，持续，渐隐，话筒打开：

"新胜广播站，现在开始广播——"

新胜，醒来了。

一位大姐告诉我："早上从来不看表，你一广播，就起床；你万一晚了，我们全得晚。"

每天晚上的广播，内容丰富了许多。除了转播省台、中央台的节目，我还自办节目，其重要性和地位相当于"新闻联播"。

"现在播送营林段韩凤菊写来的广播稿……"

"现在播送样板戏《智取威虎山》选段……"

有人把门推开一条缝："小敬，给我们来一段二人转呗！"记得那时二人转刚解禁，有些新编的小段，这就是最初的"点播"了。

我太喜欢这话筒前的感觉了。春天把林间的达紫香放在话筒前，冬天把刚采的松子放在话筒前，好享受啊！

在这小小广播站，我是广播员、记者、编辑、技术员、站长，采编播彻底合一，我干得认真而充实。我不用说"这次节目是敬一丹播送的"，因为听众全认识，都叫我"小敬"。山林里的职工家属，大人孩子，都是听着广播过日子的，那时没有电视，广播一响，就是林海雪原唯一的动静了。知青伙伴干活儿回来，问我："我们在山上听广播，听不出是你播的，还是省电台播的？"我暗自得意，故作平静："是我播的。"

我当时十八九岁，把小小广播站办得有板有眼。局里在我们这儿开了广播工作现场会，我还一本正经介绍我是怎样办好广播的。其实，就是从心里喜欢。爱好，变成职业，那热情是不竭的，那动力是内在的，不用鼓励也会倾情投入。

那小广播站是我知青生活中最让我怀恋的地方。

后来，我被调到林业局广播站去了。人家都说是重用，可我爱上了这个小广播站，我是哭着走的。

"清河林业局广播站，现在开始广播——"这成了我的新呼号。

这里不但有话筒，还有录音机了，我第一次听到自己从录音机里发出的声音。广播站各工种分工明确，按部就班，机关式的正规。我和播音员王敏、王照云的声音覆盖了山上各林场，山下各单位。

那年代，我在"全局联播"里常说的话是："全力以赴投入春季造林大会战"，"护林防火，人人有责，完成次生林抚育任务"，"汽运处冬运任务"，"贮木场职工大会战"，"反击右倾翻案风"，"批林批孔"……

有一次，省电台记者段续来林区采访，临近结束时，给我们讲了新闻业务课。在这次课上，我第一次知道，广播稿还分为消息、通讯、评论。我试着采访编辑，林场的一位老职工主动让房给他人，我采写了一篇小通讯，投给了省报，看到自己的字变成了报纸上的铅字，好兴奋啊！报社的编辑为了鼓励我，送了我一本书——《新来的小石柱》。我看到编辑从一架子书里挑了这本书，还动了小心思：我也不是小孩，怎么送我一本少儿读物？也许在编辑眼里，我还没长大。拿着这本书，走出报社大楼时，我感觉到面前的地段街更宽了，霓虹桥更美了。

回想70年代中期，正是文化饥渴的年代，在我懵懂的状态中，专业老师的点拨，让我隐约看到方向。

我想上学。

我想上学

知青生活

那时，基层推荐、层层选拔才能成为工农兵学员上大学。如能被推荐，已经是万幸，没有什么选择专业的余地。我几次被推荐，都没有成功。

与我擦肩而过的学校是：沈阳铁路技术学校，大连外国语学院，还有一个林管局的师范学校。

那时,我没有什么职业方向,能去什么学校,将来就从事什么职业,缺少选择,是我们这一代的常态,赶上什么是什么,遇到什么就算什么。我距离这几个学校一步之遥时,曾设想过:进了这个学校,我将来当一个铁路技术员;进了那一个学校,我将来当一个翻译;或者,我将来当一个老师。

一次次希望,一次次失望。

1976年,国家动荡不安,我也迷茫了。

一个极其偶然的机会,我家邻居王福叔叔从省电台钟琳老师那儿得到一个消息,说电台正在招生。王叔把消息带到我家:"让你家一丹去试试?"

我在迷茫中简直不敢相信。我想起当初知青伙伴的话:"没听出来,是省电台播的,还是你播的?"省电台,那是我每天转播的台,是在电波中熟悉的台,然而,它离我太远了,远到我没法想象。

我去省电台试音。播音组在松花江街那个古老的小楼的二层办公室。钟琳老师告诉我:"不是省台招生,是省台受北京广播学院委托,对考生的播音业务进行考核。"

北京广播学院!不知道钟琳老师有没有看出我内心的狂喜,这是我第一次听说,世界上有个北京广播学院!

难道这之前我错过一个个学校,就是因为有这样一个无比适合我的学校在前面等着吗?

我遇到了!

杜敏带我去录音,她是北京知青,被选拔到省台做播音员,她的声音好悦耳啊!我在去录音间的路上,不免有些自卑。她一直在热情地鼓励我,把我送到省台录音间的话筒前。

发给我的稿件是:《华主席为首的党中央一举粉碎四人帮》。

这是1976年冬。

国家大转折与我个人的大转折,恰好相遇了。

1977年元旦过后,我出了北京站,犹豫着,先去看天安门,还是先去学校报到?还是先报到吧。大1路车一路向东,郎家园、定福庄、梆子井,那一片菜地后面的灰楼，就是北京广播学院吗？

老师和颜悦色："哪个省来的？"

"黑龙江。"

"家在哪儿？"

"哈尔滨。"

"原来做什么的？"

"知青。"

"这东北味儿！你口音很重啊！"

不敢吱声了。心想，我有口音吗？我是俺们那疙瘩口音最标准的，再说，哈尔滨话不就是普通话吗？

后来我才明白，我回答问题的最后一字恰巧都是一声，阴平，最容易暴露东北话特点。而当时更严重的问题是，我根本就听不出东北话和普通话的区别。

和同学们熟悉起来：小柳，湖北台来的；小毛，云南台来的；杨曼，山东台来的；刘大姐，青海台来的；周寰，新疆台来的——这么多省电台来的！那时，省电台就是我心里的标杆，这些来自省台的同学都能给我当老师了。同宿舍的小梅小渝那么漂亮，立刻成为摄影专业同学的模特，而小郑，平常说话就和播音一样，声音那么温柔。

而我呢？

李钢老师说："你的声音有点白。"

我傻乎乎地问："啥叫白？"

我有点懵，因为我衡量不出差距有多大了。

每天早晨，我们都去核桃林练声，每人对着一棵核桃树：

"八百标兵奔北坡，炮兵并排北边跑，炮兵怕把标兵碰，标兵怕碰炮兵炮。"

还要有针对性地练习老师留给东北同学的作业：

"黑龙江哈尔滨知青……北京广播长安街……"

那时，我勤快并盲目着，从不偷懒，常常发呆。在林区广播站，没练过声，播得挺好，到广院，天天练，咋还不会播了呢！

那时，我们的练习稿常有这样的话："大快人心事，粉碎四人帮！把四人帮造成的损失夺回来……"

第一次考试，看同学在录音间进去、出来，我心里七上八下。该我了，试卷是一篇小通讯，内容是危险中救人的情节小故事。

我眼前只有这篇稿子，核桃树前的纠结消失了。

宣布成绩，我的成绩是优。

意外，不解，怯怯地去问陆茜老师。陆老师说："你注重内容，感情内在真实，这是正确的播音创作道路，所以得到肯定。"

哦，我还得琢磨琢磨。

作为末代工农兵学员，我们赶上了"拨乱反正"的阶段，比前几届工农兵学员正规一点儿，但比恢复高考后的77级差很多。在学制上，差了两年，在课程设置上，也简化了很多，没有开外语课。我们与77级，不是届的区别，而是代的区别。

实习的时候，我和王征被派到苏州。当时的苏州电台是有线台，它天天播出的长篇评弹飘在梧桐树下的小巷里，成为我对苏州的声音记忆。人家觉得我们是北京来的，院校来的，科班训练，字正腔圆，其实，我还是不大自信，我将来能胜任话筒前的工作吗？

在苏州播音的时候，经常说的是："改革开放"，"奔向四个现代化"，"两个凡是"，"实践是检验真理的唯一标准"……

在校的专业学习，奠定了我的专业基础，职业方向已经毫无疑义，当时学校倡导一句话："树立牢固的专业思想"，我属于专业思想极牢固的那种，我肯定要从事话筒前的工作了。

电台看电视台，就像国有大厂看乡镇企业

毕业了，我真的变成省电台的了。

黑龙江人民广播电台——这个呼号，我伴随了它近五年。

在电台播音，需要一个播音名。在校准备实习的时候，我说：

"就叫敬一丹吧！"

老师反对："敬，不像一个姓。"

"那，一丹，行吗？"

"一，也不像一个姓。"

想来想去，把妈爸的姓组合在一起：韩敬。于是，韩敬这个名字，就成了我在电台的符号。现在，我的微信名字就叫韩敬，做个纪念吧。

记得第一次在黑龙江电台播音，播的是天气预报。我事先通知爸妈，组织收听，播得极为郑重。而我父母，从此成为我的最忠实的听众和观众。

后来，播专题、新闻、文学欣赏，那时有的文体，现在已经消失了，比如，"对话"。那时，还没有主持人。

我很喜欢播电影录音剪辑，那是那个时代很有特色的广播形式，眼前似有画面，脑子里充满想象。记得当时播《樱》电影录音剪辑，播得很享受。

那时最常用的新闻用语："十一届三中全会以来"，"让一部分人先富起来"，"以经济建设为中心"，"万元户"，"包产到户"……

我一点儿没有想到会做电视。

80年代，电视初起，人手不够，我奉命到黑龙江电视台客串播音员。白天，我在电台的话筒前说"各位听众"；晚上我得到电视台对着镜头说"各位观众"。

那时，我对电视有一种排斥，一点儿感觉也没有。到电视台第一件事，老播音员说："小敬，你得把头发烫了。""什么？得结婚时才烫头呢！""得烫一下，你这头发都是生的。""啊？头发还分生熟啊？"

还得化妆，还得穿那样的衣服，还得走后门去"秋林"做西服，好麻烦！

整天催领导："让我回电台吧！"领导说："电视台新人到位以前，你得顶着。"

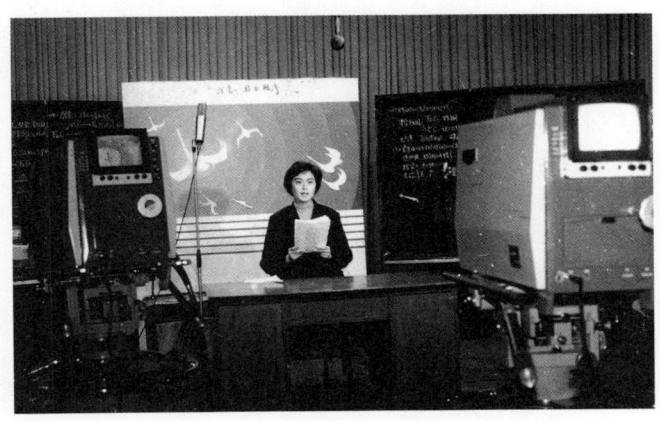

我没想到自己会去做电视。这是80年代初，黑龙江电视台。我白天在电台说："各位听众"；晚上到电视台说："各位观众"。

80年代初的电视可真是初级阶段啊，拍出来黑咕隆咚的，还是直播。

当时，我和男朋友认识不久，有人问他："听说你女朋友在电视台？"

"没有，没有！"他总是不愿承认。

人家指着电视里的我："是她吗？"

"不是，不是！"

"我想也不能啊，咱哥们儿怎么也不能找那么大岁数的，有40了吧？"

其实，那时，我才24岁。

当时在广播人眼里，广播是最正宗的，电视是新来的。电台看电视台，那眼光，就像国有大厂看乡镇企业。

省电台很好，好是好，可我上学没上够，我还是想上学。

走出大学校门时，有些不甘心，这么两年就算大学毕业了？我还可以再上学吗？有人告诉我："你还可以考研究生。"

什么叫研究生？

回到家乡哈尔滨，我的视野里没有看到一位文科研究生，我手里没有一份相关的资料。怎么考？什么水准？什么范围？一切都无从知道。

怎么办？我只有一个办法，上考场。上考场看看试卷长啥样。

于是，我这个没学过外语的工农兵大学生走进了研究生考场。在英语考场，试卷发下来，我作审题状，一行行看下来，字母勉强认识，这字母连起来都什么意思啊？这括号什么意思？噢，可能是填空吧？我抬头望望，那些考生都在奋笔疾书，怎么就我不会呢？唉！考场规定半小时之内不能离场，我尴尬地熬着，闲着也是闲着，这一行括号，都填上A，下一行都填上B。盯着满目生词，痛下决心："明天开始学英语！"

好在新闻理论、新闻业务等科目我还能看懂试卷。这一次上考场没指望考上，收获是：我知道差距有多大了，差距最大的是英语。

于是，学英语。

最初，我姐教我，她是专业英语翻译，教了几天，忍无可忍地说："我教过的学生里，你最笨。"后来她教她儿子时好像也这么说。

我转身到培训班学去了。最初去南岗区文化馆培训班，后来到电大培训班。面对同学里那些小孩,也挺受刺激的,他们太聪明了,而我真的是够笨的,起点太低,对英语也没有兴趣,感受能力极差,我几乎坚持不下去了。

让我坚持的,是远方的目标,还有近处的另一些同学。他们每次走进电大的课堂,都是风尘仆仆的,像是刚下班,手里还拎着空饭盒,勺子在里面当啷作响,网兜里装着白菜、土豆,一看就是拉家带口的。我想,他们一定是老知青,不知经历多少磨难才回到城里,也曾有过大学梦,如今早已过了上大学的年龄,他们疲倦地平静地拿出英语书,与那些隔代的年轻同学一起补习,他们依然有梦。我望着他们的背影,心想,我至少还没有拉家带口,至少还年轻。我从这些不曾打过招呼的同学身上,获得一种坚持下去的力量。

艰难入门后,就到黑龙江大学补习,每周一三五学许国璋英语第三册,二四六学第四册,周日学托福。终于在第三次进考场时,英语考了66分,最难的门槛过了。但,后话是,敲门砖用完了就扔掉了,英语忘光了,真对不起当年自己下的功夫。

考研,那是一种状态,是全力以赴的投入状态。人的一生,有几个时期能全力以赴?很多时候是漫不经心的,得过且过的。如果能经常保持投入状态,不知会成就多少事!

1983年,考取研究生的时候,我28岁,是"已婚妇女"。我在第一次进考场落败时,遇到同样落败的一男考生,于是有了落败的共同语言,后来他又进考场,先于我考研成功,成为我先生。

攻读研究生,使我更靠近话筒。师弟姚喜双和我一起播音时,齐越教授正审视着我们。

1986年5月，硕士论文答辩会。答辩委员：左一，张颂教授；左二，齐越教授；右二，沈力老师；右一，吴郁老师。看出来了吗？那时我已经是准妈妈了。论文后面，藏着孕育中的女儿。

回到母校攻读硕士期间，电视蓬勃兴起，主持人方兴未艾，我被吸引了。1984年，我把硕士学位论文题目报给导师齐越教授。我的题目是《节目主持人的语言特点》，这个研究方向强烈地吸引着我，但我也听到一些劝告：这个题目太新了，有风险，可借鉴的东西太少，齐老师重视传统，会愿意让自己的研究生去做一个陌生的题目吗？

齐老师看了题目，说："好，研究从广播电视第一线的实践调研开始。"

接着，齐老师写了个条子："沈力环同志：我的学生敬一丹要研究节目主持人实践，请你帮助她。"齐老师解释，就是中央电视台《为您服务》的沈力老师。

还有几个条子分别写给中央人民广播电台经济节目主持人虹云，对台湾广播主持人徐曼……

就这样，我拿着齐老师的路条，找到广播电视主持人的开拓者，走上了节目主持人研究之路。读研三年，看上去好像与话筒拉开了距离，其实，是更深地理解了话筒，是从更本质的意义上走近了话筒。没有这三年，就没有后来的近三十年。当我从一个研究者成为一个实践者，从广播播音员成为电视主持人，我的话筒前，有了更大的空间。

爱好成为职业，是一种幸福；"适合"支撑职业，这是长久的幸福。

喜欢、爱好，遇到机缘，成全了我。

年轻的白杨 MTV

DNA

我小时候，每天早上，伴随着姐弟四个起床、洗脸、吃饭，家里的收音机声音大作："刚才最后一响，是北京时间七点整。"我一直不知道，为什么我们在哈尔滨，而收音机里说"北京时间"？我也不知道，《新闻和报纸摘要》节目，"摘要"是啥意思。有一段时间，我总听新闻说什么大使，什么"临时带饭"，一直不解，带什么饭？问我爸，我爸说：那是"临时代办"，大使不在，临时代替大使办事的。新闻结束的时候，总唱一首歌："一旦把他们消灭干净，鲜红的太阳照遍全球……""一旦"，听着耳熟，楼上男孩二胖看见我就唱："一丹把他们消灭干净……一丹把他们消灭干净……"很久以后，我才知道，那是国际歌。

虽然我听不懂，但听成了习惯。

习惯，伴随自己长大。父母给我养成的习惯，就是精神的 DNA。遗传的力量一直影响到现在，我的家里依然放着收音机，依然听《新闻和报纸摘要节目》，当然，还有电视、报纸，更有微博微信客户端。不论用什么媒介，不论是作为受者还是传者，对新闻的关注已经成了生活方式。

在家里，认真听收音机的是我爸，认真看报纸的也是我爸。我妈说，她最喜欢爸爸读书看报的样子，这也是我最熟悉的爸爸的样子。那年，爸爸给我们带来惊喜，他给孩子们订了报纸杂志，我姐的是《中国少年报》《少年文艺》，我的是《儿童时代》，弟弟的是《小朋友》。那个年代，我们能拥有属于自己的报纸杂志，太高兴了。我们盼着自己的报刊到来，它们给我们打开了一扇窗，知心姐姐、小虎

认得出是我吗？

子、小豆子——这些报刊杂志里的形象曾经让我以为他们是真的人,只是在远远的地方,生活里因此有了好多色彩,好多乐趣,好多向往。

我妈做公安工作,动笔,她也许写不过我爸;但说话,她很有优势,她说话明确简洁,利落鲜明,关键时刻,一语中的。

"文革"中,我十三四岁的时候,我家六口人散落在四个地方:爸在呼兰公检法军管会学习班,妈在北安干校,姐在密山生产建设兵团,我和俩弟留在哈尔滨上学。和当时中国千千万万个家庭一样,家已经没了家的样子。家人联络由我担当,写信、寄邮包、寄粮票,管布票肉票豆腐票等各种票证,还负责管弟弟,向父母告状:"小弟逃学了!打架了!"妈妈回家看到我给弟弟补的裤子上补丁摞补丁,她说:"享福不用学,吃苦得学啊!"

不论是在当时,还是现在看,我妈这句话说得太好了。假如,当时我妈说:"可怜的孩子!"我会哭,为自己为弟弟委屈,我会从此自怜。而我妈这样说,就给我一种积极提示,去学我该学的,做我该做的。今天看,与其说,我妈说得到位,还不如说,她想得到位,揣摩心理和切入角度到位。

有人说,十三四岁,是开始形成世界观的年龄。我也是从那时起,开始想些遥远的事。课堂上已经不正经上课了,我从报纸广播里接触了一些生词,一些问题。问谁?我给我爸写信,列了十几个问题:什么叫唯物论?什么叫唯心论?经济基础和上层建筑是什么意思?什么叫世界观?什么叫哲学?……

我爸在呼兰的学习班上给我回信:你能关心这样的问题,非常好,说明你长大了,开始考虑这样的问题了。这些问题不是一句话两句话能说清楚的,咱家书架上层有艾思奇的书《辩证唯物主义和历史唯物主义》,你看一看,一时看不懂也没关系,慢慢会懂的。

果然,书架上有这本书,是两本。一本写着爸爸的名字,一本写着妈妈的名字。这是他们年轻时一起读过的书。我接过爸妈读过的书,读得半懂不懂,但毕竟知道了有这样的学问。后来我上大学时,这本书依然是教科书。

有一段时间,女孩们流行攒糖纸。花花绿绿的糖纸收集来,贴在玻璃上,夹在书本里,还互相交换。我爸性情温和,对孩子很少有批评,但他看到我兴致勃勃摆弄糖纸,对我说:"不要玩物丧志。"看我没明白,还把这几个字写在纸上。这是我爸对我说的最重的话。从此,这句话成为我的一种约束。

"迟钝",也许成全了我 | 019

爸爸手不释卷,妈妈成了微信控。这几十年里,爸妈是我最忠实的听众观众。

当然,我爸以身作则,自我约束得有点儿过了,他年轻时舍不得时间玩儿,老了也不爱玩儿,很少闲情逸致,每天手不释卷,关心遥远世界的事。

我妈喜欢留各种纸片儿:儿女出生那天的日历、孩子最初拿笔的图画、老师写的操行评语。最让全家几代人珍惜的是,我妈留存了1700多封家信,其中有爸妈的情书,有孩子写给爸妈的第一封信,有我们当知青时的苦乐倾诉,有姐弟小家的来往消息。这些信,记录了一个家庭,从一对年轻人到四世同堂60多年的光阴。这哪里是一家的故事?家书的背景是世事变迁。每每看着信感慨流泪,心里感念妈妈爸爸,这是他们看重的东西,这满怀情感的珍藏和记录,是无价的财富。

这几年,我发现,我妈不仅爱记录,还酷爱分享和传播。她看到孩子们用微信,眼睛一亮:我也要那样的手机。于是,她迅速成了微信控。她招呼着四面八方的家人和亲戚,一个也不能少,建了好几个群:20多人的"我爱我家",30多人的"老敬家",近50人的"亲情联谊"。85岁的老妈激情投入,被拥为群主,从七大姑八大姨,到侄子外甥孙女,从我弟的哥们儿,到历任保姆,全都紧密团结在群主周围。这些群里歌声不断,过年时,男女老少在群里办了个热闹的春晚,我妈带头唱,她说,"这群里不能荒了"。每天,她在十来个微信群里经营着，传播着。她对养生做菜什么的不太感兴趣，而各种励志段子、心灵鸡汤、温情故事，她都广为传播。有时，我单独为老妈提供点儿内容，让她多点儿资源，转瞬间，她就转发到各个群了。这传播欲，比我这当记者的都强。

几十年里，爸妈都是我最忠实的听众观众。干我这行挺好，随时可以让父母看到，随时可以让父母检验。有时，我会有一个单纯的心愿：好好的，让父母骄傲一下。而我面对的这俩观众从事法律工作一辈子，炼就火眼金睛。我办《一丹话题》一年时，我爸说："见好就收吧！"提醒我避免成为强弩之末。最近一次我妈对我的批评是："你在《感动中国》里，没有比过去更好。"又是一语中的。

在职业角色里，我的观察判断，我的倾向，我的表达，有多少是源于这种种遗传？

或隐或现，点点滴滴，潜移默化，精神的遗传使得我成为今天的模样。

迟钝

那一年，我刚到《焦点访谈》不久，《中国青年报》记者采访我。我对这家报纸一向有好感，当年的一些青年话题曾经影响过我，潘晓的《人生的路》，曾激荡了80年代青年的心，我当时作为朝气蓬勃女青年，也被强烈激荡过。记者采访记者，是个挺有意思的事，何况是女记者采访女记者。

专访见报了，标题是：《敬一丹，另一种中年》。

啊？我成了中年？这个标题让我意外。这时我40岁。

后来，又有东北报人写道：《敬一丹，与年轮抗争》。

我看了大笑，谁抗争了？谁去一圈一圈数年轮啊！

记得20多岁的时候，看潘虹主演的电影《人到中年》，感慨唏嘘，那是多遥远的年龄！潘虹的美丽带有一种倦意，那就是我看到的中年。

我35岁的时候，台里开运动会，告示上写着："35岁以上，参加中年组"。我转头走开，35岁怎么能算中年呢？我才不去参加什么中年组呢！38岁，我创办《一丹话题》，脑力体力满负荷投入，也没觉得和10年前有什么不同。40岁，我加盟《焦点访谈》，想都没想年龄的事儿，这和年龄有关吗？

也许，别人看，40岁，当然就是中年嘛！而我是在报人的提醒下才意识到，噢，是人到中年了。真够迟钝的！

放眼望去：小崔、小水比我小8岁，小白比我小13岁，被叫作老方的，也只是和我小弟弟一样大。编辑是小姑娘，摄像是小伙子，当时《东方时空》《焦点访谈》团队的平均年龄30岁左右，周围一派青春。

过去，我好像没怎么在意过这些。别人问起我的年龄，我从没有什么忌讳，遇到有人拐弯抹角地问："你中学是哪届的？"我心说，有话直说得了！索性痛快地直接地说出自己的年龄了。和年轻人在一起，也没觉得有啥不同。看到白岩松精力旺盛反应飞快，我会想：是新闻素质使然，性格使然，与年龄有什么关系呢？

我对年龄感觉有点儿迟钝。对性别，我也有点迟钝。

在早期的《东方时空》，除我以外都是男主持人，栏目长期阳盛阴衰，我也没觉得有什么特别的。

我刚到电视台时一点也不会化妆，化妆师徐晶老师来帮我，她告诉我："黄台长嘱咐了，你快去帮帮敬一丹吧！实在是看不下去了。"那时候，我自己凑合着化妆，有时在办公室，有时在演播室一角，用一个小镜子，也没觉得有啥不妥。后来，主持人队伍壮大了，女主持人多了，办公室配备了专业的化妆镜。张羽对着化妆镜惊讶地说："世界上还有这个东西呐！"其实我知道世界上有这种东西，只不过就我一个女主持人的时候，这需求，连我自己都忽略了。

平常采访、出差、走山路、熬夜编片，也很少想到女士优先、被关照什么的。

后来成为全国政协委员，恰好在妇联界，被大姐们影响着，稍稍有了一些性别意识，有了点儿用女性角度说话的自觉。也只是"稍稍"而已。

中年、女性、主持人，这几个词组合起来，有一种特殊色彩。作为一个中年女性主持人，我对年龄、性别的迟钝，也许成全了我。这种迟钝，使我对这组词的最后一个词"主持人"更敏感更在意，职业的要求往往是首要的。

一到中年，似乎不可避免地出现惰性和惯性，而惰性和惯性对一个电视主持人来说，是对职业生涯的慢性伤害，有经验了，有经历了，驾轻就熟了，而职业所要求的好奇心呢？新鲜感呢？拍案而起的激情呢？质疑精神呢？如果这些都没了，只剩下值班状态，那就真的老了。

幸好，我在这个时候到了一个年轻的群体中。在生理年龄心理年龄都很年轻的同事中，我跟随着，也会被感染，被影响，被裹挟，保持在马拉松的同一方阵里。

幸好，我所在的团队营造了适合主持人生长的土壤。《东方时空》的创办人孙玉胜曾谈到对新闻节目主持人的看法：一个优秀主持人的外在标准应该是具有个性、魅力和激情。而内在的标准是主持人要具有良好的职业敏感能力，也就是发现能力，还要具备出色的写作能力和表达能力。他还说：新闻节目主持人必须来自优秀的新闻记者。他提出"记者——名记者——主持人——名主持人"的理念，这使得新闻评论部几个栏目的主持人形成阵容。

在这片土壤里，不会肤浅地把节目主持人这一行看作是青春职业，主持人能否被观众认可，能否与栏目贴合，最要紧的指标是职业感，而不是年龄、性别、相貌什么的。

意识到年龄，也好，可以让自己有一点警觉。人到中年以后，不知不觉就容易怀旧了，小时候的事，年轻时的事，历历在目，津津乐道。一说起布票、粮票、文革、知青等话题，我就止不住地陷在往事里。那些事，那些人，那些日子，都涌上心头。当我觉察到自己的这种状态时，有些不安。怀旧，是不是太早了？眼前的事那么多，面向未来的事那么多，我克制着怀旧。等我真的七老八十了，再去怀旧也不迟。不太老的时候去创造怀旧的资本，很老的时候有旧可怀。

意识到年龄，也是一种自我认识和调整，30多岁时，我对着镜子说："我都有皱纹了。"我妈看着我说："少有少的美，老有老的美。"这话真说到点儿上了。接受年龄带来的转变，才能看清自己，有舒服的、自然的顺应，而不是徒劳地留恋青春，惧怕未来，那实在是拧巴。

卢勤老师总是让我忘了她的年龄，她一辈子都被叫作姐姐，不仅因为她是《中国少年报》的知心姐姐，也因为她一直保持着姐姐的状态：年轻、热情、活力四射。她和孩子在一起的时候，是最有神采的，敏锐灵活，激情洋溢，精神抖擞。一礼堂的孩子，叽叽喳喳，她能瞬间让他们安静，让他们注意力集中，也能瞬间让他们欢呼雀跃，畅快表达。孩子的秘密、困惑，不想对家长说，却可以对知心姐姐敞开心扉。

几十年来，她影响了几代小朋友，她也永远保持着年轻的状态。我几乎没听她谈论过年龄，她似乎与中老年话题很远。即使她病了，躺在医院病床上，她也依然是阳光灿烂。我去医院探望她的时候，听她聊正在为孩子家长写的书，聊她的下一个计划。而谈到伤病，她只是轻描淡写，完全不像病床上被关照被慰问的人。

卢勤老师已经当了奶奶，孙子的到来使得奶奶更精神。她绘声绘色地讲完孙子的故事，拿出了一张红色的名片给我，很有幸福感地说："我儿子帮我建立了一个'卢勤问答平台'。"只见二维码中间，是卢勤姐姐的照片，看起来又熟悉又时尚。两行手写的字："长大不容易,沟通有办法。"有了这个平台，有更多孩子去述说成长的烦恼，有更多父母去交流沟通心得，而卢勤，依然年轻着。

石铭阿姨，最吸引我的就是她的状态，她已经95岁了。这位前辈曾经是一位报人，有过传奇经历，也有过丰厚业绩。60岁离休的时候，她定了一个30年计划：办一份报、出几本书。

30年！我为这个计划吃惊，离休了，散淡日子慢慢过呗，过到哪天算哪天呗！而老人家不但定计划，还定了30年的计划。有30年计划，就有30年的心气儿。一年又一年，她实现了一个个预定的计划。她为老年人办了一份报，忙忙碌碌操持着，拥有好多忠实读者。书也一本一本按计划出版。在书桌上，我看到了她的手稿，字写得刚劲洒脱，文字利落流畅；再看人，在阳光下，她穿着杏色碎花衬衫，目光明亮，笑容满面，如此美丽，如此动人！

我并没有和她们谈过"年龄观""性别观"，她们的生活似乎已经告诉我们了，她们为人女，为人妻，为人母，她们也都是职业女性，每个角色都尽心，每个年龄段都有精彩之处。我欣赏她们。

不知不觉，我们团队的平均年龄大幅度提高，大概能有40岁了吧！从我40岁，同事们就叫我"敬大姐"，20年来，陆续来的新同事都这样叫，"70后""80后"，甚至"90后"也这样叫，不管是不是差辈儿。

偶尔，有比我年长的，比如资深军事记者冀会彦，半开玩笑地管我叫"他敬大姐"，"他"就是指小水小白他们了。如今，小水都有了白发，当年渴望年老的小白成了老白，当年住单身宿舍的姑娘小伙陆续成家生子，中年人的状态也成了节目的状态了。其实，我还是挺怀念当年我们的模样、当年节目的模样的。

2015年，新年刚过，老人儿小聚。"康老来了！"大家一片欢呼。康平是《焦点访谈》元老，也是最早退休的资深《焦点访谈》人。对，就是和我一起主持"东方红时空"年会的康老。他对我说："小敬啊！你今年退休，得做计划，像我，没做计划，十年就过去了。"

语重心长！没几个人管我叫"小敬"了。我正在琢磨、体会康老的教导，康老又说起了自己："我上公共汽车，乘务员一把抓住我手腕：'逃票！'我'噌'掏出老年证——乘务员上下打量：'真TM年轻！'"

康老，小敬也要这样年轻！

我遇到你
Encounter

02
永远一岁的女儿

永远一岁的女儿!

当我的研究生同学陆芸用这样的说法形容《一丹话题》的时候,我会心一笑。真的,说得真贴切,没有哪个节目能像《一丹话题》这样让我牵肠挂肚了,如同对自己的女儿。也没有哪个节目这么像我,也如同我的女儿。

《一丹话题》只有一岁,她生长在1993年春天到1994年春天,生长在中央电视台二套节目里。

那时,中国正从计划经济向市场经济转型。

那时,中央电视台有三个频道。

那时,《东方时空》在同一个月刚刚开播。

我从来就没有想过,在90年代,国家电视台会有一个栏目以主持人的名字冠名。即使有,也不会是我吧。

然而,那一天,在中央电视台17楼的经济部办公室,赵化勇主任平静而深思熟虑地对我说:"你可以办一个言论性栏目,叫《一丹话题》。"

什么?我惊讶得不知怎么接话。

A 型血的慢动作

我惊讶以后，是兴奋，是想象，是犹豫，是跃跃欲试，是踌躇不前。

我适合主持言论性节目？我以前没有认真想过。赵化勇是老电视人了，很有实践经验，很有用人的判断，他给我的这一指点启发了我，我由此有了更多的自我认识和判断。以前，我虽然也做了一些有评论色彩的节目，但多半是出于直觉、出于兴趣；而赵化勇的指点，是方向性的指点，使得我以后在专业方向上有了更多自觉。

我是 A 型血，据说，这个血型的人保守谨慎，做事没开头就想到结尾了。我就是这样，不怎么主动，不怎么敢去做没有先例的事，通常选择是随着、顺着。我不大会说"逆风千里""明知山有虎，偏向虎山行"之类的。

眼前这件事就没有先例，我不知从哪里下手。我担心，开办之后，我能支撑住它吗？一旦支撑不住，怎么收场？一旦砸了，不仅砸了自己，也砸了中央电视台搭起的台子。

而没有先例，又有点儿刺激着我，面前的空间都给你了，还不试试？有什么比自由空间更能激发人的创造力呢？

我慢慢地想，迟迟没有动作。母亲打来长途电话："办节目可以，千万别叫《一丹话题》！"母亲这位老公安在 1957 年险些被打成右派，她以当年的经验预感到用我的名字命名的栏目可能会使我变成出头的橼子。她的话倒引得我从另一个角度去思索。

现在，我们有幸生活在 90 年代，这是一个思想解放、破除禁锢、言路开放、鼓励个性的时代。中央电视台决定创办《一丹话题》，其意义不仅在我个人，这会使电视台多一个节目样式，使观众多一个熟人，多一个交流的窗口。而作为直接与观众沟通的主持人，我也多了一个面对世界的表达方式。

就这样，我犹豫了几个月。

这时，赵化勇已经从部领导变成台领导。每次在台里远远看见他的时候，我都有点不安,那感觉,好像没写作业的学生遇到老师。怎么办?他会问我的吧?走近了,他果然问:"准备得怎么样了?"

我终于开始准备了。

好在,A型血的人还有个特点:认真,一旦开始做事,就投入。

我的注意力立刻聚焦:说什么?话题,这是最核心的。那时还没有策划这一说,凭积累,凭感觉,拿出第一批选题。

演播室、片头设计、技术准备同步进行,这些由杜禹和"红绿蓝"的朋友们负责。后来有人说,有点儿像一个工作室的雏形。

1993年春天,忙得没注意树是怎么绿的,花是怎么开的。

5月10号晚上,《一丹话题》开播了。

屏幕上一片蔚蓝,一个个标点符号出现了,逗号、引号、删节号、问号……

在设计片头和演播室背景的时候,看到杜禹和朋友拿来的以标点符号为元素的设计方案,我心中一喜,赞叹设计的魅力。琢磨了一下,我把句号去掉了。我设想,《一丹话题》可以包含各种话题,各种语气,但没有结论,没有句号,言犹未尽。这些标点符号以最简单的形式最准确地表达出我的想法。

片头音乐也是同样的意味:1234567i——说单纯也单纯,说丰富也丰富。当杜禹在中央电视台录音间用合成器弹奏的时候,录音师说:"我干了这么多年,从没录过这样的片头音乐。"我们笑道:"这就对了,就要没有过的。"

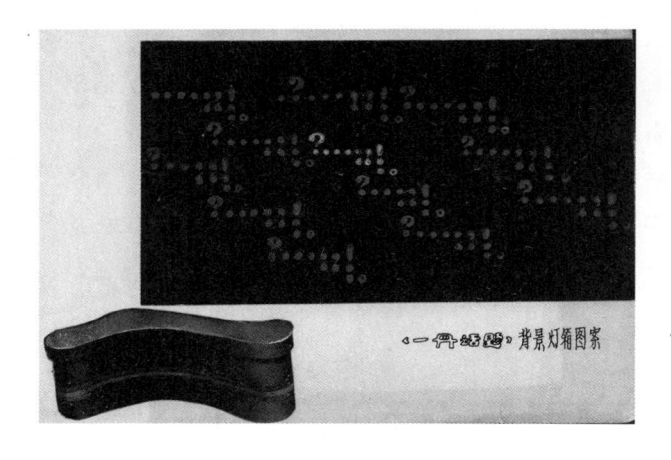

《一丹话题》片头

《一丹话题》的背板设计和片头让我很想说话,我喜欢这种表达。

转型期，人怎么了？

　　跟着感觉走，紧抓住梦的手／蓝天越来越近越来越快活／心情就像风一样自由／突然发现一个完全不同的我／跟着感觉走，让它带着我／希望就在不远处等着我／梦想的事哪里都会有

　　这歌声好像触到了那时的社会情绪脉搏，唱出了迷惘、不安和希望。新开办的栏目说什么，怎么说，我也是"跟着感觉走"。

　　从1993年走过的中国人，会记得，当时生活中开始弥漫着商味儿。从计划经济向市场经济转型，一时间，人心动起来了。有人戏言："十亿人民九亿商"，"人分为两种：经商的，或者准备经商的"。商业的味道带来一片金黄色，学校在谈三产，幼儿园在卖书，大会堂办起出租车公司，各机关也在办实业，男女老少学着炒股票，有点全民经商的意思。

　　我隐约觉得不安，如果都是一种味道，生活中少了点什么吧？在长安街新开业的三味书屋，我采访了陈荒煤、肖乾、丁聪、吴祖光等几位老先生，谈到文化、文明，谈到书店太少，谈到在长安街上应有书香。

　　生活中还需要什么味儿？最初的思路就在这里产生了。

　　首期嘉宾是天津报人张建星。先前，我早已认识了他的书和他的专栏，想象他是个敏感而诗意的文学青年，见面后感觉他还有另外好几面呢！至少是雅俗共赏那种。一进演播室，他在镜头前侃侃而谈，火星四溅。

　　他说：眼前涌动着金黄色的浪潮，大家都干一个事情、一个色彩、一个味道，确实不舒服。社会生活中，有商业层次的，也有精神层次的，各种人，各就各位才好。他善于把大话题谈得很轻松很个性，我们谈到的关键词是：人、社会平衡。那天，我们一口气谈了仨话题，一直录像到凌晨两点，还挺兴奋。

接着，我注意到"下海"，越来越多的人下海。商海很热闹，有些地方，如博物馆变得寂寞了，一些博物馆业务人员也下海了，博物馆靠出租场馆办家具展维持生活。博物馆的困境让我迷惑，这是商业大潮中的不得已，但这哪是高贵的博物馆应有的样子啊！人们去不去博物馆，博物馆能不能体面地存在，虽然没有吃饭问题这么急迫和现实，但它会长久地影响到国人的面貌和国家的形象。我们又一次面对人、经济、文化、平衡的命题，历史博物馆的俞伟超馆长说："不平衡，就会出毛病。我们熬几年，这日子一定会好过起来。"一个"熬"字，几多无奈，几多坚持。他具有历史眼光的态度给我带来启示，我们正处在变化的过程中，这是一个漫长过程，对过程中遇到的种种现象，得有熬的准备。

1993年，国人的普遍心理是什么？有的试试探探，有的东张西望，有的匆匆忙忙，有的游移不定，不知往哪里走好。

那情景，在同时期的电视剧《我爱我家》里有生动再现，戏里的一家人有着浓厚的当时的气息。梁天在戏里不知干什么好，寻寻觅觅，今天想着倒腾点儿啥，明天琢磨去海南发展，这个形象就像从弥漫着商味的大街上东张西望走来的。

我与经济日报的嘉宾詹国枢谈到这种彷徨心理。在计划经济向市场经济转换时，是非判断和进退判断都遇到了问题，才产生了彷徨。他分析：过去计划经济有一套是非观，过去"是"，现在"非"，就让人彷徨——现在这做法，对不对啊？面对转换，年轻人好办，老年人也好办，中年人最困惑。每当历史转折的关头，人们总会遇到普遍的彷徨心理。

回想1978年真理标准讨论的时候，我还是个大学生，真的是好彷徨啊！彷徨，旧的被打破了，新的还没有建立起来，那是一个有点痛苦的转变过程。我对詹国枢谈的内容很有共鸣，眼前的转换带来的彷徨，是积极情绪的准备，比麻木状态要好得多。彷徨是刚醒过来的感觉，彷徨太久是要误事的。接下来得尽快进入寻找、创造状态。

有一些人率先走出彷徨，他们是一个引人注目的群体，是邓小平南巡后下海的儒商。我在《一丹话题》里，向儒商提问：

从儒到商有没有转变的痛苦？

知识分子下海，对中国经济会有什么影响？

知识分子办公司往往伴随着主张、理念、追求，怎么理解这种现象？

有的儒商还存有最终回到书斋的念头，怎么理解？

为什么清高的儒会趋向很俗的商呢？

儒商对公司文化形成有什么作用？

知识分子走进商潮会带来什么色彩？

儒商怎样看发明、技术和企业运作的关系？

什么样的人更能看清儒商的意义？

可以说，与儒商的交流使得我认识了一种很有潜力很有后劲的力量。后来。他们这一批人被称为"九二派"，激流中沉沉浮浮，成为市场经济中的活跃的群体。在后来每年一度的亚布力论坛上，我看到他们依然释放着活力。

20年后，有"九二派"中的儒商看到这些当年的问号。在他看来，有的问号已经用实践回答了，有的今天仍有价值。我想，有机会，再问问冯仑潘石屹他们，看这些儒商如何回望一路风云。

做记者的，都会对流行语反应敏感，不同的时代背景，有不同的流行语。《一丹话题》在谈到1993热词时，引用了这样一些说法：

"每次商品价格一出台就伴随三个字：承受力。"

"大白菜！年年强调大白菜，它成了某种象征。"

"粮票成了文物了。"

"粮食价格改革出台，例行公事，先党员后群众地传达，结果老百姓承受了，承受不了的反而是我们的体制。"

"北京有个说法：点替"，"东北有个说法：拼缝"。

"下海，练摊儿，干第二职业。"

"价格改革后，猪肉蔬菜放开，一会儿多一会儿少，把人弄得焦头烂额。记者用琼瑶笔法写道：月朦胧，鸟朦胧，菜朦胧，猪也朦胧。"

变化的时代，人活跃，新词多，生活变得生动了。我在节目里说，如果把新词编成词典，留给后人看，那是非常有历程感的事。

粮票、布票，眼见着在我们面前变成新闻里的热词，又变成历史。记得粮票即将取消时，不那么珍贵了，我们就用多余的粮票去和小贩换塑料的盆盆罐罐。布票废止以后，我很长时间都不大相信似的，见到花布就去抚摸，就想买，我是小时候被布票吓坏了，生怕以后又要布票。我当时买的各色花布攒了一包，直到现在还宝贝一样珍藏着，快成"文物"了。媒体人，亲历这个阶段，记录这一现象，挺有意思，让后代知道紧缺经济下的票证是怎么回事，让后代理解粮票布票的终结意味着什么。

这些话题，都有着一个共同的背景：转型期。在《一丹话题》开播之前半年，中国确定了市场经济的方向，这是决定中国人未来的大事。转型期的特点逐渐显现：新旧碰撞，思想激荡，旧的平衡打破，新的秩序在建立中。

《一丹话题》最初的话题并不是研究出来的，而是感觉出来的。我和周围的人一样，也在碰撞中、激荡中、困惑中、失衡中，身边的变化使得我很自然地把目光聚焦在"人"上——转型期变化中的人。人的观念与思维、人的行为与选择、人的失衡与调整，都与大背景相关。人，成为社会变化中最活跃的因素，也激发着我探究和表达的欲望。

想上学？还是想要钱？

面对纷纭的世界，《一丹话题》说什么？不说什么？

我会情不自禁地关注一些现象，情不自禁地关注一群人，情不自禁地想和人讨论，情不自禁地想和观众交流。当我出现这样的状态时，遵从内心的感觉，走到话筒前，成为最自然的选择。

"情不自禁"也许是主持人的一种值得珍视的好状态。不是为了完成工作量，不是应付命题作文，不是为了把每期 8 分钟的时间填满——就是强烈的表达欲望，不说憋得慌。

教育的话题，总是让我情不自禁。

在《一丹话题》之前，我在《经济半小时》多次做教育主题的节目。以至于作家梁晓声说："你有点教育情结了。"在经济频道、经济栏目，为什么没完没了谈教育呢？就是"情不自禁"。经济和教育怎么分得开呢？它们是互为因果的关系啊，可以互相促进也可以互相制约。

在海南，我看到，在本应上课的时间里，在离学校不远的地方，一些小姑娘陪着游客照相，缠着游客要钱。她们脸蛋上涂了胭脂，她们胸前的小花包里装着挣来的零钱。

我问："想上学？还是想要钱？"小姑娘细声细气："要钱。"我只有叹气。我本能地回头找她的父母，父母都回避了。

她得到了小钱，而她失去的呢？她失去了受教育的时间和受教育的机会，更重要的是，她可能失去人的自尊。

在新疆，我看到在热闹的大巴扎里，好多小男孩在叫卖。他们太小了，还是学龄的小巴郎。在商海里，他们当中也许会出现小商人，但谁能说得清，他们当中有多少辍学的孩子，将来会成为文盲半文盲呢？

《一丹话题》的这些话，不是说给孩子的，而是说给大人的。明白而有远见的大人，明白而有远见的民族，看到这样的数字能不动心吗——

1992年的全国初中生辍学率为5.78%，小学生辍学率为2.19%。

财政性教育经费支出占国民生产总值的比例四年来逐年下降，1992年的比例是2.95%。

同样让人不安的是，教师流失。青年教师弃校、离校、下海、跳槽，在一些欠发达地区成为普遍现象，一时间，孔雀东南飞，教师大逃亡。1992年全国中小学教师流失率为4.9%。为什么？回答几乎异口同声——教师待遇太差，教学科研条件太差。

学生辍学，教师流失，让我想到，小时候，第一次听到"流失"这个词的情景。在镜头前，我又一次情不自禁了：

> 那是在科教片《泥石流》里，伴随着泥石流暴发的可怕场景，我第一次听到"流失"这个词。从此，一听到这个词，就有一种不祥之兆。眼前的教师流失，也不是好兆头。土壤流失了，秧苗怎么办？教师流失了，教育怎么办？教育搞不好，明天的经济会怎么样？冰心老人曾经痛心疾首地说："我们不能坐视堂堂一个中华民族在21世纪变成文化沙漠。"绿洲一点一点流失，于是就变成沙漠。从这个意义上说，眼前的教师流失，是不是我们应当关注的信号呢？

节目播出后收到观众来信，我看重他们的呼应：

> 《一丹话题》谈到了教育界的流失问题。流失，将给教育带来灾难性的后果，人称"大出血"。我们可不可以把教育界流失看作是贫困的教育界中贫困教师的一种生存逃亡、自我安置呢？这样下去，流失将变成泥石流和雪崩。
>
> 安阳师范王志平
>
> 《一丹话题》中谈到教育问题，引起我无限感慨和惆怅，也看到了希望，我是个农村小学教师，耳闻目睹又亲身体会了农村教育中出现的问题，和农村小学教师遭受到的冷遇。十分痛心，无力回天，提供点素材，请你向全社会呼吁。
>
> 河南邓州王平章

人穷得没了表情

更让我动心的是《关于扶贫的对话》。

当我走进广西都安的时候，尽管对那里的贫困程度做了思想准备，但我还是震惊了。县政府的车开不了，没有钱买汽油，借了油票才开车上了路。窄窄的路挂在石山上，车颠簸着，不敢往路下面看，索性随它去了。乱石遍布的山上，零星种着庄稼，山坡上的地块儿小得只能种三五棵苞谷，一场大雨，水土流失，有的地块儿就可能被冲没了。

路，到了尽头，一块石碑告诉路人：这条路是澳大利亚援建的。唉！

没有路了，我们徒步走进一条山沟，县长说，这里从来没有记者来过。

这里人均年收入在200元以下的有15.7万人，全部家产折价不到100元的有1750户。

在闭塞和贫困的环境里，人穷得没了表情。我们给孩子文具，可上不了学的孩子不认识橡皮，我只好用铅笔画了一个小人儿，又用橡皮擦掉，让孩子明白橡皮是干什么的。孩子不好奇，也不羞怯，眼睛里一片空白，我一阵心疼。

走进一户人家，家徒四壁，壁也是残破的，锅里煮着黑乎乎的野菜，撒一把苞谷粉，那就是娘俩儿的饭。摄像杜禹一边拍摄，一边流泪，镜头里老人的形象模糊了，杜禹捐给老奶奶100元钱，"用这钱去买两头小猪养起来吧"。老人茫然，她不认识100元的钞票。县长说，一条山沟也破不开这100元钱。老人家拉住杜禹："你是我的孩子！"

离开那个山沟，我们都说不出话来。很多天，压抑的情绪挥之不去。

像这样的地方、这样的人，还有多少？现在什么状况？

我采访了国家扶贫办高鸿宾。这位扶贫专家说，很少有人了解中国还有这么一些没有吃上饭的贫困人口，过去，耻于谈自己的贫困，宣传不够，所以大家对中国基本状况了解不充分。今天，了解王府饭店，了解都安，了解两极，才能了解国情。应该有实事求是的态度，敢于面对贫困，承认贫困，才有勇气最终解决贫困。

世界银行经济学家安澜是个地道的老外，让我敬佩的是，他先后40次来中国，考察研究中国的贫困问题。恰巧，他也刚从广西都安考察回来，我们有了共同的话题。他说，你一去贫困地区，都安、大化，你就觉得，我现在不是在中国。这不是中国的普通的情况，大的城市、比较发达的农村，跟那儿完全不一样。中国的贫困区条件真的很差，不是普通的贫困，他们生活很难过，跟大半个中国完全不一样。安澜肯定，中国把绝对贫困人口大大降低了，世界银行要用项目来减少贫困值。与安澜的对话，使我们有了更宽的视野，反贫困是世界性的主题，减轻中国的贫困就是减轻了世界的贫困。

我在1993年面对扶贫这个话题时，正是一个关键的节点。当时中国贫困人口人均年收入300元以下的有8000万。在从计划经济向市场经济转轨的形势下，扶贫开发也面临严峻挑战。

穷人的利益，有没有被忽略的可能？市场经济的基本特点就是讲效益讲利润，所以，在市场经济条件下，穷人的利益、贫困地区的利益是最容易被忽略的。市场经济正在给贫困地区带来影响，资金人才流向发达地区，扶贫意识淡化、政策软化、措施弱化，扶贫进入攻坚战、持久战，防止扶贫工作滑坡已经成为必要的警示。

谈话中，我感觉，专门从事扶贫工作的专家已经亮起黄灯。

那个夏天，《一丹话题》一口气谈了四期扶贫话题。原本并没有想谈这么多，但后来，在采访中生发出更多想法，欲罢不能。

我们在节目里报道的贫困状况让很多人震惊。观众用了"惊愕""难以相信""怦然心动""忧虑""沉重"来形容自己的感受。我反思自己，公众不知晓，不是也有媒体的责任吗？对贫困这样一个现实的存在，我们有足够的关注吗？我们的目光习惯看向哪里？心用在哪里？锦上添花，雪中送炭，对电视人来说，哪个更有价值呢？

四期扶贫话题要结束了，在话筒前，我对自己，也是对观众说："我们忘不了，在离我们不远的角落，还有8000万贫困人口。"

观众来信中，我感受到，很多人正在从心动到行动：

昨天看了《一丹话题》，感谢你们凭着高度的社会责任感为我们启开另一个世界的窗口。当看到贫困的"贫度"时，我不禁心悸了：这就是经济迅速发展的中国的角落！社会发展的脚步又把他们抛下了老远，老远。我想，在国家经济浪潮高涌之时，暴露低潮点是必要的镇定剂。讲述贫富差距，让人清醒头脑，这副担子，请新闻单位一定得担起来。

长沙贾茹

看了《一丹话题》扶贫节目后，心情很激动，因为我们是在西南石山地区工作了三十多年的老地质工作者，至今仍为治理石山而努力，现在寄上一份《我国南方岩溶石山开发治理脱贫的建议》，希望此报告成为引玉之砖，使石山扶贫工作能引起各界人士更广泛的关注。

中国科学院学部委员袁道先

扶贫乏力，何日能解民忧？建议搞一次"扶贫工作万里行"。要有超常规的措施和政策。

云南元阳吴辉雄

二十多年了，当初在贫困村庄里看到的穷得没了表情的小孩已经成了大人，我的视线跟随着扶贫的进程。扶贫标准几经演变，按照 2010 年标准，农民年人均纯收入 2300 元以下的贫困人口有 8900 多万人。扶贫，依然是不能不谈的话题。作为媒体，把真实的贫困状况广而告之，是扶贫；引发更多人关注贫困地区，是扶贫；提供信息帮助穷人转变观念，也是扶贫。我们总不能让贫困代代相传。2014 年 10 月 17 日，我国有了首个扶贫日，愿这个日子引发更多对贫困的关注，更愿关注不仅在这一天。

一丹话题
贫困专题

户口啊，户口

不知不觉，我们身边多了些飘着的人。街上的修鞋匠，家里的小保姆，建筑工地上的民工，流水线上的打工妹，他们在城里打着工，做着生意，正在和这个城市发生各种各样的联系。但，他们的根在哪儿？根——户口在老家，在乡下。而没有户口，往往就失去很多东西，比如，平等、待遇、尊严。

没有根，他们飘着，成了边缘人。边缘人多了，聚在一起，形成了边缘人的群体，浙江村、新疆村、河南村，这成为90年代引人注目的现象。我去浙江村采访，看到的情景很独特，一家老小拥挤在出租房里说着乡音，勤快地在小作坊做服装，熟练地奔走在王府井、西单。不是城市，也不是乡村，人们在边缘状态存在着。

户口，是个什么？

从小，我第一次知道户口给人带来的差别，是从我家农村亲戚那里。那时，我姥姥的娘家在黑龙江一个叫"三排七"的村里，常有亲戚来哈尔滨，多半是看病。我姥姥说："你看菊花子穿的衣服，借了半个屯子，棉袄是老张家的，裤子是老李家的，鞋是老王家的。"

"他们咋那么穷？"

"他们是农村的，是农村户口。"

姥姥说不出为啥户口不一样。

后来我去了"三排七"。那是"文革"中，学校停课了，我父母随时可能受到冲击，姥姥就带着我和弟弟们去了那里。临走的时候，我妈给我带了一本我爸的旧苏联书，书名和作者名都很长。我妈说："那儿没手纸，这个，你们上厕所当手纸用。"

"那，他们用什么？"

"用苞米秸啥的。"

那确实是另一个世界。那里有很多舅姥爷，每个舅姥爷家都有很多小姨小舅。舅舅们看到我带来这样一本书，你撕几张，他要几张，把一本书给分光了。他们说，我们没有卷烟纸。于是，这本流落到村里的苏联书就成了中国农民的卷烟纸。

我的小舅小姨们多半没有我大，他们的名字叫小囤儿、二仓子，小眼睛儿、小邪乎、满桌子——意思是她是家里老四，炕桌有四边，生一个孩子坐一边儿，到了老四，满桌子了。

我问："你家的锅咋生锈呢？"

"没有油呗！"

睡觉时满满一炕都是孩子，舅姥挨个点一遍，缺了再到处找。

在那里，我听到一个词——"旱"。舅姥爷说："今年旱，没啥吃的。"在城市，只说下雨、天晴，从来不说"旱"，从来没想过天不下雨人会怎样。

那个夏天，我有了难得的经历，我知道了小舅小姨们的日子不一样。

后来那些年，姥姥常常带来三排七的消息。那里一直很穷，我逐渐看懂了户口对人的不平等。

农业户口、非农户口，从 50 年代开始实行这种城乡二元户籍制度，就把人分成两大块。专家说，把户口分得这么清清楚楚的，全世界只有三个国家：中国、朝鲜、贝宁。

初次听到这个信息，我有点受刺激。而接下来听到的故事让我感慨。

中国社会科学院韩俊一直致力于农村发展研究，他对我讲了他家的经历。

他从小在农村长大，父母兄妹都是农村户口，后来因为落实政策，全家农转非。父亲一生中最高兴的事有三件：第一件是 1949 年解放；第二件是 1979 年儿子上大学，上大学就意味着身份变为城里人；第三件就是全家农转非。农转非以后，命运发生很大转机，周围的人们非常羡慕。有意思的是，后来，弟弟找了个女朋友，是农业户口，已经告别农村户口的家人心里有点不舒服。后来，女孩准备花上一万元买一个户口。这时，韩俊不仅作为哥哥，同时作为学者，心情不同了，他没有一点轻松的感觉，反而觉得格外沉重。

这个经历，像一个故事，一个样本。农转非，仅一字之差，可一字千金。长期存在的城乡二元户籍管理制度造成城乡户籍之间诸多待遇差别，带来阻隔，带来鸿沟。《一丹话题》里讲的这个故事可能会让很多有相似命运的人想

韩俊：农转非是全家大事。

到自己。我更期望的是，对森严壁垒的户籍制度做一番思考。

韩俊不但会讲故事，更会讲道理。他对人口的流动、户籍制度的改革谈得入情入理：

> 对边缘人现象，不能单纯地从市民、城市的角度看，更不能从部门的角度看，应该从全局的角度来看。
>
> 一个国家的历史，就是人口不断流动的历史。没有人的合理流动不可能有完整意义上的现代化。
>
> 面对强大的剩余劳动力的洪流，围追堵截，无济于事，但不能放任自流，要逐步有序化。
>
> 将来要对人口实行开放式管理，采取渐进式方法改革。
>
> 在人口流动性越来越强的情况下，如果仍用旧的户籍制度来进行封闭式管理，边缘人，这种处于管理真空状态的人会越来越多，这才是将来社会不稳定的一个重要因素。
>
> 现在迫切需要制定一部与社会主义市场经济改革目标相一致的新的户籍管理法。

这些话是1994年讲的，20年后再看，我们想到了什么？

当初我找韩俊做嘉宾时，曾打了一圈电话。先是从报纸上看到他的一篇文章，很有共鸣，于是记住韩俊的名字，找报社，找主编，找责编，找社科院，找办公室……终于找到了。

我说："韩老师……"

他说："别叫老师，我比你小。"

这位年纪比我小的嘉宾相当成熟，在话筒前说话准确流畅到位，又接地气又前瞻，很有质量，摄像和技术把他评为"最上镜的嘉宾"。

在三期《边缘人向我们提出了什么》的最后，我很感慨：如果有一天，我们国家真的成功地进行了户籍制度改革，那时候，就无所谓城里人、乡下人、边缘人了，"边缘人"这个概念也就离我们远去了。那时的中国，从历史意义来说，在社会进步方面就往前迈了一步。这种进步，不仅体现在社会和经济方面，恐怕更多地体现在人的进步、人的完美方面。

那时候，"有一天"是多遥远的未来啊！在1994年，我踮起脚，遥望着，未来可能发生什么？我们可能遇到什么？

遥望，也许是人的天性，从猿到人，我们的祖先站起来后的第一个动作也许就是遥望，于是，发现大地、大海、新大陆，发现世界。而对一个媒体人来说，遥望是一种能力。也许我的视野受限，也许我的视力不足，但我至少有遥望的欲望。我不奢望自己有多少前瞻能力，但我至少不允许自己把目光局限在眼前。好在，借助于那些有识之士，那些真知灼见，使得我能够遥望。

20年过后，2014年夏天，一则重要的新闻传来：户籍制度进一步改革，将建立城乡统一的户口登记制度，切实保障农业转移人口的合法权益。有了时间表，有了路线图，户籍制度改革，不再是遥远的事。

我欣慰地想，20年前遥望的那一天，近了。

问号，延续了 20 年

《一丹话题》时期，正是中国社会转型期。站在转型期这个节点上，变化，就在身边。从身边的变化，能悟出什么？能向前看多远？

在《一丹话题》里，我经常发问，也经常担忧。为未来。

那一个时期，"扶持"成了使用频率很高的词。扶持教育、扶持京剧、扶持高雅艺术、扶持文化事业……怎么有那么多需要扶持的？琢磨"扶"这个字，越琢磨越觉得形象：一手，一夫，就像一只手伸向旁边的人——扶。需要扶了，就好像快不行了，就意味面对的是弱势，是夕阳。于是，我担心：如果这些需要扶持的地方长期顾不上，会不会产生历史性的遗憾和历史性的报复呢？

在转型期，文化团体一度处于困境，日子很难过。我去听艺术院团的团长心事。煤炭文工团瞿弦和特别无奈：要用 80% 的精力操心全团生计，而无力顾及艺术质量。北京交响乐团谭利华心里更不是滋味，他是指挥，希望脑子里主要放的是乐谱，想的是提高交响乐团的演奏水平，而现在不得不用主要精力来想经营，想维持日常运转，想职工工资，连做梦都想，从哪里得到赞助呢？我理解，他们所关注的不仅是个人的艺术生命，也不仅是一个文化团体的生存，而是文化的延续和发展。如果经济发展了，文化不能同步发展，将会给我们的未来带来什么呢？

身处市场转型期，真是又好又糟的感觉。好的是活力释放，而糟的是不道德现象比比皆是：假货泛滥、合同欺诈、人性堕落、商业失信。那时，我们在报道中频繁出现这样的常用词：假冒伪劣、坑蒙拐骗。

也有人认为，在这个阶段出现一些不道德的现象也没有什么大惊小怪的，过一段时间，市场经济成熟了，自然就会好了。

我在忧虑迷惘中请来社会学、经济学和媒体专家，一起面对道德问号。

搞市场经济要竞争、要动力、要活力，同时，我们又要良知、要秩序、

要规则。这似乎是一道难题,怎么解决这个难题?

　　有人想下海,听到这样的忠告:下海经商?那么,你十句话得有八句假,你行吗?市场经济就是骗子经济。既然是骗子经济,还谈什么道德呢?

　　如果道德规范建设不起来,会带来整个民族道德下降,那么,市场经济搞得再好,又有什么用呢?

我们在交谈中,有这样的共识:

　　道德建设没能同步,发展下去会引来社会发展的失衡,会带来社会发展的倾斜。

　　计划经济中,多数人像羊一样,个人的选择和创造力发挥不出来,今天我们要完成的是什么?绝不是把羊变成狼,那样社会太可怕了,我们要获得的是,个体既要有动力和创造力,同时遵守社会道德规范。

　　如果单纯强调速度,发展到一定程度,社会道德跟不上,经济发展就会垮下来,这不是危言耸听,弄不好是要尝苦果的。

在1994年的春天,就这样,很不轻松地望向远处。

面对道德的问号,无解。我陷入困惑,我能想到,道德带来的纠结会持续一段时间,但,我没有想到会持续这么久。后来,屡屡遭遇道德困境,有的现象甚至愈演愈烈,持续至今。至今仍然得面对问号。

最后三期的题目是《关于道德的问号》。
《一丹话题》就结束在这样的问号里。

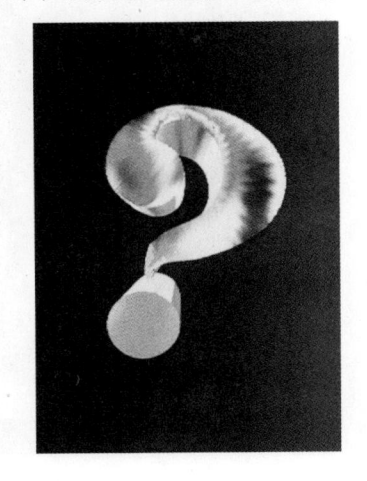

《一丹话题》背板上的问号。

一个逗号

在 1994 年 5 月最后一期《一丹话题》结束时,我与观众告别:在你关注的目光里,我们一块儿思索过、感叹过,一块儿沉重过,也一块儿欣慰过。就为了我们之间的共鸣,让我在这里说一声:谢谢你!虽然是最后,但是我们之间不必说再见,也不必用句号,因为《一丹话题》不会永远。然而,我们生活的话题却新鲜永远。

背景板上,各种各样的标点符号依然亮着,发出幽幽的蓝光。我取下一个逗号,那逗号圆润饱满,我喜欢它没有完结的感觉,隐约觉得,逗号在给我某种启示。一年,五十多期节目,这逗号和我们一起经历,一起创造。它是一个见证。

这个充满了标点符号的演播室建在北京磁器口的东唐小学,其实那是一间音乐教室。白天,小逗号们在这里听着孩子们唱歌;晚上,小逗号们又来看我们录像。

《一丹话题》摄影组的伙伴们。

我的搭档们操持着镜头后面的一切。

杜禹（前右）是摄像，又是各工种的大总管。他会不厌其烦地调灯光，也会快乐下厨为大家做"拨鱼子"，他更会在关键时刻给我提醒和忠告。他的语录"没有不会说的，只有不会问的"被我视为采访座右铭。他是全国首届十佳电视制片人，电视剧《我爱我家》的制片人。

王迎（后左），负责技术工作，参与摄像和剪辑，人漂亮，工作干得也漂亮，是让人特别放心的搭档。那时，他还有点像学生，还没有充分绽放艺术才华；后来，他成为电视剧导演，《家，N次方》就是他的作品。

魏安泰（后右），是摄制组的司机和制片，名如其人，他开车、做事、做人都从容稳当，评价节目也很有感觉，难忘他曾经这样描绘《一丹话题》的形象："理智、理性、博学、博爱"。后来，他到了中央电视台《新闻调查》工作。他是北京人艺之友，背诵《茶馆》王掌柜大段台词，惟妙惟肖。

李文华（后中），胖胖的他，随和亲切，处理技术问题甚是细腻，给后期编辑带来保障。他在，就让大家都挺踏实。

没有他们，就没有《一丹话题》的呈现。

灯光暗下来，我的心也沉静下来。

这一年，专注在《一丹话题》里，我竟没怎么注意到春秋寒暑的变化，忽略了很多，也得到了许多。我重温了十年前考研究生时的投入状态，也初尝了人到中年再创造的滋味。

在《一丹话题》里，我往往处于一种特有的状态中，主动、活跃、由衷、敏感。没有感觉的题目我不会去做，没有感觉的话我不会去说，按自己的方式去想，按自己的方式去说。这似乎是一种把"真我"和"职业的我"融合在一起的最好的状态。

采、编、播合一的工作方式，要求我始终处于发动状态，时刻在发现，永远在运行。最用心思的是节目内容——选题。赶上了转型期，变化多，新事多，多姿多彩，题目频出，很多选题缘于长久的观察，偶然的触发。我越来越不在意"一丹"这两个字，而更在意那生活中的无穷话题。

幸运的是，那些话题赶上了一个相对宽松的环境，很少遭遇红灯。在一年的节目里，唯一被枪毙的节目是《我们能实行五天工作制吗？》，理由是"太超前。"而我更看重的户籍话题、道德话题竟然一路绿灯。

在这个演播室，当我被标点符号包围着的时候，我就有了说话的愿望。说什么，怎样说，对一个言论节目主持人来说，是很自然地融合在一起的，我不会刻意琢磨某个词句，某个姿态，而更注重自己的整体状态。不论在演播室，还是在现场，不论是面对镜头，还是面对嘉宾，质朴、简洁、含蓄，是我想要的样子。

告别了一个栏目，也告别了一种状态。

真的有点累了。正如吴郁老师说的：有时，可能因为敬一丹超负荷运转，声音、面容和神情让人看出一个累，有些语气未免过于沉重了。

我从开办《一丹话题》几乎就没有从容过。每周8分钟，持续50多周，从选题、采访，到编辑、制作，运行得十分紧张。从第一个电话到最后一块字幕，这种"小作坊"的工作方式让我忙忙叨叨，再加上主持《经济半小时》节目和其他工作，我经常处于超负荷状态。缺少必要的张弛调节，缺少必要的学习滋养，常有入不敷出之感，精力、体力、智力，只能吃力地维持简单再生产。这不是一个主持人的好状态。

可不可以增加助手，把我从编辑机前解放出来？我那时自己尚在慢慢找感觉，难以把模糊的感觉传达给助手，所以就执拗地坚守着编辑机，迷恋着小作坊的方式，用有限的电视手段一个镜头一个镜头地编，很笨，也很累。而一些节目因仓促带来的粗糙，也让我不能原谅自己，于是，就更累。

停下来，有时间反思了。这时的反思不再属于我自己。那些遗憾，那些欠缺，那些教训，再加上思考，就成为日后有用的东西。

观众来信：

> 作为话题的内容，要说就要说真话，说对得起历史的话，说大众关心的话，说社会热点的话，有超前意识，对深化改革才能起促进作用。
>
> 湖南屈大鹏 1993.6

《一丹话题》向我们揭示了当前社会的一些深层次的问题，令人关注，发人深省。如果《一丹话题》能做些调查，起"警世、醒世、喻世"的作用，我想是一件大好事。

西安竺祖荫 1993.7

话题一旦提出，就有人想，有人议，而且话题本身早就在群众中，一成电视话题，言路就打开了，所以和者众。《一丹话题》是一个开拓言路，启迪人们思考的话题。

云南威信石人 1993.8

《一丹话题》与观众再见了，王纪岩院长说："我和大家一样，都有些留恋。也许这栏目应再办几年，也许这栏目应有中国电视界第一个智囊团。"王老师自己是资深电视人，桃李满天下，他的学生很多都在电视前沿。他说："做新闻思辨型节目，主持人自身的生活阅历、知识结构、思维品格都会通过节目自己站出来讲话，想藏也藏不住，想躲也躲不开。观众看节目的同时，也是在看主持人的生命体验。《一丹话题》看来看去里里外外就是敬一丹这个人，她把她对世界的生命体验袒露给了观众。"

在报人哈悦看来，担任言论节目主持并不是一件很讨好的差事，如何把应该受到关注的新闻点反映得意味深长，要看主持人自身的功力了。《一丹话题》所做的，不只是捕捉新闻、传播新闻，而是在经营新闻，是想向人们传播一种思想，传播一种经自己深深酝酿孜孜求索过的思想，努力记录并且表述一种人们艰苦求证的过程，安慰今天的心灵，并且在适当的时候，还给历史。我很在意哈悦"传播思想"的说法，她把我模糊的感觉做了清晰的表达。

学者王浩这样看栏目和观众的关系：《一丹话题》的观众群实际上是由节目制作者捕捉话题的能力所决定的。敬一丹往往在两端之间捕捉话题，一端是市场经济，一端是人。由此产生的话题，就把市场经济带来的社会变化与千百万中国人的命运结合起来了。这一结合构成《一丹话题》的基本特色，正是这一特色，对观众产生了震撼力和感染力，拉近了节目与观众的距离，拓展了节目的观众群。《一丹话题》谈的是经济，透过经济，看到的是人；透过人，我们又看到了自己，在许许多多令人困惑的经济事件中，重新发现自己。

白谦诚老师作为节目主持人研究的专家，看一个栏目，看一个主持人，往往会和主持人群体联系起来。白老师谈到《一丹话题》的机遇，更谈到素质准备。在他看来，多年实践的锤炼，高等学府的深造，采编播基本功，是《一丹话题》的基础。白老师在主持人这一行当刚刚出现的时候，就敏感地预见到它的生命力，倾力研究，全力推动，对形成行业的学习气氛，对促进主持人群体的成长，都做出了开创性的贡献。我在做主持人的实践中，在走近金话筒的路上，常常得到他的鼓励。

说《一丹话题》是我永远一岁的女儿，可能还有这样的意思：她像我，好赖是自己的孩子，好的地方像，毛病也像，不足也像，局限也像。在我做的各种节目里，这一个，有着最多的遗传。

后来的日子，电视发展呈蓬勃之势，改革进程超出想象。当制片人制成为一种工作体制时，当策划成为一个重要工种时，当我接触到"集团作战"的优势时，我更意识到《一丹话题》的局限。当时的条件，当时的认识水准，当时的自身能力，当时的习惯，我也只能这样了。

今天，20年后，回头再看《一丹话题》，我欣慰又感慨。欣慰的是，在那个转折的年代，我在，我听，我看，我谈。而那时所说的话，经历了历史的考验，我没有为昨天的表达脸红。感慨的是，20年来的一些问号一直延续到今天，看样子，还要延续下去。

我遇到你
Encounter

03
和谁一起，很重要

去哪儿，很重要，与谁一起去，同样重要；
做什么，很重要，与谁一起做，同样重要。

在职业生涯中，我很幸运地找到自己喜欢并适合的位置，同样幸运的是，我遇到了这样的同事和同行。南来的、北往的，年轻的、年长的，在特定的时空交汇点，怎么就遇到了呢？这是缘分啊！

20年来，我和他们在一起。

我们同属于CCTV新闻评论部。这是我工作时间最久的地方。说评论部，有点儿"单位"的意思。还是说我们的栏目吧：《焦点访谈》《东方时空》《新闻调查》《实话实说》《世界》《面对面》《新闻1+1》……

白岩松的新闻私塾

  眼前这个人他有一点酷
  手不释卷总拿着茶壶
  经常也会跑一会儿步
  爱着巴蒂最爱师母
  他让我抛开陈旧教科书
  他教我读懂人性的最初
  新闻不是曾学的面目
  我在这里重新起步
  老白老白我们去哪啊
  因你新闻世界变得很大
  …………
  老白老白你像一本大书念着你就不怕输
  老白老白你像一本大书请让我慢慢阅读

  学生们用《爸爸去哪儿》的曲调，这样唱着他们的"校长"白岩松。

  甲午之夏。毕业季。
  我来到坐落在北京万柳的北大电视研究中心。这个熟悉的地方被布置起来，有一种新鲜的气氛，红色的横幅上，贴着菱形白纸，上面用繁体字写着："东西联大首届学生毕业典礼"。手写体，很像30年代，让人想到西南联大的味道。
  两年前，就在这里，北大电视研究中心的研究员们在商量，有没有什么新方式和年轻学子们沟通交流？能不能创出一种有效的研修方式？岩松一直是研究中心的最活跃的研究员，很多研究活动都是他的点子。讨论中，精英、前沿、媒介领袖、工作坊，一个个词碰撞着，有一个词很有吸引力：私塾。
  议论着，想着，而真正动手做起来的是白岩松。

白岩松从中国传媒大学、北京大学、清华大学、中国人民大学挑选了十名在读研究生，每月一天相聚，新闻私塾开课了，一个以往没有过的研修方式开始了。学生来自东边和西边，于是，就叫"东西联大"。

岩松做这件事我一点都不意外。作为媒体人，他有新闻理想，不传播毋宁死，以传播为乐，以分享为乐，具有影响他人的欲望。同时，他具有诲人不倦的气质，愿意并善于把自己拥有的东西向后生传授，在传授中始终保持激情，这样的人太适合当老师带学生了。

让很多人好奇的是，学生们在各自的学校都有系统的课程安排，岩松的课有哪些独特的东西？岩松经常给同学们开书单，让学生写书评，讲新闻评论，讲标题，当然都是白氏讲法。有时岩松还给同学们讲自己的经历，讲北漂，讲蜗居，讲音乐……东西奔波，课上课下，给人一杯水，自己得有一桶水。教学费精力费时间，白岩松是最忙的主持人，他的节奏快得如一路小跑，不知他怎么挤出时间的，而这一切都是义务的，岩松说，这是软性公益。是啊，他付出的是时间，有什么比这种付出更慷慨呢？

第二届的同学为首届同学操办的毕业典礼有点儿像个大party。众学子围绕着白岩松，学生们管岩松叫：校长、师哥、老白、师父。这些称呼里有着多重含义。他们唱《老白，去哪儿》：

老白，这个月要看书吗？

要啊。

那可以不写书评吗？

想什么呢！

…………

岩松应和着学生的歌声，看起来开心轻松。其实，他恐怕是难以轻松的——当他的新闻理想和新闻现实冲突的时候，当他不被理解的时候，当他的价值观实现遭遇阻碍的时候。他说，在做新闻方面，我的能量只发挥了50%，甚至不到。在年轻同事们看来他永远在奔跑，在进取，他的名字总是出现在各种获奖榜上，而他自己说："我不知道我能扛多久，电视还能在传播这个阵地上扛多久？"但我一直相信，他是有长跑准备和长跑能力的，他似乎不用外在动力来驱动，内心力量足够强大。

每每看到他的坚持，我暗自佩服又有些为他担心，记得有天晚上，他的节目不见了，我猜这，想那，种种可能，七上八下，电话打过去，才知道是因其他特别节目安排，临时取消了，我这才安下心来。

边界、底线、探索、空间，这样一些词经常会困扰媒体人，而小白没有停止探寻，他做的很多事在新闻史上是有开创意义的。

岩松是能看到远方的媒体人，他拿着属于自己的棒进行新闻长跑；同时，他也为即将接棒的年轻人开拓着，希望自己的学生将来有更好的空间。

岩松的"东西联大"的座右铭是："与其抱怨，不如改变；想要改变，开始行动"。新闻私塾，这种形式很有意思，亲切舒服有人情味，它的结构本身也有一种优势，大家来自不同的学校，带着各自的特点在这里实现了互通、交流。同学们的体恤上印着："永葆好奇之"。

"毕业大片"开始播放。妍琳写的解说。这个文静女生写的文字很有些热血涌动激情澎湃的意思，有点儿岩松学生的意思。

解说词第一句就把我吸引住了：

如果你学新闻，你会追求真相。

如果你追求真相，你会调查。

如果你调查，你会采访。

如果你采访，你会找到现场。

如果你找到现场，你会质疑。

如果你质疑，你会发问。

如果你发问，你会搜集证据。

如果你搜集证据，你会深入现实。

如果你深入现实，你会调查历史。

如果你调查历史，你会想知道这个国家的现代史。

…………

我曾经旁听了岩松的一课。同学们跟随着岩松，梳理不同年代的新闻事件，从他们出生的 80 年代一直回望到 50 年代，林林总总的新闻事件让年轻人看到历程、看到逻辑、看到可能。那天，岩松和同学们讨论"70 年代十大新闻事件"，同学们按照自己的理解自己的标准梳理选择，阐述自己的观点。

我听着那些年轻的声音，似乎回到那风云际会的年代，回到曾经亲历的惊心动魄的事件中。学生们年轻的面孔严肃专注，那些新闻事件都是很久以前的故事。岩松引导同学们用自己的眼睛看历史，看新闻。从 50 年代一路看过来，他们的眼光会有怎样的变化？他们看今天的媒体现象会多了哪些参照？他们看眼前的新闻会有怎样的价值判断？

岩松的新闻私塾不讲技术技巧，它给学生的东西，学生领悟了：

如果你刚好度过了漫长的青春期，你或许不缺方向感，但你会缺方法论。

如果你缺方法论，你会迷路。

如果你迷路，你会害怕。

如果你害怕，你会无力。

如果你无力，你会需要信仰。

如果你信仰，你会勇敢。

如果你勇敢，你会追求真相。

如果你追求真相，你会坚守新闻。

如果你坚守新闻，你会读懂人性。

如果你读懂人性，你会减少抱怨。

如果你想抱怨……

与其抱怨，不如改变；想要改变，马上行动！

眼前这些学生，也同当年的岩松一样，青春勃发，渴望年老。正在变老的岩松，承受的东西更多了，希冀也更深了，他多次呼唤，愿意看到出新人，怎么还没有新人？当新人没能茁壮生长时，他出来当园丁了。校园和电视前沿还有一段距离，学生们能认识他的昨天和今天吧？能感受到他的坚持和无奈吧？能理解他的希望和失望？能读懂他的冲锋和迂回吧？能体会到他所期许的未来吧？

我想，岩松给他们的影响，也许过很多年以后都会持续地起作用。正如学生说的：人生不因白岩松三字而不同，而因白岩松给的方法，于是不一样。听学生那么自然地谈起价值观、方法论的时候，我了解了岩松教学的核是什么。我更理解了岩松之所以投入地做这件事，不仅因为他以传播为乐，不仅因为他

和谁一起，很重要 | 055

白岩松队长率领《东方时空》足球队义赛，建了好几所《东方时空》希望小学。

诲人不倦，更因为，他心中有远方，有未来，为未来操心，为未来担忧，为未来准备。

告别，有欢笑也有泪水，从同学们的不舍中，可以看出岩松为学生的付出。岩松在学生中间，温和了许多，像一位兄长。他在东西联大首届学生的毕业证书上，写下这样的诗句：

这一次送行

无关输赢

把背影和牵挂放我怀中

你只管风雨兼程

如果记忆中没有苦痛

祝福里就都是笑容

我准备了掌声

也准备了每一次相拥时的泪光闪动

是的你是我的光荣

同学们就要出发了，有的去北京人民广播电台，有的去《南方周末》，有的去电视台，有的去新媒体，也许有一天，学生们会为这诗谱上曲，唱着它，向远方。

岩松享受着这一刻。

真想问岩松：你幸福了吗？

1999年，我眼中的白岩松：

速写白岩松[①]

如果说，人如其名，白岩松这个名字，却又像他又不像他。

"白"这个姓，有一种透明感，这挺像小白。什么暧昧，含糊，支支吾吾，这些都不属于他。他一向快人快语，直言不讳，喜怒哀乐，溢于言表。骂起来，特解恨；夸起来，也特由衷。有一次，有一挺没劲的人发表了一挺没劲的观点，大家听了都不以为然，但也没打算接下来有什么对应之举，小白却不，他立刻拿起电话与人商榷，毫不留情，理直气壮，直把那缺少常情常理的观点驳得体无完肤。我在一边听了，心想，这小白，是没有学，还是不愿学一点世故呢？

"岩松"这两个字也很像他，有棱有角，有力度，既正且直，锋芒毕露，就像那满树松针。人们在屏幕上看到的他，多半就是这样的形象。那次，当中国的足球，当然是男足，又一次让国人失望时，白岩松在《东方时空》中慷慨陈词：主场不行，客场也不行；白球衣不行，红球衣也不行；中国教练不行，外国教练也不行……一口气说了十几个"不行"，一口气吐出了众球迷久积于心的郁闷，那凌厉的语势让我这样一个不懂足球的人也受到感染。随后，就有朋友来电说，他们十几个报社总编正聚在一起，齐声为白岩松叫好，特意索要这份稿子登在他们的报纸上。

说这个名字不像他，是说"岩松"这两个字显得静了一点儿，没有他那特有的动感。

一说到他的"动"，眼前立刻有一个典型的场景：足球场。他狂奔时，他冲撞时，他扑倒在地向观众致意时，都会让人想到，他身上流的是蒙古族的血，到底是北方小伙！然而，更多的时候，他的"动感"并不是外化成动作，而是骨子里透出的那种生命活力。我们经常见到的情景是，岩松一进门，就像带进一屋子的负氧离子，办公室的空气立马活跃起来。话题一个接一个，当然都是热门的；段子一个接一个，当然各种颜色的都有。

[①] 本文摘自《一丹随笔》，作家出版社，2000年版。

岩松的兴趣极其广泛。虽然近视，但隔着镜片，他的眼睛总是呈搜索状，什么新鲜事都在他的视野之内。他的传播欲望极其强烈，思维活跃敏捷，状态积极投入，说话时连身体都是前倾的。我经常给广播学院的师弟师妹们举例说："看到白岩松的状态没有？那就是传播欲。极而言之，就是'不传播毋宁死'。这就是渗透在血液里的电视记者的品格。"

从"岩松"这个硬朗的名字里更看不出他偶尔才被人感觉到的柔情。谈起夭折的同学，谈到病痛中的朋友，小白便神情黯然。谈起他所尊敬的沈力老师，他像儿子一样充满感情地说："在中国所有主持人中对我影响最大的就是沈力老师。我多希望沈力老师再年轻一次！您不需要奖杯了，但一直有很好的口碑在人们生活中流传，我们替您听到了。"对那患了绝症的女孩儿穆然，岩松更像一个哥哥。穆然弥留之时，岩松避开记者，与妻子一起去看望穆然。穆然笑着去了天堂，医院空着的病床上，只留下了一件东西，那就是岩松和妻子送给穆然的毛绒娃娃。在人间的最后时刻，那毛茸茸的温暖伴着那女孩儿。

一个名字怎么能包含一个人的全部呢？可我仍然想，如果岩松的名字里有个"风"啊"飙"啊什么的，不就更是名如其人了吗？

崔永元，蛮拼的

小崔离开中央电视台的时候，我们没有说再见。

他在哪儿，他都是小崔，我不太在意他属于哪个"单位"。就算属于哪儿，也不那么重要。只是常常想，小崔干什么呢？于是就在马年夏天回母校去看看他。

崔永元口述历史研究中心就在中国传媒大学最南面，我们去的时候是6月，还没有挂牌。走近时，想象里面的样子：口述历史的录像、资料、编辑机房……

我们好像走进了一座博物馆。

小崔如数家珍："这是抗战时期的军装、慰问袋，'文革'中的油印小报、红袖标。"看，卷筒式电唱机，小崔饶有兴致地演示。我还是第一次见到这样的古董。那老式收音机，不知是哪一代的了，也猜不出曾经发出过怎样的声音。

小崔引导着我们："这是特意收集来的，百年前的乡村学校课桌，不容易找到。"我抚摸桌面，这曾经被多少代学生抚摸过？

还有那方形的钢琴……

这些都曾属于谁？它们的主人什么模样？有着怎样的经历？他们说话是什么口音、语气？我似乎感受到这些实物背后的东西，那是在不同时空生活过的人，也许是口述历史的主人公。

小崔的口述历史是用心做的，作为媒体人，他对人、对历史、对记录传播，都有很深的理解。

口述历史对于一个国家有多重要？一个人的述说对认识一个历史事件有什么意义？怎么操作？靠什么支撑？小崔不知多少次面对这样的问号。他和他的团队走近一个个人，记录一段段历史。如今，口述历史已经有抗战系列、老外交官系列、知青系列、艺术家系列、民营企业家系列等等。有五千多人在这里留下影像，他们联结着一些重大历史事件和历史时期。这是留给后人的珍贵记录。

历史也许遥远，但可触摸的实物拉近了我们与历史的距离，它们给人直接具体的感受，让人更想了解背后的内容。口述历史的影像处理系统建立在这样的场景里，听到、看到口述历史，该多有感觉！

走进另一个厅，是一个老电影的世界。小崔站在各个时期的电影放映机面前，说着我听不懂的各种型号，特有满足感。到处都是电影海报、电影画报、分镜头剧本、场景设计图、导演手迹、老电影人的遗物、电影人肖像、油画……我知道，这是小崔的宝。不知小崔用了多少精力多少心思从天南海北淘来了这些宝贝，它们曾经挤在仓库，后来，企业家冯仑伸出援手，使它们在京郊怀柔小镇暂时安身。那时，我到那里去看过这些宝贝，它们妥帖地住在那儿，有点寂寞。

现在，这些宝贝有了更大的空间，终于可以让更多人分享了。我看到，有些宝贝的说明卡片是小崔手写的，这感觉和印的大不一样，像是他捧过、抚摸过。小崔搜集了很多老电影人的旧物，他兴致勃勃地告诉我们，计划复原几位老电影人的居所，那旧桌椅、纸笔、眼镜、台灯等都承载着老故事，都散发着主人的气息。有的旧物的主人特意嘱咐："要交给小崔啊！"因为，他们知道小崔爱电影，所以信任小崔，给了小崔，他们放心。

电影人是较早进入小崔的口述历史的群体，在观众熟悉的《电影传奇》中，我们就接触了口述的电影史，其中有美好、有悬疑、有隐秘、有趣事、有悲情、有感伤，而我们看到听到的仅仅是口述历史中的沧海一粟。对很多老电影人的拍摄都是抢救性的，有的预约了录制时间，但还没来得及记录，人就走了，带走了一段历史记忆。讲到这儿，小崔神情黯然。

在小崔的电影世界里，想起一件有意思的往事。小崔拍摄《电影传奇》的时候，我们好多同事都客串过。修平、康辉都在这里当过演员，贺红梅扮演《战火中的青春》里的高山，和晶扮演《冰山上的来客》中的古兰丹姆，王小丫扮演《五朵金花》里的白族姑娘，我扮演了《秘密图纸》中的警察。

为什么让我扮演警察呢？说来话长。我妈做了一辈子公安工作，她曾经参与70年代一部反谍教育片的拍摄，小崔那时总和电影厂打交道，我问小崔能不能帮我查询一下新闻电影制片厂的老电影，如果找到了，胶转磁，给妈妈一个纪念。不久，《电影传奇》的编辑乌尔汗打电话给我："找到了，来看看是不是您母亲。"我兴冲冲赶去，还带着我女儿。一看，正是！只见我妈正在审讯，声色俱厉：

长影场工说："敬大姐的眼神和《焦点访谈》里的一样一样的！"

"哪儿派来的？"

"什么任务？"

"苏修还交你什么任务了？"

对面一个男人，面目模糊，唯唯诺诺。解说词慷慨激昂："黑龙江是反苏修特务的前线，黑龙江省公安厅抓获苏修特务……"终于找到这个镜头了，我们没有机会看到我妈工作的样子，这是珍贵的记录啊！我女儿在一旁说话了："我姥姥有必要这么厉害吗？"

没想到，过了一段时间，小崔问我："看过《秘密图纸》吧？你来演田华扮演的那个女警察吧！"小崔真是有心人。这种组合挺有意思，我妈是老公安，警察的女儿演警察，好好好！

我来到长春电影制片厂，穿上白色的警服，戴上无檐帽，很有感觉。镜头前，我也声色俱厉，说出了《秘密图纸》中那句著名的台词："你火什么？"我以为我挺像警察的，而长影的场工看着我说："哎呀，敬大姐的眼神和《焦点访谈》里的一样一样的！"

后期编辑时，用了我妈审讯的镜头，就这样，《秘密图纸》里的田华演的警察石云、真警察我妈韩殿云、我演的警察，从不同的角度讲了老电影的故事。后来见到编导海若，我很惊讶，他这么年轻，怎么编得这么好，这么巧妙，猜想，他也是和小崔一样，爱电影的人。

在研究中心一个不显眼的地方，意外地看到小崔的画：一只战斗状态的黑公鸡，面对一只蟋蟀，题字写着"有得一拼"。我在那画前琢磨，小崔有时真是蛮拼的！他太较真了，他的失眠、他的纠结，恐怕都和较真有关——为节目、为话语空间、为公众利益、为他所坚持的原则。

他用心制作的节目没有通过，他会一天一天缠着审片人，一点一点地磨，直到播出，《实话实说》最有反思意味的节目《老师，对不起》就经历了这样的较真过程。他办的培训乡村教师的公益项目，出现了官员冒充教师的事，他一追到底，毫不留情，直到公布真相，退回善款。为了说不清的"转基因"，小崔非要说清楚，他和方舟子吵，和农大校长辩，在互联网上播放他的调研纪录片，在政协会上用提案表达要求。他做娱乐节目的时候，我以为他这回不太较真了，后来知道，他在问："当我们在制造笑料的时候，是不是传递了一些不正确的信息和声音？"当电视一片热闹的时候，他说："我想象的电视不是一个农贸市场，我想象的电视是跟哲学有关的这么一个地方，它是传递思想的，它甚至是产生思想的。"

如今，小崔用另一种方式传递思想。在宽大的房间里，小崔用书画营造出一种气氛，他指着书法作品旁边的古色古香的椅子说："将来，学生可以在这里自习。"这是不是太奢侈了？我想。

可以在书画之间熏陶，可以坐在百年前的椅子上看书，可以在文物旁边上网，可以用志愿服务的时间换取学习空间——崔老师敢想，他要的是这样的学习方式。他将和研究生面对口述历史的海量资讯，研究中心将是开放的，校内外的人们可以分享这无价之宝。

崔老师会是一个不一样的老师。

我曾想，退休后，我或许可以加入口述历史团队吧？到茫茫人海中去采录口述历史，走近有意思的人，倾听有意义的往事。比如我去采访老知青，在年龄上经历上不是很有优势吗？而小崔说：我们采录时有规定，只能听，不能追问。有一位研究生的论文写的就是《口述历史》与新闻采访的不同。哦，那我可能不适合，因为提问、追问都成了职业习惯了。

尽管如此，我仍对口述历史保持浓厚兴趣。比如，我想知道离我很近的历史细节：我家乡哈尔滨南岗区的喇嘛台——圣尼古拉教堂在"文革"中是怎么消失的？后来修建的四个"念念不忘塔"是谁建议的？工农兵学员的出现有什么细节？工农兵学员有怎样的个人经历？我老爸也有他想知道的历史，公审四人帮时，他是特别检察厅王洪文的公诉人，后来，与四人帮有着各种关系的人有着怎样的经历？他们的人生有了哪些改变？期待口述历史会告诉我们更多。以后再回母校校园，我有了新去处。

如果国人谈起小崔，大家都会像谈起自己的熟人，不用多说；如果老外问我，小崔是什么人，我怎么说呢？

他是个电视节目主持人，最好的作品是《实话实说》和《电影传奇》。

他是个公益人，从乡村教师培训到山里孩子脚上的鞋、碗里的菜，他都关注。

他是个斗士，常常直面纠结麻烦冲将过去，那不是他的个人利益，而他不管不顾，有得一拼。

他是一个无党派、有责任的政协委员。

他是一个教师。

他是一个知识分子。

他是一个认真、较真的人。

不管怎样，他还是小崔。

他还是电视人。

崔永元给孩子送去运动鞋。孩子穿上鞋，享受运动的快乐，小崔笑了，如同孩子。

这是 1998 年我眼中的小崔：

闲话闲说崔永元[1]

  曾与大学生们聊天，他们，特别是女生们希望我谈谈他们所关心的几位男主持人。当谈到崔永元时，男生女生都会心一笑，一个个变得眼神柔和，表情放松，饶有兴致，好像我提到的是他（她）哥。

  崔永元的确有股自己人的劲儿，在他面前，人们不知不觉就不把自己当外人了。《实话实说》的办公室，推门便进，他也没有极热情地说"请坐……喝水……"，可你会很舒坦地坐下来随便聊聊。我没有见过小崔一本正经坐在办公桌前的样子，倒是看他经常处于聊天状态。他的同事一个比一个年轻，还用两个外国小伙子，不知是实习，还是考察，还是打工。如果别的部门有俩老外，就有点奇怪，小崔旁边，有谁都挺正常。那天，我爸我妈去看《实话实说》录像，看到屏幕下的小崔，原本就觉得近乎，这回更不见外了！我妈亲热地用手拍着小崔的后背，眼睛炯炯发光："我们都喜欢你！"这情景让我想起很久以前，我弟弟当兵回家时，我妈也曾拍着儿子的后背，说："这小子！"小崔的亲和力不分男女老少，我们台里的阿美就说出了很多女孩子对崔永元的感觉："当水均益走来，自己急忙理理云鬓，整整衣衫，心里念叨，我怎么没有柳叶眉，我怎么没有杏核眼？我什么时候能再遇到你，在我最美的时候！而崔永元走来，自己该在沙发上歪着还歪着，该大口吃回锅肉还大口吃回锅肉，小崔笑着，就像没看见你的皱纹你的雀斑，这时，你会随随便便地说：'哥，你笑啥呢？'"

  小崔的笑有点特别，那笑里边有不少内容。有时分明看到他宽厚的笑容似在鼓励人家说话，可人家一说出来，你才觉得那笑有点不怀好意。当那个意大利女郎在《实话实说》里用无声的口型"说"出北京的京骂时，小崔就是这样笑的。

  让人动心的还不是小崔的笑，而是他的哭。在主持《父女之间》时，看得出，小崔在抑制着自己的感情，他的眼圈红了。在《继母》那期节目里，当眼泪就要流下来的时候，他低下了头，他转身擦泪的镜头后来

---

[1] 本文摘自《一丹随笔》，作家出版社，2000 年版。

被编辑删掉了。那忍住的泪，倒让我掉下泪来。男儿有泪，也挺感人的。有意思的是，小崔哭时，让人觉得他挺好；而小崔笑时，倒往往让人觉得他有点坏。

现在经常听到各界人士谈论小崔。有一位说话特别刻薄的记者在对众主持人一顿褒贬之后说："崔永元'让说话回到从前'。"那位自己不笑专让别人笑的葛优被问到："有没有你看得上的主持人？"葛优沉思片刻："嗯，有。有一丫姓崔的，根本不像丫主持人哪！"话是糙点儿，那京味儿的前缀可能是葛优对喜欢的人的昵称吧！有一电视资深专家说："小崔刚出来，看着好像哪儿不对，有点瘆，可又总惦记着到了星期天看他，越看越想看他了。"这现象用行话来说，就叫观众期待心理。

观众一进《实话实说》演播室，就被撩拨得想说话。自己会说话，也许不算什么，引得别人想说话，这是主持人的功夫。也许是自己越没有的，越喜欢。对小崔的主持，我就是这样的感觉。看小崔录像，那是一乐儿。我常常不把自己当外人地坐在观众席上看小崔如何实话实说，忽然有一次听到导播对摄像说："别把敬一丹拍进去，穿帮了！"我这才意识到，我在这儿碍事儿，导播一定怕观众不解，怎么《实话实说》里出现了一张《焦点访谈》的脸？我有时就到机房里或者摄像拍不到的地方去看。每当小崔说出什么妙语，我就会觉得自己挺不会说话的。比如，一位下岗女工说，再找工作得挣钱多点儿，离家近点儿。小崔接茬儿："哦，那得让工厂搬得离你家近点儿。"同样的理儿，我准得说成这样："面对再就业，是我们去适应环境呢，还是环境适应我们？"显得事儿事儿的。

小崔这种举重若轻的能力可不是一日之功。80年代，他是中央人民广播电台《午间半小时》记者。当时，我去调研这个正火的节目，有一个系列报道很醒目，写的是西北边关的事，很大气，很人性，很正经，很漂亮。稿签上作者一栏：崔永元。这是我第一次看到这个名字。

今天《实话实说》的崔永元和昨天《午间半小时》的崔永元已经很不一样了。到底是《实话实说》成全了崔永元，还是崔永元成全了《实话实说》，探讨这个问题，就像探讨是鸡生蛋，还是蛋生鸡一样。

小水已是老水

看到小水的白发，我心里一动。"小水已是老水，大姐依然年轻。"他在送我的《益往直前》扉页上这样写着。小水啊，时间都去哪儿了？

《东方时空》刚开办不久，有一资深报人评价："那几个主持人虽然都不漂亮，但都说人话。"夸我们的话，欣然认领了，可还有小小反驳：谁说都不漂亮？至少我们小水是漂亮的！

帅而年轻的小水真是上镜，他一出现，就赢得了好多观众。那时，我到高校讲课，女生们总会要求："敬老师，说说你的几个同事呗！"她们多半是希望我说说小水，偶尔也会有女生站起来说："我想知道的是白岩松！"呵呵，老天还是公平的，幸好小白小崔比小水高，要不，还给不给别人留点空间了！

但其实，真正让小水赢得观众的，是他的节目。

小水在央视的出现，使得以往的国际电视报道离国人更近了。90年代，中国观众看世界的渠道有限，电视上很多是别家的报道，鲜有自家的视角。在电视新闻改革的大背景下，小水来了，真是如鱼得水。他在新华社的经验，他当驻外记者的积累，他多年形成的国际视野，他的形象和语言优势，在屏幕上形成了一个以前没有过的主持人形象。他的中国气质和国际范儿，得到观众认同。对观众来说，再遥远的地方发生的事情，有了一个熟悉的面孔，就显得近了。在伊拉克的战火中，小水在，台标在，中央电视台的符号在，这就有了自家的观察角度。小水在国际报道中突破了多少禁区，开拓了多少空间，说不清。有很多年轻人，是看到水均益在伊拉克的报道，才有了当一个中国战地记者的理想的。

曾经有一个段子流传很广：

"白岩松敬一丹一出来，出事了；水均益一出来，出国际大事了；小崔一出来，世界其实没什么事儿。"

水均益确实是标志性的形象，每当有国际大事发生，小水就会发声，人们也会有期待：看看水均益怎么说。

"9·11"发生后，我盯着电视好久好久，终于忍不住打电话给小水：

"你还不说话呀？！"

"唉，大姐呀，我，我把四面墙都踢过了！"

小水在电话那边腔调都变了，想关注而不能关注，困兽，也就这状态吧！那一晚，小水他们自发集合在台里，严阵以待，跃跃欲试，却只能眼睁睁看着人家在现场直播。最后，无奈地、悻悻然，离开了台里。对于一个传媒人，这是难忘的也是难受的记忆。

在电视节目里，小水总是谈着世界大事，遥远的、重要的、理性的。他总是采访首脑政要，名人也得是世界级别的。他好像天生就是做高端节目的，要让他到穷乡僻壤做个"走基层"啥的，看着有点儿不对劲。他的屏幕形象与人们保持着一定距离，这也许是内容决定的距离。

在生活中，小水率真而随和。他会为了一碗兰州拉面，开老远的车排好长的队，还率领着一哨人马。他成为全国十大杰出青年后，大家聚餐庆贺，我记不清他说了什么获奖感言，只记得他在珍馐美味中很不满足地左顾右盼，最后果断叫来服务员："给我来点儿糙的，拍个黄瓜！"

人到中年以后，更明白，更洒脱了。他说起话来更放松了——

小水说话很"60后"："中国现在对石油的紧张程度，有点像我小的时候快到月底家里粮食吃完了，不可想象。"

小水说话，也很西北："很多人问我，你怎么不出国？我说我能出国的时候错过了机会，当我有大把机会而且很多学校请我客座交流的时候，我不想出去，因为我感觉我作为一个中国人特别舒服。为什么？这个国家，我在这儿是爷，我跑出去当孙子，那我还干嘛呀？外面的世界再好，不如我们在自己的国家打拼一个全新的天地。"

小水说话，也很愤青："我发微博批评我们台，我说，CCTV老端着，不要装，全国人民都一样，你潇洒一点，放开一点，该怎么样就怎么样。你看习大大到韩国访问，彭丽媛说我觉得习主席年轻时跟都教授像。国家领导人啊，国家领导人都这么萌都这么放得开，都这么不装，我们中国干嘛装？不装！"

小水说话，也很现实："主持人，就是一个可以替代的零件。做电视这些年，有点点滴滴的快乐，有的是很短暂的瞬间，更多的是一种探索、挣扎的过程。遇到挫折的时候，我们会很本能地在那些短暂灿烂中寻找慰藉，让我们坚持下去。"

　　小水说话，依然热血："如果没有了喜欢的平台，喜欢的职业，你不会感到很悲惨吗？真离开喜欢的事业的时候，内心会受不了的。新闻，是我热爱的事业，是一个让我能够保持活力、焕发激情、热血澎湃的事业。新闻频道准备改版，是不是能有第二春？好像血液开始燃烧，又想做点事，在彷徨的时候，突然看到那么一点点小光亮。"

　　年过半百，这个词怎么能和小水联系上呢！

　　小水变成了老水，对生活有了更多的领悟，他说，他的生活好像重启了一样。重启他的生活的，是他的孩子。

　　看着他的孩子们，同事们说：羡慕嫉妒——爱！尽管走遍世界，尽管采访了众多元首政要，尽管获奖无数，但孩子，是小水获得的最大的奖赏，是他最好的作品。

　　祝福小水，如诗的生活，幸福在左右。

小水当时好年轻，好帅。我们 CCTV 的金话筒难得一聚。

我们，不一样，又一样。

早期《东方时空》把我们集合在一起，我们赶上了好年景、好土壤。新闻改革带来养分和雨露，为主持人的成长创造了好环境、好平台。那时，我们相互激发，有过多少讨论，多少激辩，多少碰撞，多少共鸣！在同一片土壤里，在同一个时期，为什么能生长出一批主持人？这还真是研究者关注的现象呢！

后来的日子，我们分别主持《焦点访谈》《实话实说》《新闻调查》《高端访问》《环球视线》《新闻1+1》《感动中国》等等。我们来自不同的地方，有着不同的经历，个性不同，说话的方式不一样，然而，骨子里，我们有很多一样。

我们之间，不用说太多话，就能理解。看事，看人，选择，判断，都彼此有数。

难忘那一次，小崔《实话实说》的主嘉宾穆然因病危不能到现场，而观众即将到场。我们立即一起来救场。我们默契配合，把一个关乎生命的很有分量的节目完成了。

还有那一次，2000年《东方时空》七周年特别节目，小崔以《实话实说》的样式鼓动现场90名观众和首次引入的互联网网友万炮齐轰几个主持人。观众说：

"七年过去，你们栏目的锐气少了很多。"

"水均益，你现在以记者身份出现的时间越来越少。"

"白岩松你最近有一点松。坐而论道太多了，你能不能把侃足球的轻松劲儿带到节目里来？"

"敬一丹女士，您有道德感召力，但可能没有什么票房号召力。您是不是太完美了，离我们有点儿远，您像崔永元一样有点儿缺点多好！"

网友批评："你们说很少或者几乎没有上网，我很失望，在风起云涌的时代，已经落伍了！"

爱之深，所以言之切。观众面对面指名道姓，这样的交流，这样的气氛，我们都喜欢都珍视。这种职业的相通，真是可遇不可求。这恐怕和职业理想、价值观、审美倾向都连着呢！

默契是一种境界。在漫长的职业道路上，和那么多同事一起走过。我很享受。

直播控何绍伟

如果有新来的问:"何绍伟?什么样儿?"我就会告诉他或者她:"他嘛,你看过《哈利·波特》吗?你让哈利·波特这个戴眼镜的聪明男孩儿不要长胖,只长高,再高一点儿……1米8左右吧,行了。再往目光里加七分沉思,语气里加六分果断,神情上加五分固执,动作上加四分刚性,外加少许沉郁,少许清高,少许火暴,哎,差不多了。还有,他说咬文嚼字的较规范的普通话,听出来了——学中文的,偶尔在电话里小声说几句粤语,那就是何绍伟了。"

我认识绍伟是在1996年的5月。电话里一个文质彬彬的声音:"我是企划组的策划何绍伟。部里打算让你参与《东方时空》的主持,得先准备一个《面对面》话题,领导要看一下。"

我准备了一个环保的话题,没有提示器,一口气三四分钟,懵里懵懂地录完了,没怎么找到感觉。何绍伟透过眼镜看着录像,表情有点严肃,琢磨着,斟酌着。我心说,我遇到认真的了。这个年轻人其实很老到啊!他比我清醒,比我客观,比我更明白栏目需要主持人做什么。于是,重新商量了内容取舍和表达方式,我又一次坐在镜头前的时候,心里有了底,我庆幸遇到一个负责的人,他如果草草地应付差事,不也没什么个人责任吗?

1996年6月,我开始主持《东方时空》第一周便是和绍伟搭档。出点子,是策划的本事,自不必说;难得的是,绍伟还有导演的能力。比如,他会说:"你状态不对,调整一下。""这件衣服有点不适合你,能换一下吗?"甚至,他一个广东人,还会提示"不念浙(zhé)江,念浙(zhè)江"。他似乎有完美主义的倾向,极认真,爱质疑,爱挑剔,戴着眼镜的眼睛里糅不得沙子。聊天时,我问同事:"北京话说的'杠头'是什么意思啊?"大家异口同声:"何绍伟就是啊!"

那时《东方时空》企划组有一种独特的活跃气氛,似记者沙龙,如主持人之家。何绍伟与岩松说着说着,就争起来,两人一南一北,旗鼓相当,常争得面红耳赤，翻江倒海，火花飞溅。一些《面对面》的话题，就是这样在碰撞中产生的。《面对面》对主持人来说，是有挑战性的，我对它又爱又怕。它给主持人提供了言论空间，给主持人搭起了个性化表达的舞台，而主持人的发现能力、认识水准、表达方式也在经受考验。绍伟说了一句语录式的话："《面对面》是清蒸鱼。"这个吃生猛海鲜长大的广东人以切身经验说话，只有最新鲜的鱼才能清蒸，它讲究质量，讲究火候，最见功夫。于是，我这个吃东北乱炖长大的黑龙江人，就练起了清蒸鱼的活儿。那是《东方时空》最让我怀恋的时期。

2000年的一个夏日，何绍伟从电脑前抬起头，对我说："大姐，玩一把直播，怎么样？"我知道，这句话听起来随意，其实是认真的。

早在1997年香港回归大型直播时，何绍伟就表现出对直播异乎寻常的钟情。那时的直播，就是一场大会战。直播结束，喝彩庆祝，何绍伟却回过头来，对直播过程一个环节一个环节地找毛病。还向各位主管一一指出，也没顾及到人家是不是在兴头上。唉，他怎么有点儿像鲁迅笔下的那个人啊——对着人家的小婴儿说：他将来是会死的。

好在各级领导都理解了绍伟，这是出于爱啊！爱直播的人才能把它当成自己的事，当成持久投入的事，才能为它着急上火，为它拍桌子吵架。这样的人不去直播谁去直播？台领导说，这样的人要多培养几个。中心领导说，我从不怀疑何绍伟的动机。在以后的大型直播中，总能看见绍伟。如果偶尔没看见他，就会有人问："绍伟怎么没来？"他几乎成了直播符号。

他要办一个每周一期的固定栏目。这是顺理成章的事。

于是，我们一起走进了《直播中国》。直播让人兴奋，让人投入，何况直播的是人文地理，大好河山！刚刚聚合到一起的人们工作着，快乐着。然而，绍伟并不喜形于色。他比过去更冷静了。每次直播后，全组都要开"批判会"，绍伟作为制片人，神情严肃地带头挑毛病，自己、导演、摄像、主持人、策划，一个也不能少。当然，可以争论，吵起来也没事儿，就在七嘴八舌间，互相触发，彼此点燃，大家渐渐地明白了我们要的是什么，原本不同背景的人有了共识。

大家在评论部年会上，以搞笑的方式引出何绍伟：

这是一个看上去很高尚的人，他嫉恶如仇，如果心爱的同事犯了错

何绍伟（右一）与直播中国老中青主持人。

误，他也一样会对他暴跳如雷。这是一个对待工作像秋风扫落叶一样彻底负责的人，再难的任务交到他的手里，就像冰淇淋交到了孩子手里，很快就会被愉快地搞光。这是一个文学青年，中文系毕业，却执着地迷恋技术和设备，在他的眼中，一切录播的节目都是垃圾。他曾经发誓：央视记者，要不就不整节目，要整，就要直播整个中国！

这段话虽然是搞笑，却很传神。我觉得，制片人有点儿像船长：他有没有明确的方向感和判断力，决定全船的命运；他能不能调动全体船员，也决定着大家的前程。何船长不容易呀，《直播中国》走过春夏秋冬，伴随着风险，伴随着议论，走到了尽头。回头看，竟是一路平安。

与《直播中国》告别时，大家不免伤感。何绍伟冷静依然。他应当欣慰啊，这个栏目的贡献，不仅仅是每周一期的节目，更重要的是：从此以后的直播再也不会是大会战了，一支职业的直播队伍正在形成。我以为，这是可以写进中央电视台发展史的。

而绍伟呢，左眼以审视的目光看着直播现场，右眼盯着CNN、NHK、BBC，也许心里正琢磨着怎样批判、怎样质疑、怎么借鉴呢！

妖精级女编导鄢蔓

鄢蔓，这个名字，不论是听起来，还是看起来，都是一淑女。其实呢，她是这个样子的：

她的头发总是呈现出缭绕状，总有几缕在额前或耳边飘着，其中必有一缕是金黄色的，有点像苞米缨子。有一阵儿，鄢蔓身边人员的头发都有这么一缕金黄，一打听，都是鄢蔓一手制造的。这一缕亮色平添了许多生动，在生动的头发下更有生动的脸。这张脸瞬息万变，春风秋雨，日落月出，特别适合到新版《东方时空》做气象小姐，她还真的到试验版去试镜了。据说，她试镜的时候披着一块纱巾，冲着镜头说："啊，沙尘暴来了！"据说，鄢蔓的出镜效果极佳，却被头儿给毙了。夏天，鄢蔓的服装主调是丝缎小袄、半长绸裤一类的，上面描龙画凤，彩蝶翻飞，有人说像地主婆儿，有人纠正说是小老婆。这个小老婆时常抽烟，常抽的是中南海牌，说是以实际行动支持民族工业。她用BB机呼人的时候，也妖里妖气地说"姓鄢，香烟的烟"。

鄢蔓的目光是写不出来的，有时像个孩子，有时像个女人，有时明朗，有时迷离，挺自然，又挺媚。别人的妩媚让人想到月光，鄢蔓的妩媚让人想到阳光。阳光下的妩媚世间难寻，而在鄢蔓身上却是处处可见。她头一歪就靠在了赵刚的肩上，臂一弯就挽住了徐斌的胳膊，手一抬就搂住了朱波新剃的头，一片无邪的样子，大小兄弟也没有引起什么杂念。她羽弟这样评价她："风骚在外，坚贞在内。"旁边一文静女子听了便说，怎么听着像"勾引未遂"似的。

鄢蔓不开口的时候，还不是鄢蔓。幸好她开口的时候比闭嘴的时候多，她的声音被誉为是崔健的嗓音，个性而前卫。一开口，便赢得众多听众。她出场的效果，通常是声音先入；一旦她走进办公室，进来一个就像进来十个，屋子里立刻喧闹起来。如果她在的时候，办公室的气氛还沉闷着，那多半是出事儿了。

她比制片人还会发动群众。她甜言蜜语地动员小董夜以继日地制造奥运

和谁一起，很重要 | 073

同事当了先进，鄢蔓以这样的姿态祝贺，人家以这样的表情配合。鄢蔓（右一），够妖吧？

会 MTV，还让小董毫无怨言地盼着下回合作。她指着任萍说，这是我的人！又指着摄像康锐说，这是我的秘书！于是，他们编片的编片、打字的打字，心甘情愿。她到自贡为《直播中国》踩点儿的时候，在茶馆用四川话沙哑着嗓子大喊一声："谁是盐井的老盐工，我给你们开个会！"一摆龙门阵就把嘉宾搞定了。在这个重庆妹子身上，有一种麻辣火锅的味道，总是在沸腾着、快乐着。工作着的时候，也显不出怎么刻苦努力、挥汗如雨的样子，即使像澳门回归这样的重大题材，她也是轻松面对，笑嘻嘻地奔走在编辑机和大小商场之间，玩儿似的就把头儿派的活儿干完了。

不熟悉的人以为她是刚毕业的大学生，其实她已是《东方时空》资深的老编导了。在她的革命生涯早期，曾在《生活空间》创出不少佳作。有一次，她作为某年度先进工作者代表上台讲话，竟站也不知怎么站，说也不知怎么说，特意外、特无助的样子，一点儿也不像劳模。

鄢蔓一直活跃在电视一线。2014年马年春节，她搞了电话亭一样的录像小屋放在火车站、机场，来来往往的人们可以对着摄像机和亲友说话，那些平民百姓的真挚表达在电视播出时，总是让人心里一热。羊年春节，她又搞了百姓自拍回家，这个接地气的节目又一次带来感动。

不管是大事件还是小角落，有她的地方，就多了几分乐儿，多了几分灵气。谁不愿意和这样的导演一起干活呢！

他离开新闻，成为圈内新闻——张洁

　　1996年，一个春日，制片人步冰领着一个面色黝黑的小伙子走进来："这是张洁，想和你合作一个节目。"两个人一高一矮，一白一黑，都笑着。

　　于是，我走进了《新闻调查》，有了与张洁的合作。

　　张洁给我描绘着酝酿中的节目：北京市公开选拔"副局"，我们将走进北京市机关，采访报考者、组织者、上任者、落选者，从中看出我国干部人事制度改革的方向……他说着的时候，我眼前出现了一组画面：大大小小的官儿，大大小小的办公室，大同小异的官腔，极其相似的语调——这些镜头组接在一起该是多么沉闷！四十多分钟的节目让观众怎么忍受呢？平常挺好看的节目中间出现的几十秒的官腔都会让人换频道，这四十多分钟，还有人看吗？

　　我有点怀疑这个选题，但我一点儿不怀疑张洁。我早知道他是《新闻调查》最优秀的编导之一，他能把西古县村选村官的故事讲得那么触动人心，几乎成了调查记者入职必读，也该能把一个看起来枯燥的选题做得生动好看吧！

　　第一次去采访，我有点儿生疏，听得多，问得少，经常是张洁主谈。其实，我作为出镜记者本该立即进入状态。张洁宽容并鼓励地说："你的倾听感非常好。"我本来是被动参与的，却受到如此鼓励，我得尽快进入角色，以我的倾听感来激发别人的述说欲望。很快地，我就不把自己当外人了，该问什么问什么，有点儿像《新闻调查》的记者了，偶尔还要主动给人家介绍：这是编导张洁。

　　张洁手里已有大量文字材料，包括即将采访的几位新官的履历表。我们一起仔细研究这些材料，注意那些不一样的地方：经历上的、学业上的、见识上的、性格上的。张洁主动地提出建议，却不强加于人，给我一个很大的空间。当我们走近一个个采访对象时，他们像从履历表上站了起来，活生生的，在我眼中，他们不再是面貌相似的官，而是具有个性的人。我们的采访没有

我们在南院，后边的青藤不那么青翠了。大家的皱纹也多了几条。右二，张洁；右一，陈耀文；左一，海啸。

停留在公务式的问答上，而是在努力实现真正意义上的对话。

应当说，采访这些新选拔已上任的副局，并不很难，他们身经百战、出类拔萃、春风得意、状态极佳。谈得好，是锦上添花；没谈好，也差不到哪儿去。几个人谈下来，张洁又评价说："谈得有回合感。"

让我打怵的是对另一类人的采访，这就是落选者。我很小心地接近他们，生怕不留神哪一句话伤着人家。人家落选了，还要在镜头前亮相，这有点儿不厚道吧？这是他们为改革又一次付出的代价啊！在几位落选者当中，我和张洁不约而同地注意到那个聪明文雅的女处长，她性情温和，分寸感很强。遗憾的是，过五关斩六将之后，到考察的最后一轮她被淘汰了。当她平静地微笑着，以落选者的身份坐在我面前时，我倒有些不安了。我心想，这得有什么样的心理承受力啊！我字斟句酌地问：

"你经过层层考试没有被录用（不直接说"落选"这个词），假如有人说（用虚拟语气以使句子尽量委婉）你是失败者，你接受吗？"

她坦然地说："不，我经历了这个过程就是成功。"

"选拔考试在很大程度上考的是心理状态，如果打个分儿，你给自己的心理状态打多少分？"

"我给自己的心理状态打满分。"

我暗自在心里为她叫好，见张洁眼里也闪着光。但不知为什么，后期编辑时，"满分"这一段没有用，我耿耿于怀。

张洁在拍摄现场说话不多，或者说，他是用眼睛说话。他与摄像陈威、张军，录音老罗，助编小白配合默契，像事先都商量好了似的。陈威也不怎么说话，他和搭档互相看一下，不知怎么就都协调好了，从来听不见喧哗，却能看出章法。我太喜欢双机拍摄了，我太喜欢不用手持话筒了，这使得我和对方有了更自然的交谈。相比之下，《焦点访谈》像游击队，而《新闻调查》是拍大片。

陌生人恐怕看不出张洁在现场是干什么的。有一天采访组织部长，同时来了几家新闻单位的记者。其中一个摄制组显然是生手，位置摆得很别扭。张洁见了，走过去，客气地请人站起来，弯下身，费力地把沙发摆到一个最佳角度，再请人落座。那手持话筒的记者坐下，连谢也没说，就心安理得、舒舒服服地开始采访了。也许那记者以为张洁是采访单位办公室打杂的呢。张洁满足地、悄悄地走开了。我在一边看到这一幕，心想，张洁首先是个好人，然后才是好编导。

后期编辑时，我忙别的节目，有时去看一眼张洁和那制造中的片子。当张洁那黑黑的脸上又添了些菜色时，片子完成了。那么多大大小小的官被妥帖地安排在节目里，满篇谈的都是选官为官之事，却没什么官腔。仅这一点，就看出了张洁的功力。那片子的简练明晰让我喜欢，这个"成品"升华了，让我对事件本身有了再认识。

我原来习惯自己选题、自己采访、自己编辑，从第一个联系电话到最后一块字幕都在小作坊里完成。有了与张洁的合作，我才有了新念头，这种合作模式也许更好更专业。什么时候能再与张洁合作？我有了期待。

后来，张洁当《新闻调查》的头儿了，这个时期，柴静一代走向前沿。这个有追求的栏目坚持着自己的职业标准：对社会负责、独立、准确与深刻、公平与平衡、尊重受访者、讲究品位。他们的自我要求是：正直与关爱、好奇与执着、侦探一般的智慧与技巧。

我与《新闻调查》的合作持续了好几年，那是中央电视台新闻频道最专业的一群人，我享受这样的合作。

后来，张洁离开了新闻。不知他离开时曾有过怎样的想法，不管他做什么，我见到他时，都会想到当年怀揣新闻理想的那个人。

他的离开，成为圈内新闻。

接头暗号，你懂的

有几个词，一说出来，就有这样的效果：嗯，自己人！就像我们的接头暗号。
这几个字是：《空谈》、年会、南院。
不明就里的人听着，恐怕有点"天王盖地虎，宝塔镇河妖"的意思。

《空谈》——天有不测馅饼

"《空谈》，看过吗？"
"看过啊！老人儿，评论部老人儿。"
"给《空谈》写过稿？"
"写过呀！"
"印过空谈？"
"嗯，《挺进报》一样的小报。"
"你咋知道我生日？"
"《空谈》上印着呢！开天辟地专栏嘛！"

我刚到评论部时，看到《空谈》，眼睛一亮，有意思，好看！
《空谈》是评论部的周刊。空，东方时空；谈，焦点访谈。把两个栏目的最后一字组合在一起，"空谈"，有了别样的味道。封面上印着：反行其道，座右为铭。
这个没刊号的内刊创刊于 1994 年。评论部刚刚成立时，大家想有个说话的地方，交流的地方，于是就有了这个百草园，大家都是读者也都是作者，在这里随便说话，好好说话。最简单的印刷，最原始的活页，一出版，就抢光。
我留存了 2002 年 12 月第 399 期"空谈"。当时，我被选为最热心《空谈》读者，因此上了封面，我有点珍惜，也有点自恋，于是这本《空谈》留了下来。

今天，看到其中的内容，好像回到那年那月。

好多信息啊，当时看，是在 2002 年冬日里冒着热气的新闻：

胡锦涛：反映人民呼声，鼓励舆论监督。

李长春：开辟《焦点访谈》这样的栏目，我看就很有创新，有胆有识。

评论部举措：强化《焦点访谈》舆论监督特色，争取每周必须有两个舆论监督节目。

中央电视台以往 100 多栏目分别开热线电话，现在启动央视公众咨询中心。

新闻频道筹备组将成立，2003 年 5 月开播。台里首要大事。

我台新址工程启动，2003 年动工，预计 2008 年投入使用。

现在看，呵呵，那曾是我们所处的环境，已成历史。是啊，纸页已经泛黄。

一周点评，是陈虻点评的，洋洋洒洒，五页。陈虻语录摘编：

《世界》主持人水均益把政府、媒体两个不同的点结合得非常巧妙。

《实话实说》换了主持人以后，作为一个名牌栏目在度过这个过程的同时还要努力维护或者超越这个现状，这实际上非常困难。

《东方之子》采取了质疑的态度反向求证的态度，媒体的立场更中立了，更可信了。

《时空连线》做了一期可可西里志愿者冯勇遇难的故事。当一个新闻事件发生的时候，不管它有多远，也不管多高的海拔，我们的记者都能在现场出现，这体现了敬业精神和电视台的实力。

《新闻调查》，我不太理解节目为什么去调查一个合并的细节问题，它希望普通观众看到的是什么？

《焦点访谈》，我们以前看过很多树木被砍伐的惨状，我还是第一次看到，一个农民大嫂抱着被砍的树根，号啕大哭："我们怎么活呀！"这作为节目的开头，一层层论证，调查了政府、渎职、开采证、对自然环境的破坏……从各个角度各个层次，把问题说得非常透彻。

从点评中，可以看出陈虻的业务观点和要求，也可以约略看出当时节目的样子。

这一期《空谈》上，记者们的片言只语：

　　周墨的获奖感言：天有不测馅饼，冷不丁——啪唧，坠入俺们嘴里。

　　王猛的体会：拍"顶、底端"的人和事，给中端的人来看，是做节目的一条捷径。

这期《空谈》登出《空谈》2002十大特色人物，这里强调的是特色，不是评先进哦：

　　白岩松：绕过理性的五环路，沿着激情的长安街，走进大会堂，坐在N排，参加十六大，成为评论部唯二人选，另一人选是十五大代表孙玉胜。

　　康平：心态最年轻的老人儿，年轻一次并不难，难的是一生年轻总不老。59岁的康平老，一直保持着评论部的纪录，年纪最大的第一线记者。

　　张泉灵：炮火连天，地震不断，一个美女，一路小跑来到喀布尔，不远万里来到阿富汗，这是什么精神呀？

　　《东方时空》夜班编辑：披着夜幕赶来，带着倦怠离去，一群最见不得天日的人物，如果片中出现一个错别字，就要扣罚50元，他们是夜的眼。

　　敬一丹：她阅读《空谈》，她建议……她还建议……这样有名有识有热情的读者，你打着灯笼去哪儿找啊？

《空谈》留下一些小文，每次读来，都会心一笑。我最喜欢阿美的这一篇：

　　男人有两种。

　　有一种男人，他走到你身边，往那儿一站，什么话也不说，你突然就紧张起来，头脑缺氧，指尖冰凉，全部的自信像散了架的木桶里的水，稀里哗啦淌了一地。——"我为什么没有一颗樱桃嘴？我为什么没有一双丹凤眼？我为什么没有一段水蛇腰？"……你心里便有深深的忧伤和懊恼。

　　另一种男人，他走到你身边，往那儿一站，什么也不说，只冲你笑笑，你顿时就觉着温暖起来，全部的自信像听到了一声起床号角的兵士，从各个角落里冲将出来，集合在你的心里——"我就该是这个模样！"你因为身边站着这样的男人而看见天是青的，地是硬的。

水均益是前者，崔永元是后者。

小水除了渊博，除了深沉，除了鬼子话讲得溜，最突出的特点是那一双羚羊般温柔的眼睛——仿佛两个深深的陷阱，让一切追逐他而来的女人们迷失、陷落；小崔不同，小崔永远是那么平和地坏笑着，坏笑时依然忠厚、宽容你的过失，欣赏你脸上的雀斑，眼角的皱纹，手足无措时的慌乱，你因为有这一份注视而安静了，心里暖烘烘的，觉得自己蛮不错。

老远听见了小水的脚步声，你急急忙忙地绾起发髻，用水莲花装饰了头，用清晨荷叶上滚动的晶莹的露沐浴了手，你又颤抖着手，用荷花的瓣点缀了衣裙，你让紫色的流苏、浅青的滚绣勾勒了各个衣角……小水走近了，看了你一眼。"完了！"你忽地觉出了浑身上下所有的鄙陋和不堪。

小崔不然。小崔走近了，你原本哼着的歌儿依旧哼着，原本歪在沙发上依旧歪着。你可以用手抠耳朵，用木盆洗脚丫，用叉子吃回锅肉。小崔很舒服地看你一眼，让你心里踏实又轻松，让你觉得生活本该如此。

所以说嘛，小水是女性的克星，小崔是女性的救星。

小水和小崔，是门里门外两个人：一个是西装，一个是T恤；一个是应该穿皮鞋见的，一个是可以穿拖鞋见的；一个会让人想起马雅柯夫斯基那句著名的自白——"他不是男人，他是穿裤子的云"，一个会让人想起崔健那句同样著名的道白——"假如你看我有点累，就请你给我倒碗水"。

女人是这样一种人：身在厨房里忙碌着，心却在伊甸园之类的清雅地方徜徉着；或者身在陕北农村里举着话筒颠簸着，心却在家里清清凉凉的小书房里静谧着。所以小水和小崔，便是女性的两种幻想。女人在"跟着灵运动行走"时，最愿意看见小水，让她觉得灵运动是亮堂的，区别于幽灵鬼魂；女人在跟着现实行走时，一定愿意看见小崔，让心里觉得踏实。就这么平常过着，也是生活。

想对小水说句话："如何让我遇见你，在我最美丽的时候？"

想对小崔说句话："哥，你笑什么？"

写到这里,我想起了一首歌——《我爱五指山,我爱万泉河》,而小水和小崔也正像一座山和一条河。高山不语,自有它刺破青天的巍峨;小河不语,自有它东行到海的执着。

真幸运,身边有这样一座山和这样一条河。

我们还可以在《空谈》上谈谈采访花絮,谈谈人生哲学,谈谈电影观后感,甚至谈情说爱。那时,评论部是电视台最年轻的部,青春勃发,有意思的是,年轻人没好意思直接说什么爱情,老同事却在为年轻人的爱情发表评论了。以下是崔永元的《评论爱情》:

来评论部后忙于工作,闲暇时间极少,所以总是庆幸自己既结了婚,又有了孩子,如果等到现在,哪有这番工夫。

后来观察思考了一下,发现这并非只是时间的问题,爱情在评论部,果然有诸多麻烦。先说时间吧,忙忙碌碌,东奔西走,外出采访,回来编片,难得有请姑娘们划船的时间,闲情逸致总是被工作搅掉。再说空间,虽然每天都接触采访对象,但把采访对象变为对象却很难,似乎也违背这个行业不成文的行规。那就回部里找吧,也不易,本部男女由于夜生活频繁,脸色以菜色为主,于男人少了几分神气,于女人则更甚,因为菜色多了,姿色自然少。本人曾为部联欢会创作三句半,其中有段说女编辑"过上两年您再看——大嫂"居然引起强烈共鸣,可见是实话实说。

问题还远不止于此。由于评论部隶属中央电视台,青年男女们往往不自觉地生出一些中央级自豪感,谈恋爱时,自以为身份高了两倍,这又排除了一些纯民间的俊男靓女成为评论部家属的可能。

还有更可怕的,电视台终日这晚会,那联欢,美女如云,节目主持人中亦不乏国家级美脸,常和她们照面,岂能不眼前一亮,而照着这个模子去找家属,纯粹是刻舟求剑。

常常见到评论部年轻的同仁无事时在办公室无聊,饿了吃几块饼干,困了倒沙发上便睡,蓬头垢面,无精打采,心中总是充满同情。我总想,这场景,让他们的父母看到,会如何想。

发现问题容易,解决问题挺难,得上下一起重视才行。聆听领导,总鼓励你努力工作,他们怎么都结婚了!当然,靠人不如靠自己,大主意还得自己拿，自己想办法。

　　所以，我劝我年轻的同仁去看看《泰坦尼克号》，那当中有成功的榜样和经验。那男主角小伙子算什么，一个穷光蛋而已，可他既不沮丧，也不自卑，赌博赢了张船票，上了船照样敢追头等舱的女人，即使知道她是别人的未婚妻（当然这点不一定学），可学的就是他的敢爱，该出手时就出手，这正是男人的魅力。那女的也值得一学：她不看钱，看感情；不看地位，看才华；不在意失去多少，只看重得到的真切。如此这般，才有了轰轰烈烈、荡涤胸魄、可歌可泣的爱情。

　　要说恋爱环境，我看他俩的也很糟，周围几多白眼和嘲讽，后来甚至有追杀，而真爱情经得住考验。一次和一年轻同事说到爱情，他马上说房子、户口、家具……看清了，人家俩可是在船上，下了船，也不知前途在何方，就这情况。

　　所以，看到船体下沉后，小伙子泡在冰冷的水中对姑娘说："答应我，你要好好活着。"我竟然泪流满面，我真想为我年轻同仁的爱情也遍洒泪水。

　　将来我们会老的，当我们满头银发，历数着自己的往事，有金奖、银奖，有自鸣得意的节目，有夸奖和表彰，唯独没有爱情，那将是终身遗憾。

　　春天到了，适龄的年轻的伙伴们，让我们抓紧吧，四面出击，去寻觅爱情，抛开杂念，一往无前，别想前面是地雷阵还是万丈深渊。

　　春天到了，秋天还会远吗？

这样的话题，怎能不让人浮想联翩，引来广泛共鸣？年轻人不好意思去一唱一和，于是，我在下一周的《空谈》上，和了一篇《和崔永元"评论爱情"》：

　　小崔的本事是自己会说话，引得别人想说话。上期《空谈》上关于爱情的一席话又不知引得多少人想说点什么，我也想和上几句。小崔是在评论爱情，我谈的是评论部的爱情。

　　小崔让我想到几个月以前的那天。那天，前一组、现《新闻调查》的小刘昶来找我，带来一个可爱的女孩。他俩穿着一模一样的情侣衫，脸上是一模一样的幸福："大姐，我们想请您主持我们的婚礼。"我有点意外，我从没主持过婚礼，也没怎么参加过婚礼，连自己也没办过婚礼，可眼前这对可人儿让我不能说"不"。我说："我这张《焦点访谈》的脸最适合宣读结婚证书了，请双方家长讲话什么的也还行，但婚礼上要笑要闹，我就没那本事了。"好在刘昶哥们儿多，转眼间又请来了张羽。于是我俩联袂主持了刘昶的婚礼。

婚礼好热闹！半个大厅都是咱评论部的人，张步冰坐在那儿像男方的大哥，《新闻调查》的众兄弟像自家办喜事一样。刘昶的母亲坐在轮椅上，看得出她老人家最激动，老伴不在了，小儿子的婚事是她最大的心事，今天这一刻她不知期待了多久。

张羽真是婚礼好司仪，他给新人出了五花八门的花样，又让新人们宣誓。新郎圆圆的脸上放着光，一通海誓山盟后，新娘温柔地说话了："刘昶很胖，弯不下腰，我会给他系一辈子鞋带儿。"轻轻一句话，竟让我掉下泪来。

我没想到在婚礼上会得到这份感动，这是评论部工作环境中少有的温情。我由衷地说："我很高兴主持今天的婚礼，因为评论部又多了一个家，少了一份漂泊。"

咱评论部的小伙子姑娘们体会了太多的漂泊。干电视这一行，本来就是半世光阴路上忙，东奔西走拍完片子回到北京，又没有一个真正的家；万家灯火中，却没有一盏灯在等自己。这对咱评论部这么好的姑娘小伙子们太不公平了。

我平时常在劝别人成家，也劝人家生孩子，还劝人家能不离就别离。听到谁离婚了，我会说："哎呀！"听到谁结婚了，我会说："真好！"用我女儿的眼光看，这都属特俗的行为。每人都有自己的活法，可我想，俗里边其实有很多美好。女儿才12岁，还不懂这些，等到20来岁、30来岁，就该懂了。

小崔提到《泰坦尼克号》的男主角杰克在生离死别时对露丝说："你要好好活着！"我想引用杰克的另一句话："享受每一天！"我们的每一天并不都是用来制造《焦点访谈》《东方时空》《新闻调查》《实话实说》的，我们还要做点别的，看看花红了柳绿了，还要留意茫茫人海中有没有自己的那个人。

刘昶婚礼的全过程,都在录像,多机拍摄,专业录音,跟现场直播似的。我看到,张洁举着吊杆话筒充当录音师。看着张洁那极其认真的神情,我想,哪一天,我们能看到张洁,还有和张洁一样优秀的小伙子们站在新郎的位置上呢?到那时,担任录音的该是刘昶吧!

年会——让我们互为情人吧!

"年会",对这两个字的反应,大致能看出,是不是评论部老人儿。

我加盟《焦点访谈》后,第一次参加年会曾大感意外。当时,我还是新来的,不太认识那些同事,但热闹的气氛一下子就把我吸引了。

哎,那穿着雪白纱裙跳"四小天鹅"的四条汉子,其中一个有点眼熟,那不是在屏幕上经常看到的陈耀文吗?他是《东方时空·焦点时刻》早期杀手之一,很有战斗力的记者,舞台上还有这一手啊!那一只天鹅,黑胖胖的,是黑子吧?怎么如此欢乐啊!

年会上,工作总结,也没有说套话的,干起来,有胆有识,玩起来,有趣有乐,和他们共事,真好!那天恰好是情人节,"让我们大家互为情人吧!"大家在一起,真的很亲啊!我一下子就喜欢这个集体了,

后来的年会,就成了一个盼头。

平日里,特别是在《焦点访谈》里,连笑的机会都不多;在其他场合笑了笑,很正常的那种,人家竟然诧异:"你还会笑啊?"我猜想,评论部还有些面孔也会让人有不会笑的印象,再军啊,老曲啊,赵微啊,阿关啊,在镜头前笑过吗?

我们需要找乐儿,需要开怀大笑,需要狂欢。要不然,就可能内心受伤,就可能抑郁,就需要找心理医生,就可能殃及家人生活,就可能失去一个正常人的"趣"。于是,我们自娱自乐,不在乎什么喝彩或喝倒彩,没大没小没正经,荒诞、撒欢儿、撒狗血。其实,这也是另一种方式的表达,也可以叫作释放,也可以理解为精神上的不醉不还。

年会上,有着特有的风景:群众大模大样坐着,头儿殷勤地端茶倒水,领导的钱包被主持人拿出来,问也不问把钱撒向众人,平常严厉的制片人,

现在怎么也得经得住捉弄。年会气氛就是这样,平等嘛!友爱嘛!

年会激发了大家的聪明劲儿,创造力喷薄而出,凝聚力随之而来,团队荣誉激励着每一个台上台下的人。

《东方红时空》上演的时候,评论部总动员:一会儿,当演员在台上;一会儿,当观众坐台下。大家自己演,演自己;自己看,看自己。有时,台上合唱群舞的人比台下人还多,因为还有拍摄的、录音的、打灯光的。终于,我们玩儿一样成就了一场创纪录的空前绝后的大戏。

没想到,阴差阳错,这个内部联欢会走出了评论部,上网了,成了网上常被搜的节目,好多年了,还时不时在网上冒头,引来议论声声。不同的人,从中看出不同的味道。

有人急告:

年会,浓缩了我们一年的欢乐。如果说,我们一年总在皱眉头,这一天可以眉开眼笑;如果说,这一年我们都拘束着,这一天可以放松;如果说,我们一年都彼此陌生,这一天可以相互拥抱。

"大姐，不好了！你们的节目被人配音了！"

"什么话配音了？"

"说，中国出了个《东方时空》，还说，春江水暖……什么的。"

"不是配音，就是我们说的。"

对方半天没动静。

谢晋导演笑道："这是你主持的最好的节目。"

有更多人说："这帮人，太有意思了！太有创意了！"

甚至还有人看了年会，就投奔过来了。

不论横看神州大地，还是纵看千年风云，有哪一个小小处级单位的内部联欢会能有如此的反响！如果检验一个人是真假评论部人，可以跟他谈年会。

说："分有分的道理。"

看他能不能对上："合有合的道理！"

说："崔椭圆""李三角"。

看他能不能说出那是谁家孩子。

说："四环路""平安大道"。

看他能不能对上，哪条路是"激情的"，哪条路是"理智的"？

他眼神里那份会意，你懂的！年会的典故几乎可以当成评论部的接头暗号了，听着就像杨子荣进威虎山说的那话似的。如果要研究这个团队的文化，就不能不研究年会，它大概可以看出DNA什么的。

年会，浓缩了我们一年的欢乐。如果说，我们一年总在皱眉头，这一天可以眉开眼笑；如果说，这一年我们都拘束着，这一天可以放松；如果说，我们一年都彼此陌生，这一天可以相互拥抱。

曾经有杂志登出醒目封面文章：《弱智的中国电视》。我们的时间副主任笑眯眯地有点居心叵测地把那杂志的人请到我们的年会现场，那人看后说："这些人不弱智！"

南院——永远有人在加班

南院是哪？有一部大片一样的小片儿，是这样描绘的：

在风光旖旎的央视大楼以南，在生机勃勃的西客站以北，一条荡气回肠的小巷深处，隐藏着一个富有神秘感的院落——羊坊店西路115号。

对面小区大爷："白岩松老上这来。"

保安："里边的人很有素质那种……像刘爱民，《东方时空》的……"

外卖哥："电视台嘛！"

快递哥："我知道，中央电视台。"

这就是南院了。

这片子的作者是《新闻调查》的王晓清，她所在的栏目也在南院。平常这个秀气的女编导做调查节目颇大气，而这个片子，是拍着玩儿的，透出一种别样味道。央视东迁之前，她带着南院人共同的感情，对南院考证了一番。

南院是新闻评论部的一个工作区，它更像评论部大家庭、大本营。2001年开始，就有一个个栏目在这里出生、运转：《新闻1+1》《感动中国》《面对面》《新闻纪实》《世界》《24小时》，还有已经消失了的《360》什么的。制作组的赛虎说："在我手里做死过14个栏目。"

南院永远有人在上班，24小时，总有机房亮着灯，不知道有多少编辑机在工作。机房的椅子永远是被坐穿的。熬夜，在南院是常态，随便一问："一宿没睡？"回答是："28小时没睡。""四天三夜没睡。"

这里的人好像只有两种：特别能熬夜的和不特别能熬夜的。

这里曾经有食堂，加班到很晚，也能在这里吃碗面。当食堂没有了的时候，大伙怀念的不是饭菜，而是大家一个锅吃饭的热乎劲儿。哥吃的不是饭，姐吃的不是菜，而是近似于家的味道。

评论部的部训在南院最显眼的一楼门厅："求实、公正、平等、前卫"。被它吸引来的有志青年们在这里付出青春，人越来越老，头发越来越白。有人来了，有人走了。有人结婚了，有人离婚了，有人当爹了，有人当妈了。有的编导去当领导了，有的编导还在当编导。

《新闻纪实》的编导用相机记录着自己工作的南院，居然拍了15万张照片。习惯记录的人留下了十几年点点滴滴的记忆，留下了自己心情的痕迹：拍的可能是别人，记录的其实是自己。

我也常去南院，那里有一种家的感觉，不论开策划会，还是录音录像，都是自己人，不用客气。这样的归属感，在一般的办公室很难体验。南院，不仅是个地方，更是个时代，大家对它的感情，不是对那简陋局促的工作环境，而是对激情创新的岁月。

临近东迁了，我带浙江传媒学院实习生来到南院，看到《实话实说》的牌子挂在陈旧的办公室，二十出头的女生激动地说："啊，穿越啊！"

小崔叔叔如果听见，会说什么呢？

晓清在片子结尾用了一个又一个南院人的照片。很多年轻人我已经不认识了，算是南院第几代？大家看到了自己，看到了逝去的时光。

一个个面孔闪过，配合着画面，《同桌的你》——再见南院版 MV 唱着：

虽然要搬去 CBD，但我们会记得你，
虽然你总是很拥挤，连停车都是个难题，
大裤衩虽然很华丽，我舍不得朴素的你，
因为在你的眼睛里，见证过我的记忆。
…………

开始看这个片子时，似有喜感，年会风格嘛，评论部的人笑着。

后来，看着看着，开始伤感，一些人哭了。包括我。

我们，这个群体的起源是《东方时空》。《东方时空》孵化出《焦点访谈》等一系列栏目，也成就了我们。早年间，评论部第五任主任赵微曾经这样比较：如果说《焦点访谈》像北方，《东方时空》就像南方；如果说《焦点访谈》是山，那《东方时空》就是水。山高水长，山不转水转。

我们，在这山水之间遇到。

珍惜借这山水结下的缘。

我遇到你
Encounter

04
长长短短20年

2015年4月1日。

当我走进《焦点访谈》演播室的时候，似乎和以往20年一样，戴上话筒，灯光师调光，面对镜头，与摄像一起调整好位置。导播的声音传来：开始——

"您好，观众朋友，欢迎您收看《焦点访谈》……"

这句话，我在这里说过多少次了？20年，很难说清了。刚刚过去的2014年，这句话，我说了106次。

《焦点访谈》从开播就在这个演播室，它的位置在央视二楼新闻播出区，它的面积是150平方米，所以被叫作"150"，它承载了我与这个栏目20年的记忆。

我打量着这个熟悉的地方，倒计时的感觉越发强烈了。这不仅是因为我们新闻中心即将搬到东三环中央电视台新址，更是因为，我要退休了。2015年4月，我满60岁了，该告别相伴20年的《焦点访谈》栏目，也告别30多年的职业生涯了。

2015年4月1日这一天，是《焦点访谈》开播21周年。

与《焦点访谈》相伴20年

舆论监督、每天、黄金时段

最早在这里录《焦点访谈》是 1995 年元旦。

而向这个栏目出发，则在更早。

那是 1993 年冬天的一个晚上，时任新闻评论部主任孙玉胜给我打了一个电话。和以往一样，他说话平实而直接："台里现在正准备办一个栏目，舆论监督的，在每天《新闻联播》之后的黄金时间播出。我想到了两个主持人，一个是你，一个是北京电视台的方宏进。你考虑一下。"

电话这边，我的第一个反应是意外，是对栏目设置的意外。在这之前，中央电视台只有一个栏目是有些舆论监督色彩的，叫《观察与思考》，是周播节目，时断时续，影响力受到了很多限制。听孙玉胜说要办一个日播的舆论监督的节目，还在黄金时间播出，我非常惊讶。我问："这个栏目叫什么名字？"

孙玉胜说："还没有起名字，你帮着起个名字吧！"

我，我得反应一会儿。

那时我主持《经济半小时》栏目已经四年了，经常做深度报道和经济社会热点评论。我对舆论监督的直接认识和体验来自于《质量万里行》和《3·15 消费者权益日晚会》。那类节目，快刀斩乱麻，痛快淋漓。破坏经济秩序的，曝光！损害消费者利益的，揭露！接着立马就带来整改，推动的作用是那么直接！我参与其中，看到电视进行舆论监督的强大力量，常常感慨：这才是记者！

但是，那毕竟是特别节目的形态，不是常态的。而孙玉胜正在筹备中的栏目，却同时具备了多个要素：舆论监督、每天、黄金时段。这太有吸引力了。

那时，虽然它还没有名字，虽然我还不知它的模样，但我相信它会成功，它赶上了新闻改革的好气候，呼应了中国人的心理期待，应运而生的东西会有生命力的。

同时，我也相信筹办节目的人，正是创办《东方时空》的人在筹办这个栏目，这已经可以让我隐约看到它的未来了。

> 我对舆论监督的直接认识和体验来自于《质量万里行》。破坏经济秩序的，曝光！损害消费者利益的，揭露！接着立刻就整改，推动的作用是那么直接！看到舆论监督的强大力量，常常感慨：这才是记者！

那时《东方时空》刚刚从春天走到冬天，几个月的时间就已经显示出新生栏目的生长潜力。记得 1993 年 5 月 1 日《东方时空》开播那天，我提前上了闹钟去等候。那时早晨完全没有看电视的习惯，闹铃叫醒，等着看同行的电视节目，这还是第一次。《东方时空·晨曲》拉开序幕，画面上，萌芽出土，鸽子飞过，带来早晨的一片生机。好清新啊！我持续关注着这个节目，在它的人性化表达里，看到它应和时代脉搏的追求和方向。新节目、新机制、新人正在改变中国人早上不看电视的历史，也在创造着电视本身的历史。

《东方时空》像一个孵化器，它孵出的新节目也会带着它的基因吧？相信他们还会创造以往没有的东西。我想和他们在一起。

然而，我还没能招之即来。当时，我的《一丹话题》栏目刚开办几个月，如同自己的小孩儿，怎么也得拉扯大，至少得一年半载，有头有尾啊！

眼前的实践，未来的选择，都连着当时新闻改革浪潮初起的大背景。我面对着新鲜的实践，也向往着更新鲜的未来。那段时间，很忙很兴奋，我一边办着《一丹话题》，一边看着《东方时空》，一边打听着新栏目的各种消息。

听说，新栏目定名为《焦点访谈》。

听说，栏目开始向社会招聘，四面八方来了好多新人和能人，他们像投奔延安、深圳一样，来到这里。

听说，《观察与思考》那些能干的记者，都去了《焦点访谈》，他们蓄势待发。

1994年4月1日19:38,《焦点访谈》开播。我期待它的心情有些特殊,我是观众,我又是同行,我还是准备加入其中的一员。这个栏目会是怎样的形象？我行吗？

我看到了——一只大眼睛！我看到的是《焦点访谈》的标志,心里立刻有了认同。大眼睛看着这个纷繁世界,它可能带来监督,带来约束,带来规矩,这世界会因此而不一样。

我听到了——很有节奏感、铿锵感的男声说出这样一段话：

"时事追踪报道,新闻背景分析,社会热点透视,大众话题评说——每日请看《焦点访谈》。"

这种朗朗上口的方式把栏目宗旨说得如此清楚晓畅。后来,日复一日的表述,使得很多观众对这段话耳熟能详。

第一期节目的主持人是张恒,他是广院校友,形象端正阳刚。节目内容是"94年国库券发行第一天",挺中性的,很稳重的,并不是我预想的锋芒毕露的样子。

我持续观察这个新栏目。我看到,记者出现在一个个新闻现场,风风火火地采访。农民可以在这里申诉不平了,假冒伪劣等违反规矩的行为可以经常曝光了,权力可以在这里受到一些监督了。栏目的舆论监督色彩渐浓,我渐渐感受到它的锋芒,也了解了它的尺度。如此力度的舆论监督节目能出现在中国电视上,没什么能比这更让我兴奋和期待的了。

它唤起了我。《焦点访谈》在早期散发着直接影响社会的能量,很前沿,很现代,很有吸引力,记者的理想、意愿在这里有望实现。

如果当记者,没有前沿的经历,就像当兵没上过前线一样。

我遇到了它。我一定要去了。

《一丹话题》一周年时,我和观众道别。

1994年底,我为5年相伴的《经济半小时》观众做完最后一期《1994年终回顾节目》,在12月31日晚上,我对CCTV-2的观众说了"再见"。

第二天,我在《焦点访谈》说："您好！欢迎您收看《焦点访谈》。"

那是1995年的第一天。

在路上

  1995 年 3 月 14 日午夜，春寒料峭，中央电视台方楼的门口，灯光照着一群忙碌的身影，我们在集结。夜深人静，而评论部头头们都来了，在车边与我们握别，这让经常出差的记者们觉得有点儿异乎寻常地隆重。
  我们上路了。长安街一片寂静。
  车队编组有些奇怪，一辆捷达、两辆面包倒没什么，只是那辆貌似运玻璃的大货车和长途卧铺车很是惹眼。车里边 28 双兴奋的眼睛望着窗外。这是《焦点访谈》有史以来最大的一个摄制组，装备也属最精良的：五六台摄像机、减震器、吊杆话筒、无线话筒、编辑机、录音设备、车载电台……俨然去打一个大仗。

  我们这次出发，是因为《焦点访谈》4 月 1 日开播一周年。这一年，我们和观众开始熟悉起来，生日，怎么也得有点特别的表达吧？曾经试着做个特别节目，我奉命代表栏目采访了资深媒体人范敬宜、王纪岩等，人家对这个新生的电视栏目称赞有加，我们倒不好意思起来，怎么着也是有点自恋，找不着感觉。
  还是看社会的焦点热点吧！我们的目光从自己转向观众。大量的观众来信为《焦点访谈》提供了各种各样的信息，我们从中了解到，公路上有些混乱现象，百姓出行屡屡遇到麻烦，主管部门也注意到了，但还没有得到有效治理。分析社会焦点，策划节目样式，形成了一个思路：上路，行车采访，从北京到深圳边走边拍，以车、路为载体，曝光公路乱收费、乱罚款、乱设卡现象。
  初露锋芒的《焦点访谈》人提醒自己：关注着社会的关注。这个定位，也是自我认识的一个进步，不管是生日，还是平常，我们的关注点不是自己，而是社会。
  车轮驶出北京，到天津时，已经进入到 3 月 15 日。算算日子，只有半个月的时间，预计 3 月 31 日晚上 45 分钟特别节目播出，前期加后期不能有一点失误。

压力最大的恐怕是张步冰和盖晨光。两位干将虽身经百战，但率领这么大的部队，走这么远的路，还是第一次。前途未卜，有点儿边走边发现边找感觉的意思。

次日晨到德州，发现目标近在咫尺：前方在强行洗车！初次交锋，还没等我们布阵，人家似乎已发现了我们的意图，不再有什么动作，大部队只好开拔。

出师不利，奔临沂时又失足绕了远路，路上没有什么发现，张步冰脸上越发多云。凌晨 2：00 到临沂，开会开到 5：00，清晰思路，明确分工。众将士心中稍有了底。后来想，这次会大概相当于遵义会议什么的。

又上路。大家几乎以"唯恐天下不乱"的心态期待遇到点儿事，车匪路霸也好，乱设卡收费也好，听说这些现象很严重，让路上的人们不堪其扰，可是为什么我们在路上还没遇到？几乎是平安无事，连个小毛贼也不曾见到。终于，在接近南京长江大桥时，遇到有人强行扣车收费，众记者猛虎扑食一般扑将过去一通混战，当事人措手不及，不知如何应付前后左右突然出现的摄像机群和记者群。

沿途不时"空投"下精干的小分队，北京又有增援，当各路记者在南京大会合时，袁正明首长摆下火锅，犒劳三军。节目方向进一步明确了：思路要发散开，广义地理解"路"，跳出查关卡一类的事件，阐明路与经济秩序的关系，追求大气。

3 月 18 日，吉利日子！寂寞多日的货车终于派上用场。这货车是这次《焦点访谈》特别节目中的重要角色。看上去，它是运玻璃的，秘密就在玻璃后面。这玻璃从外面看不见里面，从里面却可以看见外面，北京电影制片厂的专业道具师在车上搭了个玻璃小屋，我们的摄像在必要的时候钻进小屋，就可以极其方便地偷拍了。可是从 3 月 14 日夜里出发，王晓鹏和录音师杨涛洲已经几上几下大货，却一直没有得手。

机会终于来了，在芜湖附近，先导车捷达报告：前方有人截车，强行洗车！晓鹏们又一次钻进大货小玻璃屋。车一点点驶近，果然被拦住了，梳着中分头，穿着皮夹克，扮成货主模样的记者陈耀文走下车来与拦车人周旋，一边说一边把那人引向玻璃前面没遮没拦的最佳角度。一道玻璃，隔开了采访对象的戒备和防范，却没有隔开我们自己人的默契：玻璃那边，拦车人生拉硬拽，软说硬说，反正你得交钱洗车，不洗车，也得交；玻璃这边，录像带一圈圈转着，真实地记录着这一切。这一组镜头拍得痛快淋漓。玻璃擦得锃亮，像一面巨大的镜子，只见拦车人的同伴径直走来，在"镜前"站定，倒把我们摄像吓了一跳：莫非他发现了摄像机？摄像屏住呼吸，一动不动，外面那人开始动作起来，理一理自己的头发，瞧一瞧自己的眉眼，原来他以玻璃作镜，自我欣赏呢！他丝毫没有意识到摄像机的注视，所有的动作都被镜头尽收眼底。后来大家看素材时，都觉得这编不进节目里的镜头是最有意思的"花边""花絮"。

接下来的隐性采访屡次成功，记者拍下了诸多三乱现行，铁证如山，素材日渐丰富，一路上，有大部队采访，有小分队采访，记者犹如战士，纷纷亮剑。

在这支队伍里，我是新来的，因而有了新的角度，我既是节目的参与者，也是连接观众的观察者，有时还是评论者。在南昌的立交桥边，我对着栗严的镜头有感而发：看到车辆行人各行其道，有序通过，立交桥作为连接道路的现代化设施体现出规则的力量。懂规则，守规则，就桥上桥下畅通无阻；无视规则，就寸步难行。沿途看到那些现象，不都是因为没规则吗？公路的乱象，让人期待秩序。

在这座立交桥下，我有感而发，谈到秩序、规则。

我们都有一个家

名字叫中国

兄弟姐妹都很多

景色也不错

家里盘着两条龙，是长江与黄河

还有珠穆朗玛峰是最高山坡

我们的大中国，好大的一个家

…………

　　我们唱着《大中国》，从北到南，崎岖三千里，频率为464325的车载电台，前呼后唤着，车队一路前行。三渡长江，经九华山而不入，过庐山和衡山只有远眺的工夫，急匆匆只能看路上风景。安徽的菜花、江西的红土、湖南的湘竹，该黄的黄，该红的红，该绿的绿，倒也是味道好极了。

　　3月24日终于到了终点。深圳又是风又是雨。结尾的镜头在风雨中？似乎不像阳光灿烂那么光明，细一想，不也挺像我们走过的路吗？干电视记者这一行，半世光阴路上忙。这一路，让我们足足地体会了一下"在路上"的感觉，这大大小小、长长短短的路，既表现了我们的状态，也表现了社会生活。"在路上"的感觉，让我们永远不会停下脚步，不管是风里、雨里。

　　于是，我们在深圳皇岗口岸的风雨里，拍下了最后一个镜头，背后，是通向世界的路。

　　回到北京，编辑们一头扎进机房里，日以继夜。最后，张步冰亲自操刀，编辑合成。征集标题时，轮上十日的经历涌到眼前，我说：叫《在路上》吧。

　　这个特别节目播出后，立刻成为街谈巷议，公路三乱的治理有了更大的力度，观众从中感受到舆论监督的锋芒。

　　在路上，那是前面有方向，脚下不停步的状态，那是电视人的一种职业状态。这之后，《焦点访谈》多次关注公路秩序。而在以后一个又一个生日时，也一直延续着《在路上》的视角——关注社会焦点热点。

公路乱收费
滥用公权

"你缺少刚性"

一个大大的窟窿，在墙上格外刺眼，周围有种不祥、不安的气氛，一看就是出事了。这是湖北一个存放种子的粮库。我盯着那个窟窿，心想，人得气愤到什么程度才能砸出这窟窿！沿途农民和我们说的情况，果然很严重。摄像王守城不露声色，在周围观察，把该拍的都拍了，包括那个大窟窿。

《焦点访谈》接到举报，这一带出现了假种子，眼看就误了农时了，农民万般无奈把这坏消息告诉了记者。我们来到现场，看到愤怒的农民，但没看到县长书记。出了这么大乱子，人呢？办公室的人告诉我们，县长书记全都到村里去了。我们本能的思路是：真的吗？在哪？我们跟过去。

到村里，县长和书记真在那儿，带着农业科技人员教农民紧急情况下的育种。地下有不少水桶大盆，新运来的稻种浸在里边，大家说着技术细节，气氛平和。我们如实记录了这样的情景。

回到北京，进机房，回看那些镜头，琢磨怎么编辑。如果我把报道只停留在粮库的大窟窿上，再强调渲染如何误了农时，如何影响了农民，伤害了农民利益，这个节目看上去会很火。但是，那不是我们了解到的全部，县长和书记如何紧急处置，避免农民更大损失，也是这一事件中的重要内容。于是，我把事件从头到尾都说了，把大窟窿和书记县长都编进去了，力求呈现出一个完整的过程。我起了个题目叫《谷雨话种子》，这不是冒着火星的标题，有点儿提醒的味道。节目播出以后，有人问："这是批评报道还是正面报道？"也有人说这节目"有点温"。在《焦点访谈》锋芒毕露的年代，"温"是一种批评。

另一个节目，我也不可救药地"温"了。北京市有些人滥印地图，印错了，我拿着这个印错的地图对着镜头说，这是工具，地图弄错了，后果有多严重，会带来多少麻烦？回来却没通过。制片人说：你得往下挖啊，谁印错的？我说：这还用挖？底下都写着某某出版社。制片人要求："得找到这个出版社，这个人，采访他，挖到底。"

这和我以往的工作方式不太一样。以前做经济节目，说出现象就行了，不一定要挖到当事人。

于是我就去采访，这是一个科技专业出版社，我拿着地图找主编。主编一看就是一个老编辑出身的文人，说："真不好意思，我们这个出版社是学术出版社，技术性的书籍出一本赔一本，我们刚批了一个综合编辑部，还能挣点钱，刚印了一个地图就印错了。"

我实在不忍心采访他了。怎么办呢？我说："你把责任编辑找来，好吗？"

责任编辑来了，一个刚出校门不久的二十多岁的小伙子，拿着羽毛球拍进来的，兴冲冲地问："什么事？"他们头儿跟他说："这是记者，了解了解情况。"

我本来想用严厉的语气问："你知不知道把地图印错了，后果有多严重？"

一开口，变成了："你以前印过地图吗？编过地图吗？"

小伙子说："没有，这方面实在没有经验，确实弄错了。"

从责任编辑到主编，都一副认错的态度，我判定这不是恶性的，成心的，只是过失。所以，我没强调这做法可能带来的严重后果，而是把经验不足的原因编进节目里去了。我心里有些不安，节目播了，这个小伙子将来还能评职称吗？

去监狱采访，设想着，对犯人，气氛得冷峻点儿。失足少年带进来了，我开口第一句："你这扣子怎么是红线缝的呀？在家谁给你缝？你妈来过吗？"

我称呼他时特意去掉了姓，好像在叫人家小名，说话时把手搭在他的肩上。摄像事后说，你跟那个少年犯说话，怎么像孩子的大姨似的？是啊，在我眼里他首先是一个少年，然后才是"犯"。摄像说："大姐心太软。"

制片人看了几个节目，摇头："太没有锐气了，没有锋芒，缺少刚性。"

孙玉胜也跟我说："你是介于传统和前卫之间的形象。"

我该反思自己了。中央电视台评论部口号之一就是"前卫"啊！我慢慢找到了自己和栏目之间的差距。我有点儿心虚地在心里为自己开脱：节目要长久存在，不也需要刚性以外的东西吗？传统和前卫之间的中庸不正是被多数人接受的吗？

每每看到我的同事们做出酣畅淋漓的节目，每每看到这样的节目强有力地影响着社会，我总会由衷地喜欢，也由衷地感到自愧不如。

记得再军、白河山的《罚要依法》节目播出时，我正在办公室编片子。

节目开播，大家放下手中的活儿，聚拢在电视机前。

只见309国道上，交警截住卡车，罚款："20！"

司机解释求情，警察更加粗暴："40！"

一个又一个细节，一环又一环调查，这一暗访的节目把公路三乱表现得淋漓尽致。演播室老方的评论也有理有据有分寸。

我不禁为同事叫好，回头看着手里的半成品：还编吗？真拿不出手啊！

我真得重新衡量自己了，节目要求和我的能力、性格之间确实有冲突，但我也确实不愿意违背内心，不愿意心里纠结别扭。在选题上，我比较倾向于中性话题，现象分析，不太胜任短兵相接的监督报道。好人犯错，我下不去手；真正的坏人，我也许斗不过他，当然我也没有怎么遇到过真正的坏人。在这个栏目里，我原本的弱点突出了。我有点迷惑，也试图改变，但还是没能改变。后来《焦点访谈》实行了总主持人制，我们几个总主持人更多从事演播室的工作，我慢慢感觉对位了。演播室需要和现场拉开一定距离，需要沉淀下来思考，主持人的言论不仅仅是锐，更重要的是分寸和平衡。

舆论监督节目带来痛感，也许，锋芒毕露的人带来的是刺痛，而我带来的是隐痛。

我承认自己的有限，认识有限，思索有限，所以表达也得留有余地，否则明天我可能会为我昨天说的话脸红。《焦点访谈》越火，我就越觉得，得格外谨慎，每一个镜头，每一句话都可能影响一个人的命运，不管他是强势还是弱势。过把瘾就死，不知道死过多少回了；过把瘾就死，那是愤青的表达，不是成年人的态度。当特别热闹的现象出现，一时没看清，又需要面对它的时候，尤其得"留有余地"。我不会在节目里做出欢呼状、拍案状，经常会沉淀一下再开口，有时用问句，用删节号，留一点空间，空间是留给观众的，也是留给时间的。

早期《焦点访谈》，如果拍到"不许拍照"、"无可奉告"、推搡记者、遮挡镜头时，记者会有些暗自兴奋，这些镜头会直接编到节目里，似乎有一种特别的效果，揭丑！解恨！痛快！大家一看就会说：那是坏人。但这种判断太简单了。

后来我们主动减少，甚至不用这些镜头了。《焦点访谈》从最初的血气方刚的年轻人，慢慢也变成了讲理的中年人。

把"舆论监督"从生词变成熟词

19：38，这一时刻，是《焦点访谈》的播出时间。

从1994年4月1日起，这个时间，在我心里就有了特别的意义。不管是我主持节目，还是我的同事主持节目，到了这一时刻，我就会守着屏幕，兴衰荣辱，优劣高下，好赖都是自己的节目。

一期又一期的节目，一年又一年的日子。

我们所做的，仅仅是为每天的19：38黄金时间做出一个个节目吗？新闻类节目，或揭露个案，或讲述时事，都是只有短暂生命的易碎品，我们这一个个节目的远方是什么？通向哪里？

在我眼里，《焦点访谈》不仅仅是一个电视栏目，《焦点访谈》是中国民主法治进程中的一个特殊产物，在中国社会有些渠道还不畅通的时候，《焦点访谈》承担了超出一个电视栏目所能承担的观众托付。

《焦点访谈》刚刚创办的时候，中国很多百姓，特别是穷乡僻壤的草根阶层还不知道"舆论监督"为何物，"舆论监督"这个词对当时的很多人来说，几乎是生词。

今天对舆论监督司空见惯的年轻人也许很难理解，那时，舆论监督为什么是生词？在中国相当长的历史时期，报纸、广播、电视鲜有批评之声。缺少监督，是那个年代特有的社会面貌，这其中有说来话长的历史原因。

舆论监督是一种什么样的力量？它跟普通老百姓有什么样的关系？《焦点访谈》以每天13分钟的努力，告诉千家万户，有这样一种力量在推动着我们向文明、民主靠近，向有智慧、有秩序的社会前行。这是一种新鲜的陌生的力量，它以内在的生命力推动我们国家转型。

那个时候，《焦点访谈》所面对的舆论监督的环境，到处都是空白，也到处都是禁区。最初《焦点访谈》很多话题是不能碰的，比如说戴大盖帽的，那意味着什么呢？——权力。比如，警察、法官、税务、工商，只要是它代表着权力的，那都曾经是禁区，大盖帽们也还不熟悉不习惯被监督。早期《焦点访谈》有很多这样的镜头：我们的镜头正在拍摄一个监督对象的时候，争论、冲突、肢体冲撞，摄像机猛烈摇晃，粗暴地上来一只手——不许拍摄！那就是最早的《焦点访谈》对社会负面现象的碰撞了。

那个时候"大盖帽"一出现在我们的镜头里，大家都紧张。舆论监督怎么推进呢？省会不行，那我们找一个县；中心城市不行，我们找不那么敏感的小城市，有点农村包围城市的意思。我们在一寸一寸地开拓着舆论监督的空间。

19：38，日复一日，年复一年。

这个时刻，曾经被人们守候。很多年轻人对我说，小时候，看完了天气预报，就和爸爸妈妈等着，等着19：38的《焦点访谈》，那已经成为千家万户的习惯。一个家喻户晓的栏目，一种持之以恒的努力，产生了这样的效果：哦，原来还有这么一种力量，这种力量叫舆论监督！

这是一个生词变成熟词的过程。这是学习运用监督权、知情权、表达权、参与权的过程。公民的权利不光写在宪法里，也体现在活生生的现实中。看到今天的人们愈发自觉地运用舆论监督的权利，是不是也有《焦点访谈》经年累月播下的种子呢？播下了种子，它就在生长，它具有内在力量。

《焦点访谈》对我们国家最大的贡献，就是在特定的时期，以电视的方式促进了民主法治的进程。

能参与这样的事，值。我很欣慰。

焦点访谈
舆论监督

朱总理："我看了《焦点访谈》就想打电话。"

1998年10月7日，《焦点访谈》迎来朱镕基总理。

我们特别盼望朱总理来，因为我们都知道他是《焦点访谈》最忠实的观众，他总在看《焦点访谈》，看完之后常常立刻发出声音，他常在国务院的会议上提及《焦点访谈》。曾有部长半开玩笑地对我说："现在我晚上都不敢出去吃饭，因为怕耽误了看《焦点访谈》。总理常在会上问：'你们看昨晚的《焦点访谈》了吗？'答不上来怎么办？我如果有事看不成，就让秘书看，让家人看，再告诉我。"我感觉，朱总理用这种方式营造了鼓励舆论监督的氛围。

朱总理常常对节目内容做出迅速直接的反应，而节目曝光的问题会连夜出现转机，第二天就有反馈的结果。那时候，作为记者，看到立竿见影的效果，看到我们的舆论监督能那么直接地推动社会，推动某项政策的出台，推动某个错误的纠正，特别有职业的成就感。

在90年代的中国，舆论监督的力量在生长，反舆论监督的力量也还存在，两种力量在较量。触及根深蒂固的旧格局和利益，对锋芒初现的《焦点访谈》来说，谈何容易。在曾经长期缺少舆论监督的土壤里，舆论监督需要尚方宝剑，而朱总理是舆论监督的强有力的支持者。

"总理进到台里了。"

我有些忐忑，是因为我接受了一个任务。

孙玉胜先前对我说："到时候，你请总理给《焦点访谈》题辞。"

啊？！朱总理约法三章，不题辞、不剪彩、不受礼，这是人所共知的。这是不可能完成的任务啊！咱们尊重朱总理的约法三章，不好让总理破例啊！

玉胜看出了我的为难，但他还是坚持："你看机会，争取。"

朱总理走进《焦点访谈》演播室。他坐在我们每天工作的台子前，看了看摄像机前，又看了看提示器，环顾周围的记者编辑，短暂的静场。

我意识到，是时候了。

我说："总理，现在您看到的这些记者，只是我们《焦点访谈》的十分之一。"

总理说："你们那么多人啊？"

我说："是啊，我们很多年轻同事都到各地采访去了，他们都想和您交流，但有工作回不来，您能不能给他们留句话？"

中宣部部长丁关根说："不要请总理题辞。"

我赶紧说："不是题辞，是给我们年轻记者留句话。"

总理笑了。

我感觉，总理同意了。我甚至在猜想，总理也许想到那些在天南海北采访的记者了吧？在屏幕上，总理见过他们，知道他们在奔波忙碌，在一个个新闻现场行使着舆论监督的职责，对他们会有一种熟悉和信任。总理会乐于和他们交流的。

于是，方宏进把题辞本摆在台子上。演播室一片安静，总理拿起笔，那并不是毛笔，而是签字笔，它不像毛笔那么正式，与"留句话"的说法正合适。总理拿起笔，看样子想试试笔，但我们没准备试笔的纸，总理就在桌面上试了试笔，那个半圆形的笔迹留在灰色的桌面上。之后很多年，我每次主持节目时，看见这个笔迹，都会感觉到朱总理的关注。

在大家的注目中，总理落笔了："舆论监督，群众喉舌"。白岩松站在总理后面鼓起掌来。总理说："我还没写完呢！"总理又写："政府镜鉴，改革尖兵"。演播室一片掌声。所有的目光和镜头都聚焦在题辞上。

朱总理为《焦点访谈》题辞，是一次破例，是对舆论监督的特别鼓励。

朱总理说："《焦点访谈》开播以来，我不敢说是最热情的观众，至少也是很热情的观众，还是一个积极的支持者和义务的宣传员。我为目前正在普及的《焦点访谈》现象感到高兴。"

他说："什么叫正面报道为主？是指99％都应该正面报道吗？98％、80％就不行吗？我看51％不也行吗？大部分节目以宣传成绩为主，有这么一两个节目来指出我们前进过程中的问题，动员全党的力量去解决它，这样做的效果比单纯宣传成绩好得多。没有这样的节目，群众的声音反映不出来，那还有什么民主？还有什么监督？大家要习惯这种批评。你们哪一天找出我的毛病，来采访我，我一定接受批评，改正自己的错误。"

朱总理来了。

对《焦点访谈》播出的一些节目，朱总理相当熟悉，如数家珍。在他看来，国务院干的事情每一个方面都在《焦点访谈》舆论监督的题材里，正在抓的几项改革也从《焦点访谈》中得到很多思路。

农民的话被总理引用。总理说，现在农村老百姓和干部打交道有句口头语："你听不听？不听，我们《焦点访谈》见。"这说明《焦点访谈》在农民中间有影响，农民觉得有说话的地方，有人帮他们说话，而且说了话干部不听不行，有权威。

在谈到"政府镜鉴"时，朱总理说："我们确实从《焦点访谈》了解到我们不能了解的情况，它像一面镜子，反映出我们的政策究竟能不能得到很好的贯彻。我们下去往往了解不到真实情况，他们事先都准备好了，叫你到哪儿去视察就去哪儿视察，坐下来就听汇报，谁跟你说心里话呀！我在《焦点访谈》就能看到许多真实情况。"

我和同事们听到总理这样的表达，都很感慨。朱总理自觉运用媒体，运用舆论监督，这是一种领导艺术，一种先进文化的思维方式，体现了现代领导人的意识和能力。

又一次见到朱镕基总理是在2003年两会前，朱总理召开座谈会，征求教科文卫代表对《政府工作报告》的意见。我参会时谈到对"政府镜鉴"的理解：运用舆论监督促进政务，体现了积极态度，但并不是所有政府领导都能自觉运用舆论监督。《焦点访谈》面对新的难题：推诿、抗拒、说情，反舆论监督的力量使得一些舆论监督难以实现。建议在《政府工作报告》中强调：各级政府、各部门应支持舆论监督，让群众有更畅通的渠道反映意见呼声。

朱总理说："过几天开两会的时候，我如果有机会，会和省、市、自治区领导谈到重视舆论监督的问题，每个省都应该办一个《焦点访谈》，《焦点访谈》是政府最好的助手，施政的指导，人民的希望。"

听到这儿，我真想插话：很多地方台都办了类似节目，被叫作小《焦点访谈》，但很多都夭折了。缺少尚方宝剑，地方电视同行压力更大，面对的反舆论监督的阻力更大啊！

我们早就听说，朱总理经常在看了《焦点访谈》后立刻给相关部门打电话督促解决问题。这次，总理对我们谈了电话背后的心情："我看了《焦点访谈》就想打电话，我知道，《焦点访谈》反映的问题，只是万分之一，千万分之一，管不过来，但是，我如果看了不打电话，就没尽到职责。解决一个算一个，纠正一个是一个，给人民一点希望嘛，这样才能让人民与党和政府同心同德。"

会议临近结束时，我走向朱总理，表达了《焦点访谈》的问候和敬意。我送给总理一张羊年贺卡，上面有众多记者编辑的签名，同事们知道朱总理在两会后将卸任，在贺卡上，也寄托着深深的留恋。总理说："代我向《焦点访谈》的记者问好，我很感谢大家！"

总理离开会场，我望着他的背影，百感交集。

很久以后，2011年，《朱镕基总理讲话实录》出版。清华大学新闻传播学院的老师做了统计，在300多篇讲话中，有60多篇提到《焦点访谈》。我想，在这不同寻常的记录里，人们可以看到一个电视栏目在一个特定时期所发挥的作用，更能看到朱镕基总理善用媒体，注重监督，促进了舆论监督大气候的形成，《焦点访谈》在那个时代几乎成了舆论监督的代名词。

后来，朱总理把包括这本书在内的全部稿费4000万元捐给了社会公益事业。

记者，凭什么拥有一个节日？

2000年11月8日下午。

在台里安排好别人替班录像，我匆匆去人民大会堂小礼堂，一路默念：记者节、记者节。

初冬，渐有寒意，而这里好热乎啊！报刊、广播、通讯社、电视台，各路记者云集，人们寒暄着，兴奋着。以前，台上有新闻，台下有记者；此刻，台上台下都是记者。这次不是报道别人的事，而是庆祝记者自己的盛事：从今天开始，中国记者有了记者节了。

我在讲台前代表中青年记者发言。

我理解，让我代表发言，是因为我来自《焦点访谈》和《东方时空》。就在前一天，我还在镜头前面对观众，带着这种前沿的感觉走上讲台，这正是记者节需要的。我身边有一个群体，他们是有战斗力有创造力的有使命感的一群记者，怀着新闻理想，从四面八方，聚集在同一面旗帜下，那旗帜上写着："舆论监督"。在急难险重的采访报道中，他们是上得去、打得赢、信得过的群体。

今天的主角是记者，哪个记者没有故事？

我真想对着记者同行讲讲《焦点访谈》记者的故事。此刻，在第一个记者节，他们依然在忙碌。有的在崎岖山道上奔波，有的在复杂环境中调查，有的在危险境地秘密拍摄，有的在机房昼夜编片。我来这里，只不过是因为脸熟，成了这个群体的代表。我的同事们珍视记者的职业，在"记者"二字前面加上《焦点访谈》，更有了沉甸甸的分量。而百姓对《焦点访谈》记者也有着不同寻常的期待和感情。

再军采访制作的反映山西交警乱罚款的节目《罚要依法》播出后引起强烈反响，观众电话不断，最多时一天接到500多个电话和传呼，有支持的，有提供新线索的。在随后进行追踪报道时,看到记者在街头采访,当地百姓放起了鞭炮,为《焦点访谈》记者叫好。

我的同事刘涛、吕少波在采访回京途中遭遇车祸,车起了火,摄像机被烧焦,人受了伤,情况危急,他们从车上逃脱出来,急需去医院。他们满脸血浑身伤,在马路上拦车,过往车辆都没有停下来。正在束手无策的时候,附近的农民来了,听说受伤的是记者,他们围了过来。听说是《焦点访谈》记者,他们就手拉手站在路上,终于拦下了车。这些淳朴的农民上前与司机交涉,甚至说,如果不救《焦点访谈》记者,就把车推下悬崖。终于,记者被送进了医院。我们的记者不曾为自己的伤痛危险流泪,却为这些手拉手相助的农民流了泪。素不相识的路人,只因是记者、是《焦点访谈》记者,就成了相知,这是怎样的信任,怎样的情意!刘涛说,做《焦点访谈》记者,做鬼也光荣。

我没能在记者节的讲台上讲这些故事,毕竟,我不仅仅代表《焦点访谈》。

我被要求代表全国中青年记者发言。中青年记者有什么共同话题呢?我特地与20多岁、30多岁、40多岁的记者聊了聊,记者采访记者,看看有哪些共识。

作为中青年记者,我们很幸运。老一代记者辛苦一辈子,才有多大的空间?哪里有什么记者节?而现在,媒体空前发展,记者阵容可观,社会需求强劲,职业声望提高,才有了记者自己的节。

更重要的是,我们遇到了这样一个时代:多变、多样、多元。我们正经历巨大变革,充满生机、矛盾凸显,人在转折中,人在冲突里。人与自然,人与人,人自身,各种关系都在重新调整定位。这样的多事之秋,给了记者从未有过的空间,处处都是新事物,时时都有新发现。陌生题材、新鲜样式,层出不穷,记者面对着多种可能。我们赶上了!

记者是什么?瞭望者、发现者、监测仪、记录者、无处不在的眼睛、孜孜以求的揭露者……这样的职业形象让人尊敬,比饭碗、生计更能激发起人的激情,在选择这个职业的时候,多半都伴随着理想、热血、崇高、使命这样的词。

在社会三百六十行里,行行都有价值,唯有教师、护士拥有节日,如今,记者也有了自己的节日。这让我扪心自问，记者，何德何能？为什么拥有这样的节日？凭什么接受鲜花掌声？确定这样的节日，这是社会对我们职业的尊重，也是精神奖赏，更是鼓舞鞭策。

自从有了记者节，就有了不同的过法。

我和小崔曾经主持记者节特别节目《记录中国》，一个个优秀记者出现在镜头前，平时采访别人，记者节被采访，分享同行的精彩。对我们自己来说，记者节是个自我提醒的日子，提醒自己：记住使命了吗？尽职尽责了吗？如何爱护职业声誉？经常这样问自己，就会自省自重。一句话：当记者就要有记者的样儿。

记者生活是热运转，也需要冷思考。幸好，有这样一个思考讨论的地方。作为北京大学电视研究中心的研究员，我每年参加中国记者节大型公益论坛。一入秋，电视研究中心主任俞虹教授就召集研究员们讨论，今年记者节的关注点是什么？研究员来自四面八方：新华社的陆小华、清华大学的尹鸿、中国青年报的陈小川、社会科学院的时统宇、央视的白岩松和吴克宇、中国传媒大学的刘昶、北师大的张同道、教育台的张志君……大家集结在这里，就有了同一个身份：电视研究中心研究员。

十年来，一年一度，论坛探讨着怎样做记者，怎样做媒体。学界和业界在一起，有差异，有互补，有碰撞，有共识。回首十年聚焦的关键词，也能看出认识的脉络。

  2005年 数字化　产业化　收视率
  2006年 媒体面对挑战
  2007年 媒体与奥林匹克
  2008年 重大事件中的媒体
  2009年 媒体的生存底线 梦想
  2010年 危机　转机　生机
  2011年 自媒体时代的新闻自由、价值导向与媒介责任
  2012年 率先理性 人人都是记者时代的民意表达、公民素养与舆论博弈
  2013年 叩问边界　新闻伦理　媒体责任

2014年 重建信任　重构尊重

这些话题，记录了媒体格局之变，记录了学界业界的关注点，也记录了记者和学者思考交流的过程。

那些年，论坛上那些眼睛发亮的年轻听众，那些为论坛奔走忙碌的学生，有的已经成为我们的记者同行，论坛发出的声音，经过媒体传播，被多少人分享？引发了多少思索？

每年记者节，忙忙碌碌中，停下来，想一想，谈一谈。以这样的方式过记者节，成了一个盼头。

11月8日又到了，2014年的记者节是我职业生涯中的最后一个记者节。

记者节，这是一个不放假的节日，我的同事、同行都在忙碌中。没有鲜花、掌声，更多的是思索。2000年设立记者节时，我并没有料到媒体环境在十几年里有如此巨大的变化，面对世事变幻，身处媒体变局，难免纠结不安。这时，分享论坛的声音，也会让我多一分安心和信心：

"有所不为，有所不畏，这就是新闻人。"

"对公信力的敬畏，是记者应具备的态度。"

"不管时代怎样变，世界对记者的需求从未改变。"

换发记者证的时候，我犹豫了一下，还换吗？快退休了，将来也用不上了。这个念头一闪就过去了，我还是想要。没有记者证，似乎在职业生涯里就失去了一个念想。

将来，我会为自己欣慰，因为，我是记者。

记者群像

保持痛感

我斟酌着，面对温总理，怎样用一句话说明《焦点访谈》近年的处境？怎样更醒目地提出问题？

温家宝担任总理后的第五个月，也就是2003年8月26日，来到中央电视台视察。事先，梁建增主任给我一沓材料，说："你代表《焦点访谈》向总理汇报时，可以依据这些材料。"材料的内容很丰富，栏目的历史、思路、成绩、评价、节目内容统计等等。从哪说起？我看着眼前的文字，也整理着自己纷繁复杂的心绪。

《焦点访谈》在90年代中后期，经历了最有锋芒的时期。收视率、影响力、美誉度、满意度都达到巅峰。我以为，巅峰状态会持续好久，但，渐渐地，变了，风风雨雨，渐失锋芒，我们从巅峰上下来了。在那段时间，我们困惑，沮丧、郁闷成了常用词，很是无奈。

现在，温总理来了，最好能直接谈问题，"用事实说话"，就像《焦点访谈》每天的口号一样。

温家宝总理来到《焦点访谈》，和我们面对面时，我开口说了第一句话："温总理，1998年《焦点访谈》的舆论监督内容在全年节目中所占比例是47%，到2002年，降为17%。"

说到这儿，我看到温总理在纸上写着什么。听说温总理一向对数字敏感，真希望这样的数字对比能引起他的注意。

我接着说："舆论监督内容减少，一个原因是舆论监督的环境在变化，干扰在增强。现在，舆论监督的节目几乎都遭遇说情。说情已经从熟人老乡同学出面发展到组织出面。制片人、主任、台长不得不用大量精力应付说情，有的节目就在这种环境里夭折了。这使得《焦点访谈》的特色不那么鲜明了，有的观众的心情也从期待变成失望。在众多类型的节目中，《焦点访谈》节目并不是一个让人开心、舒服的节目，它是给人痛感和警示的节目，它对社会的意义，就如同让人对自己身上的疥疮保持痛感一样，进而保持整个社会肌体的健康。营造良好的舆论监督环境，让《焦点访谈》保持鲜明的监督特色，是社会需要的，是百姓希望的。"

郁闷已久，一吐为快。我心里想说的，其实还有很多。

面对说情，面对地方保护，我们自己很难扛住，太需要尚方宝剑。在中国，舆论监督是新鲜事物，被监督的不习惯不甘心接受监督，种种利益关系也制约着监督的力度，监督和反监督的较量，真的是触目惊心。这也算是现阶段的国情吧！几年间，《焦点访谈》从一个舆论监督占半数的具有鲜明特色的栏目降成这样——从47%降到17%，锐度慢慢失去，力度继续走低。

随后，《中国电视报》刊登了我的发言，虽然只有豆腐块大小的版面，却引来多家媒体转载。人民网转载后，3天里有37000多人次点击，成了访问量排行榜第一名。网友纷纷评论：建议做一期节目，给说情者曝光，建议为舆论监督立法。网友说：《焦点访谈》原本是我们心目中是敢说实话的地方，不要让老百姓失望；敬一丹们的压力也不小吧？全国人民支持《焦点访谈》的敬一丹们。网友从一个栏目的变化看到舆论监督力的作用：人民需要舆论监督，一个正确的党需要监督，一个有为的政府需要监督，一个在世界屹立的国家需要监督……

这些声音，让我在郁闷中有了些阳光。中国需要舆论监督，同时需要舆论监督的土壤，在我们前面，是一个漫长的过程，考验着耐力和承受力。

《焦点访谈》播出的监督类节目的曲线发人深思，它能带来怎样的解读？

1998年　130期

2002年　39期

2003年　102期

2004年　143期

2005年　77期

2006年　111期

2007年　53期

2008年　28期

2009 年 52 期
2010 年 83 期
2011 年 24 期
2012 年 48 期
2013 年 78 期
2014 年 68 期

波峰，经历了；波谷，也经历了。

我们栏目的主持人值班是按周轮换，有时，我值班一周，没有一期节目是舆论监督的。周末最后一天，问自己：这还是《焦点访谈》吗？有人久不见面，遇到了，问："你现在主持啥节目呢？"我说："我一直在主持《焦点访谈》啊！"人家说："哦，很久不看了。"有人甚至说："现在还有《焦点访谈》吗？"我理解，这是以另一种方式说："你们还有锋芒吗？"

我之所以在波谷还能坚持，就因为对波峰还有期待。

在 2010 年的《政府工作报告》中，有这样的表达：要创造条件让人民批评政府、监督政府。我在这行字下面画了红线，这句话说得好。我作为人大代表，在人大小组会讨论时，建议再加上一句"禁止为舆论监督设置障碍"。后来政府报告正式公布时，这个建议没有被吸收。我依然有期待。

触目惊心的
恶行

寒风中，那个窗口的等待

那年，腊月，第二天就是除夕，该回家的都回家了，街上人很少，下着小雪，我出了电视台东门，向北望去，那个窗口前还有人，几个人站在寒风里，巴望着窗口。我站住了。

那个窗口是中央电视台为《焦点访谈》《今日说法》等栏目设立的，接受观众反映的新闻线索。电视台不是信访部门，但是来申诉的百姓有太多期待，所以这个窗口先把"状子"接下来，工作人员会告诉他们，这里不是信访办，不能一一落实，只能把这些材料转送相关栏目。台里规定主持人不能在门口接待上访者，否则，这里更像信访办了。

我远远看着他们。这些人从破旧的包里拿出厚厚的材料，我心想，是陈年老案，还是新的麻烦？他们没多少钱，攒了路费来到北京，他们得求明白人去写材料，要花钱去打字，去复印，要送到城南的信访办，再奔到城西的纪检委、电视台。

那几个人风尘仆仆地赶来，带着期待的眼神，带着年根儿最后的希望。快过年了，如果不是真的有什么冤屈，谁在这里守着呢？一家老小都在老家等着过年。我难过，却帮不了他们。《焦点访谈》所能做的很有限，它只是一个电视栏目，只能做媒体人能做的。

到这个窗口来的人，多半都是缺少申诉渠道的人。他们有诉求，找不到门，就来到了这里，还期待着我们。《焦点访谈》在中国百姓中有什么样的价值？怎样才能满足他们的期待和需求？正是这些人，让舆论监督有存在的理由，让《焦点访谈》人有坚持下去的愿望。

我一直觉得，眼里有没有弱者，这是一个指标。这个指标可以用来看人，可以用来看记者，可以用来看社会。

一个人眼里有弱者，他基本上是一个好人。

一个记者眼里有弱者，他基本上是个有良知的记者。

一个社会眼里有弱者，它是一个文明的有希望的社会。

媒体似乎有一个先天的特点，就是趋向显眼的、光鲜的事，爱凑热闹，做锦上添花的事情是不用动员的。

我在先前做经济节目时不太提起"话语权""代言人"这样的词，对弱者对角落的关注，多半是出于朴素的自发。到《焦点访谈》后，这样的词被频频提起，成了常用词，让我有了更多自觉。做记者，特别是做《焦点访谈》记者，需要超越先天，保持自觉。

在变化剧烈、差异凸显的环境里，我提醒自己，看到大时代，也看到小角落，看到金碧辉煌也看到后面的阴影。以这样的态度看世界，尽可能多角度、全方位地去认识社会，才接近于真实。

如果对弱者的声音长时间忽略，不仅仅是不人道、不平等的，也会影响到每一个社会成员。社会关系千丝万缕，谁跟谁没有关联呢？而当一群人的声音长时间被忽略的时候，终究，在某一天，某一处，我们会看到恶果。

1995 年我第二次获金话筒奖时，需要说几句获奖感言。那正是《焦点访谈》最有锋芒的时期，我有感而发："我们常说，电视人工作的意义是为了观众，而我理解，我们工作的一部分意义，是为了那些还看不到电视的人，他们温饱都没有保障，电视离他们还很远，而我们让更多人听到他们，看到他们，就是在促进平等，就是在接近文明，这也是我们工作的意义。"

我知道，透过那个窗口，我们能看到的东西也是很有限的。能到这里来的，是遭遇不平之后，想要个说法又有能力出远门的人。而在我们的视线之外，有些人，有很多人，沉默着。

后来，那个窗口撤掉了。更现代的信息平台搭建起来，信、状子，被电子邮件、微博、微信淹没了。

我依然忘不了曾经在窗口期待的那些人。

你任性吗？我，韧性

《焦点访谈》，铁打的营盘流水的兵，能坚持20年留下来的，差不多都具有同一个特点：韧性。

曲长缨，这个名字在《焦点访谈》的字幕里已经存在20年了。这名字好有诗意，可能来自毛泽东的诗词："今日长缨在手，何时缚住苍龙。"

看起来，曲长缨这个人没有名字那么英姿勃发。眼镜后面，目光也不锐利，微躬着腰，身手也不敏捷。他总穿着深色的衣服，走在人群中，不怎么显眼，立刻就被淹没了。但其实，他是《焦点访谈》元老，他做的舆论监督节目让我赞叹不已。

在一次矿难事故调查中，老曲从矿难现场到旅店又到殡仪馆，遇到有形的阻拦无形的障碍，取证极为艰难，也隐藏着危险，采访调查几乎到了绝境。这时，放弃，谁都能理解，但老曲不放弃，他执着地要探个究竟。老曲来到死难矿工的工棚，人去屋空，他在这里寻寻觅觅，竟然找到遇难矿工遗留的一本小小的通讯录。通讯录成了突破口，凭借着这些线索，他奔走三省调查采访，走各种路，到各种村，访各种人，终于证实了死难矿工的真相，揭开了特大矿难瞒报的盖子。那死亡名单呈现出来的时候，真是让人感慨万端。老曲的韧性，都在他的周密调查形成的节目里，而他承受的危险、艰苦、无奈，他很少提起。

李玉强，是20多年始终在采访一线的《焦点访谈》女记者。不工作的时候，她爱玩、会玩，春天不错过江南桃花，秋天又去追寻西北胡杨。一旦开始干活儿，就焕发出一种职业状态。一个长长的系列主题节目，做了一个又一个，人会怎样呢？人的耐受力有限，会失去兴趣，会厌战，会逃离，会喊："我都要疯了！"李玉强却不，她该做什么做什么，不焦虑，不烦躁，做了一个又一个。一个前途未卜的节目，等了又等，走不开，看不清，说不定，她却能时时关注，天天记录，饶有兴致。不管播出不播出。我忍不住问她："你怎么做到的？"

她笑笑："我把这当成一种研究。"

《焦点访谈》的实践是一座富矿，用心，就可以挖掘多方面的新闻研究资源。余伟利刚来《焦点访谈》时像一个小女生，后来成长为骨干记者和制片人。在舆论监督环境变化中，遭遇不顺，作为制片人很容易沮丧。但我很少见她抱怨焦躁，她总是在艰难中不断地推进一些选题。建设性，历史性，是她的常用词。在她看来，十个题目就算九个都折了，哪怕有一个播出了，改变了哪怕是一点点，也是有意义有价值的。我很认同这样的看法。

且干且研究，她一边工作一边读博士，还挺从容的。余伟利的博士论文选择以新闻舆论监督为题，也是很自然的。她有实力、有勇气直面这个并不轻松的课题。在当下中国，说起新闻舆论监督之难，她有切身感受和清醒认识。她梳理了建国以后尤其是改革开放30多年来新闻舆论监督的发展历程，并对各个时期的特点和代表作品进行了研究；同时，她还对舆论监督引发的种种现象做了分析。我读着这些文字的时候，有很多共鸣，这是用心之作，是一个媒体人在走了很远以后对来路的思考。

韧性，并不是消极的忍耐，韧性靠一种积极的心理支撑。不忘初心，想探究，想弄明白，保持出发时的好奇，才有了长久的内在动力。

挫折，也会磨炼韧性。

审看间，就是一个考验电视人抗挫折能力的地方。如果在审看间门口架设一台摄像机，记录下记者编辑走出来的表情，那一定很有意思，那背后的故事，可以编一个比《编辑部的故事》还精彩的现实版的《审看间的故事》。

有的人带着理想满怀豪情地来了，有的带着学校教的知识理念来了，有的带着以往的工作惯性来了，不管怎样，一切都要在审看间节目里见。

我的节目被审的时候，虽然看起来，我比年轻记者多一点从容，但私下里也想，领导看个大概就行了。可是那审看间的屏幕好像格外地无遮无拦，秋毫毕现，各级审片人火眼金睛，一个疑点都不放过。

"停！"追问……

"停！"解释……

"这个镜头？"

"这个说法的根据是什么？"

领导终于在那小小的播出单上签了字，记者编辑从那支笔上收回目光，脸上紧绷的肌肉立刻松弛下来，那就是自家孩子的出生证啊！

顺利通过的，笑着出来了，也有偷着乐的；没过的，沉着脸出来了，也有偷着哭的。如果连着被毙俩仨节目，自信心就会严重受挫，纯洁理想也打了折扣，真想拂袖而去，夸张地说，死的心都有了。

这时，看看工作手册吧。我们独一无二的工作手册上，这样写着：

感觉悲愤、无奈还是委屈？下面是推荐的处理程序：

1 洗一个热水澡，然后决定活下去；

2 想一想只有活着，理想才有实现的一天；

3 忘记把素材卖出去的想法；

4 假设自己是审片领导，然后试着像他那样考虑问题；

5 总结经验确定下次的应对策略；

6 给你的制片人打电话，问有什么选题可以马上做。

这些处理程序，以不太正经的方式，说了特别正经的道理，有科学依据，有纪律约束，有现在，有未来，效果还不错。这办法不知帮了多少人，我也试过。没事啊，天没塌啊，人也就别抑郁别崩溃了，还有下次呢！

当初加盟《焦点访谈》时，我去找主管副台长沈纪在调转手续上签字。我兴高采烈，似乎马上就要实现新闻理想。沈纪是老新闻人，曾经被打成右派，经历过不同时代的风雨。我兴奋地说："我要去《焦点访谈》，舆论监督太有吸引力了。"沈台看看我，签下了名字，儒雅地微笑着说："不要太理想化啊！"

后来的日子，我久久品味着沈台这句话，也慢慢懂得了这句话。理想、理想化，这是两个词啊！保持理想，又不过于理想化，这是一种职业状态，这种状态，能让人走得远些。

承受、忍受、享受，这本是我们这个职业包含着的不同侧面。只有享受，怎么可能？能承受、忍受，才能享受这个职业带来的成就感和满足感。

到了2014年，"任性"成为年度热词，记者又在大街上问："你任性过吗？"听了各种神回答，我也自问自答："真没任性过。"有意思的是，同样的读音，我们一直以来的热词是："韧性"。

在这样栏目里坚持下来，靠的就是韧性。

红烧头尾

老报人艾丰曾经这样对我说:"你们《焦点访谈》的主持,那是红烧头尾。"

红烧头尾,本是一道菜名。一条鱼,胖胖的鱼身,归别人烧;头和尾,拿来专门精心烹制,成为一道菜。据说一般小店还没有这道菜。

主持人的工作过程还真有点儿像这红烧头尾。

水里有什么鱼?

这是一种广义的关注,近期的时事、热点、突发事件,都有可能成为我们的鱼。如果忽略水里,那就没有视野,也没有参照,就会缺少判断。

捕到了什么鱼?

这是一种狭义的准备,从选题报批,到记者前期采访,后期编辑,这一过程,主持人一直保持关注。

早期《焦点访谈》采编播高度合一:出去采访,就是记者;回来编片,就是编辑;到演播室,就是主持人。以这样的方式,一年做十几期节目,这使我熟悉节目的全过程。即使后来专门做总主持人,也已经形成采编习惯,也就是看到"全鱼"的习惯。什么鱼?大鱼?小鱼?活鱼?死鱼?什么内容?什么角度?什么分量?

鱼身是怎么做的?

这就是了解记者制作的节目的"芯",这是记者现场采访的核心内容,用事实说话,干货都在这里,都是记者的心血之作。我看这部分内容,既尊重又审视,我要从中找出哪里需要提供背景、补充资讯?哪里是点评的落点?哪里可以引发思考?谁来做头尾?

《焦点访谈》这头尾可不是主持人一个人做的,是记者、主编、主任、主持人联手之作。在记者提供的素材基础上,你一言,我一语,最后说不清哪句话是谁贡献的。主任当然是把握方向了,有时急了也亲自操刀。林森浩投毒案节目结尾的点评,落点在哪?原来我想说这一曲折事件的个人悲剧反思，值班主任孙杰改为："在众说纷纭中严格依法判案，是一次普法教育。"这个说法更合适更到位。

红烧头尾怎么做？

我面对着节目的一头一尾，经常想到沈力老师。沈力老师是中央电视台最早的播音员，后来成为最早的节目主持人，她主持的《为您服务》以三月春风般的感觉赢得观众，以静悄悄的方式实现了话语方式的转变，"好好说话"——沈力老师给了晚辈一个标杆。研讨她的节目时，她说自己没有什么大作。想想，确实没有鸿篇巨制，而她的形象却那么深入人心。沈力老师录制节目，年轻的编辑提供的稿件上写着："大家的心情和我是一样的。"沈老师改成："我和大家的心情是一样的。"这仅仅是文字的编辑吗？一字之师，我感受到沈老师为人、待人的态度。她的空间在哪儿？就在节目的一头一尾和一段段串联词里，就在每个词每个提法的用心斟酌里。

没做过电视的人会说，一小段，一小段，30秒，40秒，顶多不过1分钟，一头一尾，串联词，这是什么文体呀？对习惯信笔由缰的人来说，洋洋洒洒千字文容易，对这电视的特殊文体，还真不习惯。在这么短的时间里，能有什么作为呢？

而对《焦点访谈》主持人来说，这就是我们的作为空间。

引出节目，用什么角度？同一个节目，可以有不同的引入方式，我总想让观众感觉近些，再近些。比如，以会议信息为主体的节目如何吸引人？2015年开年，国务院举行会议，回望简化行政审批的工作成果，布置进一步深化改革。这个内容挺重要，但一不留神就成了会议消息，自上而下发布会议文件的味道怎么能吸引观众呢？我仔细看了节目的文字稿，其中一个细节引起注意：一些行政审批被取消后，109枚公章被封存，后被国家博物馆收藏。何不放大这个细节？百姓有事需要审批时，千难万难，最直接的期待就是盖上那个章。那章，就是权力，让人想到利益、官僚、寻租。它有视觉形象，容易被理解，封存这些公章，有历史感，有好多理由可以放大它，从公章被封存切入，就会比会议消息式的切入更有吸引力，更贴近观众。

点评节目，落点在哪儿？也是同一个节目，原稿的结尾写道："取消审批的减法，带来市场活力的加法。"写得好！然而，加法、减法为了什么？改革的目的是什么？我加了一句："让百姓有乘法一样的收获。"落点，也是离观众近些，再近些。

红烧头尾，让人想到，点菜时总会被问到：有忌口吗？我做红烧头尾时，有"忌口"，这里应当叫"忌语"。

我不允许自己说："必须"、"应该"、"要"、"希望"，以及类似的祈使句。比如：

"希望有关部门……"

"每个人都应该……"

"社会各方面必须高度重视……"

在稿子里看到这样的词，我总是很敏感，很警觉，不把它改掉，心里就别扭，嘴里就说不利索。但那不是换一个词就能顺过来的，那不是纯文字的编辑，那是话语方式的转换。

在北京大学研究生的课堂上，研究生们曾把我主持的语言作为案例来分析。柴静说："敬大姐是那个年代过来的人，可是她却能自觉拒绝那个时代的话语方式。"

这种拒绝，是因为，那样说话不是媒体态度。媒体是以平视的角度说话的沟通者，不是居高临下的发号施令者。"我是谁？""我对谁说？"错位了就会很不舒服。

谁愿意在电视里听那么多"必须""应该"呢？这样的表达会带来抵触、拒绝，甚至反感。了解观众接受心理，把握复杂的社会情绪，己所不欲，勿施于人。用心找到观众乐于接受的表达，信息才可能有效到达。

给自己一个"忌语"，这种自我约束可以避免偷懒。说祈使句，挺省事儿，喊口号，最简单，随便一抄，一粘贴，不费心、又保险。但，这是用心的表达吗？这也算是一种不作为吧？任由这种粗放的表达，会让自己懒于思考，平庸对付，长此以往，失去创造力，变得越来越不会说话了。

红烧头尾这道菜，火候很要紧。火候是厨师的常用词，分寸是我们的常用词，能不能把握度，是对我们的考验，是对判断力和表达力的综合考验。

这有多重要？这关系到节目的生命。

在节目里，我不愿，也不敢把话说满，我承认自己的有限，否则明天我可能会为我昨天说的话脸红。当特别热闹的现象出现，节目面对它的时候，我也要"留有余地"，我不会在节目里做出拍案状、欢呼状，过把瘾就死，那不是成年人的态度，我也不想做愤青式的表达。留一点空间——空间是留给观众的，也是留给时间的。

做了20年的红烧头尾，不是想让观众只品头尾，是想给观众一条鱼：头——引人入胜，身——新鲜丰满，尾——点评到位。一条完整的鱼。

演播室里的话不长，有点像微博。短，有短的难处，真得字斟句酌。

为什么没打马赛克？

我急急忙忙走进演播室，这天节目有点急，编辑在机房编片子，领导马上来审，演播室同时录主持人部分，三管齐下，最后合成。

我一看大屏幕，站住了。巨大的屏幕上，站着一排女孩儿，那是东莞色情场所等待被挑选的女孩。她们的身材、相貌历历在目。我问：

"为什么不打马赛克？"

"其他新闻节目播出时也没打。"

"那咱们《焦点访谈》也得打，这哪行啊？可以用街景，招牌，不是也能说明问题吗？"

我坚持，所有女孩的镜头都要打马赛克，或者做虚，看不出她们的面目时，才能录。有女孩的近景也不行。

我最直接的想法就是，她们还年轻，她们家人看到会怎样呢？

终于，画面调整完毕，大屏幕上看不清面目了，我才开始录。

我没有看机房合成的过程，我以为都会做相应处理了。

节目播出了，让我特别意外和难受的是，在片子里边的镜头里，有些女孩没有打马赛克。我又追问："为什么这些女孩没有打马赛克？"

我没有得到回答。我不明白，为什么那些经营者反倒给打了马赛克呢？要保护他们的隐私权？但那些女孩不是更应该保护吗？从某种意义上说，她们是这个事件的最末端，追寻根源，不能最后落在这些女孩身上。有人可以特别简单地把她们看成坏女孩，但是我不能。这不用什么大词，最朴素的想法，她如果是你的熟人亲人呢？她们还那么年轻，她们还要面对未来，这是人之常情，也是新闻伦理。

北京大学电视研究中心有一个年底例行的电视批评发布，叫"掌声与嘘声"。"嘘声"常常是白岩松发布，面对不良的电视现象，他带领着大家

"嘘——"。会场一片嘘声，其中的提醒、批评，彼此都懂。有一次的"嘘声"针对的就是电视屏幕上那种该打马赛克而不打马赛克的现象。这种违背新闻伦理的现象屡屡出现，所针对的，有时是未成年人，有时是病患，有时是被害人，有时是身份敏感的人，都是需要马赛克保护的人，这很容易被理解，为什么会轻易突破底线呢？心中有人，尊重人，才会有负责任的细节把握，才会拒绝粗疏热闹。这里有值得媒体思索的地方，小小马赛克包含着职业原则。

顾忌，有时会让我选择放弃。

胡同里那个孤儿，进入我们的节目后，生活境遇有了改善，未来生活有了保障，我们很欣慰；但，接下来，众多媒体频繁关注，孩子的生活慢慢变了模样。这让我担心，会不会让孩子失去自然的生活环境？会不会影响孩子的性格和成长？于是，我拉开了距离。

西双版纳的傣寨姑娘在泼水节告诉我们，她们怎样把长裙挽到头上，走下河去。她在竹楼上的镜头前演示着，我却有些不放心，这样做，是不是符合她们日常的习惯呢？眼下不是在河边，而是在竹楼里，镜头前，可不可以这样呢？她是不是不好意思拒绝呢？我问了姑娘，说可以；我又问了姑娘的妈妈，也说可以。我这才放下心。我这样，显得很"事儿"，可如果不这样，我心里就真存事儿了。

那时候，这时候

我曾经克制自己，别怀旧，别过早怀旧，以后有的是怀旧的时间，先干活儿。

但我发现，怀旧的人越来越多了，甚至比我年轻很多的同事也开始怀旧了。是到年龄了，还是有回忆资本了，是留恋某些逝去的东西？还是感觉盛景不会重来了？

周围弥漫着怀旧的气息。常听到小李、小王、小张说："当年……"，"那时候……"，"岁月……"，"沧桑……"，"似水流年……"。

《焦点访谈》18岁那年，大家相约写点什么，在内刊上留个纪念。于是，我就写了《那时候，这时候》——

那时候，咱台旁边还没有世纪坛

那时候，我练车在玉渊潭南路，清静平坦

那时候，屏幕上有很多处女地

那时候，填补空白就可能奖旗招展

那时候，舆论监督看我《焦点访谈》

那时候，收视率没有总被说总被喊

那时候，荣誉、期待、信任，更让我们在意

那时候，记者如战士在高地在前沿

十八年过去……

这时候，网络来了微博微信如雷似电

这时候，电视渐离年轻人的视线

这时候，激情成为稀缺、奢侈

这时候，皱纹爬上眼角，也爬进心间

这时候，回望风云变幻十八年

这时候，激情潜伏心有不甘

这时候，青春不再梦想在

这时候，十八岁本该正当年

最后一段，明显地是想制造一个光明点儿的结尾。

在这里，怀旧和失望、无奈融在一起，说不清是什么颜色，但可以肯定的是，之所以怀旧，是因为对自己投入的栏目有感情。

电视栏目，林林总总，各领风骚三两年。能把《焦点访谈》一个栏目办这么久，也真的是有足够丰富的回忆资本了。那激情燃烧的岁月，成批地出优秀作品，成批地出优秀人才，成为媒体品牌，成为电视现象，成为舆论监督的符号，成为媒体高地。

然而，俱往矣，现在呢？

环境变了，我们不再是当年模样。在巅峰状态时，并没有觉得将来有一天要下坡，以为会在相当长的时期里保持高位，甚至在波谷里也还寄希望于即将出现的波峰。走在前沿，只看着正前方，看不见后边的来者，而强有力的来者发出不可抗拒的威力之时，媒体变局的大势已经形成。

怀旧之余，越发清楚地看到，复制当年，回到从前，都不可能了。叹息之后，却还依然愿意相信，有一路走来的求索精神，有多年形成的公信力，有这样一个靠谱的群体，有出新创造的内在动力，有宽松健康的环境，老刀还会有锋芒。

那一天，在主持《焦点访谈》临近结束时，我说：谢谢收看。又加了一句："请您关注我们的微博、微信、客户端。"

这只是一句话，却反映了一个时代的变化，老栏目呈现了一点点新模样。

当然，新媒体改变的不仅是传播方式，更有传播理念、传播内容，要做的，还有很多。

到了年底，北京大学电视研究中心又发布了"掌声与嘘声"，包括《新闻联播》《焦点访谈》在内的电视节目的"微博微信客户端"获得了掌声，因为这反映了传统媒体人的一种积极态度。我们的电梯边贴出央视新闻客户端的二维码，干了大半辈子电视的老人儿站在那儿端详，左顾右盼："哎，小伙子，这怎么弄啊？你帮我弄一个。" 2015 年初，央视新闻的新媒体用户已经过亿。

作为电视人，能不能在新媒体里吸收营养，让自己多一种接地气的方式？能不能在新媒体里增强判断力，让自己迸发思想的火花？能不能在新媒体里激发创新能力，让老栏目更有活力？

且走且自问。

你还看《焦点访谈》吗？

2011年深秋，我面对中国政法大学同学，问了三个问题：

"谁没看过《焦点访谈》？举手告诉我。"

没有人举手。

"现在，你们还看《焦点访谈》吗？"

也没人举手。

"那，在座的同学有多少人开了微博呢？"

几乎全部举起了手。满满一礼堂的同学，手臂像树林一样举起。

我的天啊！

这些20岁左右的学生，是《焦点访谈》的同龄人，所有人都看过《焦点访谈》。这个年龄的同学和家长一块儿看电视，小时候就认识《焦点访谈》，是看着这个节目长大的。

长大了以后，环境变了，他们也变了，不再看《焦点访谈》了。走到大学里，同学们看到我多半会这样说：

"敬老师，我妈喜欢你！"

"敬阿姨，我奶奶特别喜欢你。"

"和您拍张照片，给我姥爷！"

好像隔了一代，又隔了一代。《焦点访谈》正在成为年轻人过去的记忆。

在2011这个秋天，我对这些渐远电视的同学说：

"你们新生差不多和《焦点访谈》同龄。《焦点访谈》17岁，微博在中国多少岁呢？专家说，新浪2009年推出微博以后，被称为规模化成长。如果按这个时间点算，它现在是两岁。17岁的《焦点访谈》遇到了两岁的微博会怎样呢？"

遇到，就有故事，就有变化，就可能有契机。

90年代中期，互联网进入中国。有人说，狼来了！我却没感觉。相遇初期，我对它反应迟钝。

当时，军事博物馆地铁门口立了一个巨大的广告牌，上面写着："中国距离信息高速公路还有多远？向西 500 米。"

这是什么意思呢？军事博物馆西边是中央电视台，再往西是科技部，科技部有一个科技情报研究所，简称"科情"。当时中国最早的互联网公司就在这个研究所的写字楼办公，那广告牌就是他们的。有一段时间，中央电视台也在这里租用办公室，我们在同一栋办公楼里。也就是说，我每天坐地铁上班，下车出站就会看到这个广告牌，然后走过中央电视台，走进科情，办公室旁边的邻居就是中国最早的互联网公司，一步之遥。

我天天看到那个办公室人来人往，完全不知道他们在做什么。他们一看就是工科男的样子，戴眼镜，背双肩书包，格子衬衫牛仔裤，目不斜视。我完全不知道他们做的事有一天会影响到我。我只是以为，他们都是搞技术的。

我的一些同事比我敏感，他们抓住了这个细节，拍了一个纪录片，记录下了当年的这个广告牌。十几年以后，当互联网已经影响到我们每个人的时候，这个纪录片重播。在屏幕上，又看到当年的广告牌，不禁感慨，当时我怎么没有意识到它是一个提醒呢？

纪录片里还有一个细节：那时候大家都不知道互联网为何物，在一个机关的走廊里，一个背影追着官员说："我们有了互联网，以后我们得有内容啊！"官员说："我们没有约，现在不谈。"其实，他或许没有听懂人家在说什么，而当时，又有几个人能听懂他在说什么呢？

当时即使我听到了，我也根本听不懂，我也不会深究，我不那么需要懂"技术"；再说，那时电视正如日中天，我们的眼睛里看不见来者。

就这样，互联网悄然在我们身边生长起来，直到无所不在地影响到我们。

微博来了，越发让我感觉到，我们身处变局之中。它颠覆了以往我们习惯的传播方式，让传统媒体倍感压力。

年轻的微博，怎么会有这么大的吸引力？微博作为点对面的一种传播，彻底改变了传受关系。人人有话筒，人人都有摄像机，人人都有话语权，传统媒体人还不太习惯。

我们传统媒体的人，特别是《焦点访谈》的人，多年来就有一种代言意识："我们为百姓代言""我们为弱势人群代言"。现在有了自媒体，不需要代言了，自己能发言。有了微博，出现明显变化。过去，特别是90年代后期，老百姓有什么不平的时候："去找《焦点访谈》。"现在："有什么不平，上微博！不麻烦你们了，也不用你们代言了，找到你们也不一定能发。"直接上微博。

在网络里，常能听到批评之声，让我看到，媒体环境变了，观众对《焦点访谈》不满意、不满足，有更多的要求。在各种各样的声音中，我依然能感觉到大家对《焦点访谈》的期待。如果人家彻底不期待了，就干脆不跟你说这些了。所以即便听到批评，我也觉得他毕竟还没有绝望。

听到不同，看到不同，会让我更有判断，这些声音让我尽量客观地反思我所在的《焦点访谈》。有的时候，我上微博，很重要的目的，就是要听到批评之声。如果没有微博，我到哪儿去听这么多直接的声音呢？如果和大家面对面，大家都还客气，给面子，但是在网络上，大家就可以直言，不但直言，甚至还会说点情绪化的、过激的话。我觉得，这些对我的判断也是有用的。

90年代，很多人把《焦点访谈》看作是一个表达诉求的平台；而现在，更多人在微博这样一个平台里表达诉求，发表观点，不但表达个人的意见和情绪，而且参与社会事务。我们看到了一个通畅的渠道，一个敞开的窗口，它像一个减压阀，让人们有说话的地方，抱怨的地方，甚至骂人的地方；同时它又是一个晴雨表，在那里能了解到舆情、民意。这种海量的信息，这种议论风生的气氛，是我们在过去的媒体环境中感受不到的。

而微博，正被年轻人热情拥抱着，没有"围脖"都不好意思见人。新媒体带来的存在感、参与感、选择性，对年轻人产生强烈吸引，他们正渐远传统媒体。

我和同学们交流的时候，有些同学低头摆弄手机。

你们正在发微博吧？

同学都笑。

我知道，我们的交流内容已经通过微博，走出礼堂，远远地传出去了。

这以后的几年里，只要有机会去大学，我总要问同学这三个问题。微博之后，微信又来了。于是，我问同学第三个问题时又补充上了微信："你经常使用微博微信吗？"

我陆续走进北京、上海、江西、云南、西藏、南京的一些大学，如此不同的地方,同学们的回答却是一样的。不同学科专业的同学,回答也是一样的。经济、社会、文化、地域,有那么多差别,而网络,的确把世界变平了。

我之所以一再去问大学生,是因为,我看重他们的选择。他们是看电视长大的一代,同时又是网络的"原住民",他们渐远电视,其实就在改变着电视。他们举手,或者不举手,答案就在那里。

如果在新的媒体环境里还像过去那样办电视,我们会失去年轻的观众。以后,也许有一天,更年轻的人,在看到我们泛黄的历史资料的时候,会发问:"什么叫《焦点访谈》?"从情感上,我不愿意看到这样的情景,我愿意看到传统媒体和新媒体融合,大屏小屏连接起不同的人群,满足人们不同的需求,让这个世界有更多选择、更多层次、更多色彩。

昨天,我经历了电视被举家守候的时代;

今天,面对着难以预料的媒体变局;

明天,将会怎样?

2015年4月1日,我们迎来《焦点访谈》21岁的生日。照片中有元老级的"老焦点",也有"80后""90后"的年轻人。

我遇到你
Encounter

05
声音，仅仅听到是不够的

能听到形形色色的声音，
是因为我从事了这个职业；
传播有价值的声音，
才不负于这个职业。
听到，是幸事；
传播，是本分。

放大弱者的声音

又一麻袋信送到《焦点访谈》办公室。

我拆开一封封信,禁不住叹一口气。

一丹姐:我们乡镇90%的蔬菜保护地撂荒着,耕地是农民的心尖子……

村里毁田毁林带,我们录像后,村书记大发雷霆,说录像我也不怕,电视台曝光我也不怕……

多年卖粮没有见到过钱,只给条子,农民问:中央说的不准给农民打白条!收购站说:中央说的多着呢,想要现钱,朝中央要去!

何人能管住执法人的犯法?……

我们都是从政法战线退下来的同志,想借《焦点访谈》一角为农民兄弟说句公道话……

在1995年加盟《焦点访谈》时,我以为自己做好了准备。但不久,我发现每天面对这么多观众来信,就是我没有想到的。

拆开这些信,我似乎能听到众声喧哗。每个信封里都包裹着一个声音,这些声音来自不同的地方,来自不同的人,信中那些倾诉,那些不平,那些愿望,那些诉求,是对《焦点访谈》说的,而我作为《焦点访谈》主持人,经常面对面与观众交流,渐渐地,成为观众的熟人。当观众有话对《焦点访谈》说的时候,就找到一个看得见的"熟人"来说。于是,面对观众来信,就成了我每天的功课。

官官相护加上地方保护主义,我一个小小打工仔又能怎么样呢?我只好求助您来替我主持正义。

我们市里食品、肉厂、粮食、纺织基本瘫痪濒临破产,大部分职工下岗。可街面上到处都是灯红酒绿的大酒店、茶馆和桑拿浴,光顾的都

看观众来信，是焦点访谈工作人员的日常功课。

是老板和领导。

我们盼望有胆有识的干部快来明察暗访，尽快制止政府挥霍浪费民脂民膏。

记者同志，这些害群之马把我们党的声誉给毁坏了，农民盼着你们这些无冕之王来为我们伸张正义。

90年代中后期，在《焦点访谈》最受期待的日子，每天，几十封、上百封观众来信堆在我的办公桌上，各色各样的信封上写着"敬一丹收"。记者们到了办公室就看信，有的信写着栏目编辑部收，有的写着主持人或记者的名字。

给我写信的观众多半是最需要帮助又最缺少沟通宣泄渠道的人。他们也许在灯下犹豫很久才写出压在心底很久的话，他们也许是悄悄找到村上识文断字的人代笔，他们也许走了几十里山路才找到一只邮筒，他们也许避开监视的目光，让在外当兵或上学的子女寄出了这封信。

信封上的寄出地址通常都很长，越长，越说明信来自偏远的角落。有的信里，有一个个红手印，一个个手写的签名。有的信这样称呼："焦点访谈青天"，落款上写着："信任你的人"。

被信任被期望被托付，这是《焦点访谈》的光荣，而我作为栏目的一个代表，面对这信任、期望、托付，感觉是沉甸甸的，沉得让我难以承受。

拖欠我们教师30个月的工资何时解决？我们多次反映，但每封信都石沉大海，从今天开始，全体教师轮流发挂号信，准备发 100 封。

叔叔阿姨，救救我们吧，他们把废水废渣往江里倒，把毒气排到空气中，我们学校已经有几十名同学闻了大量的毒气生了病……

去年省里来检查环境污染，县里干部叫小纸厂暂停几天，等风声过去……极盼你们把这里污染的情况拍成焦点。

我市新开了一个市场，实质是大赌场，业主的关系网很广，我们奇怪的是，在中国真的可以有一个拉斯维加斯吗？希望你们来曝光。

我曾经面对着这些信，看也不忍，不看也不忍。办公室的同事看信时，也经常感慨万端拍案而起，新来的记者和实习生大都从读观众来信开始进入状态。观众来信，成为《焦点访谈》记者们了解民情国情的重要渠道，成为节目线索的重要来源。但是，毕竟，我们的节目一年也就 365 期，不可能把成千上万封信的内容都传播出去。作为媒体，我们尽己所能又能为这些写信的人帮什么忙？我常常感到愧对观众的托付。

有一天，当我又一次面对成堆的观众来信唉声叹气的时候，我的同事李玉强说："你有没有想过，把这些信编成一本书？"

对啊，这些写信的观众好不容易发出声音，就是希望我们能把这些声音传播出去，有声音，就需要倾听、回应、交流、沟通。书的方式，可以成为《焦点访谈》的补充和延续，让更多人听到这些声音，也是另一种传播啊。

我有了一种传播的冲动，我想让更多的人听到这些声音，听到了，才不枉写信的人们发出声音。

我们这里为撤县建市燃放的烟花礼炮百万元，而基层多少人急待扶贫？学校多少危房？

我厂破产前拖欠我们的工资和劳动保险至今未得到解决……

我们无比愤慨地反映假种子坑农害农事件……

难道让一个曝了光的骗子换一个地方继续行骗吗？

教委如此普九，学生说：这样弄虚作假，几年的政治课白上了。家长说：糟蹋了我们的钱，毁了我们的孩子。

信件成千上万，感想千言万语。书中选用的 150 封信有着一定的代表性，涉及到农村、教育、法治、企业改革、市场秩序、环境保护、社会家庭、道德文明、贫困等等，覆盖了当时社会的焦点热点难点。观众的声音与电视人的声音在这里交汇，我们共同进行着一种传播。这些信触发的一个电视人的思考，记录在文稿里。

我的公公看到了一些信和文稿，他不无担心地说："这要是在1957年，就是右派啊！"

我理解老人的心思，但是，现在不是1957年了。

这些声音是90年代特有的。它们以直接的、朴素的原生态展示着生活的面貌。听起来，这些声音有些嘈杂，但，今天的七嘴八舌比起昔日的缄口不言、万马齐喑不是一种进步吗？比起盲目的僵化的异口同声不也是一种进步吗？在丰富多样而又嘈杂的声音里，有生动鲜活的进行时状态，也有变化更新的当今信息，更有真实可感的社会生活。

在梳理这些信件的时候，我越来越清楚地意识到：身在媒体，我才有条件直接听到这些声音；身在媒体，我才有可能传播这些声音。这是媒体人能做和应该做的，这是电视人的另一种传播，它有一种记录的意义，它记录着20世纪90年代中后期来自民间的声音，这种民间文本有着独特的认识价值。将来，21世纪的读者或许可以从中寻觅到过往的痕迹。

这本书的责任编辑沙洲比我年轻很多，他看观众来信，会拍案，会流泪，会动心；同时，他也有冷静判断。在他看来，这本书的目的不是暴露社会阴暗面，而是想让大家更了解我们的社会，更关注我们的社会，更多地想想我们能为这个社会更美好而做点什么。这位年轻人在观众来信里看到的也不全是灰暗和消极的东西，在所有那些沉重里，也都有一丝希望、一种决心。另一位责任编辑孔德骐把电视人与观众的这种对话视为"深情的沟通"，而原信加评论的方法可以使读者对社会的发展进步和存在的弊端有一种立体认识。

我把这本书的名字定为《声音》。能发出声音，能听到声音，这是文明，而众声喧哗、议论风生，是我期待的健康生动的社会面貌。邓小平有一段著名的话：一个革命政党，就怕听不到人民的声音，最可怕的是鸦雀无声。这本书里的种种声音，不也是一种呼应吗？

出版人金丽红和黎波具有专业的判断力，这让我多了信心。出版社去办相关手续时，新闻出版主管部门斟酌不定：这本书算什么类别？以前的出版

声音，仅仅听到是不够的 | 137

我面对的既是观众又是读者。《一丹话题》《声音》《话筒前》《一丹随笔》等书，是屏幕外的另一种交流。

记录里，没有这样的书。得知这个消息，我从更深的背景上看到了这本书的价值。以前，没有这样的书，是因为没有相应的大环境大背景。50年代、60年代的社会面貌，怎么可能听到七嘴八舌？怎么可能传播这些民间声音？如今，改革开放的时代、发达的电视媒体、相对宽松的环境、舆论监督的气氛，使得出版这样一本书成为可能。

后来，这本书归在了"新闻评论类"。

书，一本又一本，从我手上流过。

人，一位又一位，与我面对面。

1998年，《声音》这本书出版以后，我有很多机会与读者见面，这也是电视人与观众见面，我真切地看到读者的目光，那是隔着屏幕我看不见的观众的目光。我从中看到信任、鼓励、理解。在书的扉页上，我一次又一次写下：期待共鸣。

《声音》的副题是：一个电视人与观众的对话。

我期待的共鸣来自四面八方。很多读者说，这本书让人们听到不容易听到的声音，直面社会焦点难点，体现了电视人的责任和良知：

> 中国的老百姓历来是一个沉默的存在，收集在本书中的来信，和全国范围内到处都有的这种信相比，是九牛一毛。更多的声音永远不能为人所知。这本书让我们听到很多人的呼喊，沉默因此被打破了。（正平）

《声音》可以说是当代中国的民意大全，你可以从里面听到老百姓

最关心最揪心的话题，最沉重也最热切的呼喊。（柳）

敬一丹以沉重著称，她的沉重绝不是个人的沉重。她只是一个符号，这本书起到了传递百姓声音的纽带作用。（徐）

这本书没有敬一丹太高的声音，其中更多的是那些发自社会最底层人的直抒胸臆的声音：它们既反映了最底层人的种种难言疾苦，又折射出当前最尖锐的社会矛盾，读起来真让人有一种切肤之痛。（何）

这本书是写大众的，为民立言，字里行间洋溢着爱国爱民之情，强烈的忧患意识发人深省，耐人寻味。（刘）

作者有着这个时代造就的素质：对纷繁复杂的事物多维的透析、理解力以及建立在这样认识基础上的信念，不过分天真，不轻信教条，不那么豪言壮语而更具理性与韧性……这一切，在《声音》的字里行间。（资）

有的读者和专家肯定《声音》的文本特点，认为这种"原生态"具有独特价值：

这些未加修饰的第一手材料，朴素、亲切、真实，内容翔实，有说服力。

记者收集的这些来信是第一手信息，有打动人的力量，有一种呼唤良知的作用。（韩）

这些信是当代中国社会的一种特殊档案，它比那些装模作样的所谓调查报告和统计资料，不知要真实多少倍，重要多少倍。（单）

《声音》的最大价值在于，把民众原生态的声音反映出来，使读者的参与性更强。（何）

能接到大量的读者、观众来信，对新闻工作者来说，既是荣幸，也是悲哀。除了说明观众的信任，也说明群众缺乏下情上达的渠道。这是更让人感到沉重的事情。（柳）

我的中学老师刘惠深谈到《声音》的缺憾：

缺乏应有的深度，观众来信中，反映知识界的声音、呼唤政治体制改革的声音，相比之下，显得过于微弱。

这样的反映让我思索。原因可能是，知识分子群体相比社会底层的人要多些沟通渠道。因此，《焦点访谈》观众来信中，知识分子的信所占比例较小，来自大众的基层的底层的观众来信形成这本书的特有面貌。将来如果有可能，收集传播更多的社会不同阶层的声音，也是很有价值的。有意思的是，评价这本书的，更多的是知识分子。

有的报纸用整版篇幅转载《声音》的内容，因电视而有这些信，因这些信而有书，因书而上了报纸，不同介质的传播使得角落传出的声音得到放大，被更多人听到，我很欣慰。我希望读者不要太在意我说了什么，更在意、更关注那些信和写信的人。

每当看到读者排着长队等待签名的时候，我就会想，他们首先是《焦点访谈》的观众，然后才是《声音》的读者。我们彼此间其实早就相识相知了，他们曾经在电视机前守候，他们曾经为舆论监督加油，他们对我们的信任和期待使《焦点访谈》存在和成长。

读者的队伍中经常有老者，面对银发和皱纹，我有些不安，我是晚辈，怎么能承担得了老人家的情意！读者中也常常有孩子，孩子纯净的眼睛与我对视，我有些纠结，书中有很多世间不平和人生不幸，是该让他早些了解，还是等他长大再去慢慢认识呢？有时，我对小孩儿说："等你长大了再看这本书吧。"

在各地书店与读者见面的时候，常会遇到同样的情景：读者的队伍中，有人送来了新的来信，信中有投诉材料，有采访线索，有证据有照片。从他们的眼神中可以看出，他们往往比普通读者更急切，更有期待感。

我一边签书，一边接受观众来信，书中的信，眼前的信，让我心里愈加沉重。我们——作者、书店、出版社都不想把签书的现场变成观众信访接待站，然而，我们都理解他们，这是他们不得已的方式，这是最直接的托付方式。我把这些信带回《焦点访谈》办公室的时候，常常不安，那些当面托付我的观众读者正在期待着，而我们能满足这期待吗？

在东北与读者见面时，一位扶着手杖的老者说："老百姓的话，是决策者最应该听的话，尤其是今天。"

回到北京，我把《声音》这本书转交给朱镕基总理。朱镕基总理曾说，他是《焦点访谈》的忠实观众。朱总理有很多渠道了解民情，这本书，也算是一种渠道吧。我想，这是一个电视人所能做的"下情上达"。

我拿着一本本《声音》，双手递给读者，就像给众多写信的观众写了一封回信，终于给了观众一个交代。我深深地舒了一口气。

然而，不久，我收到一个年轻人的信，让我又沉重起来。

这封信来自校园的小喻。他写道：

> 读了《声音》，感触颇深，特别是看到"农村篇""教育篇""贫困篇"等内容，更是涕泪交零，因为，我曾经失学，也曾是一个农民。我家乡就在大别山，对于贫困，我有着痛彻心扉的体会。书中的来信，只是部分农民能够反映的，更多的农民已经被压得麻木了，他们甚至连呻吟都不能发出。……

我刚刚获得的欣慰感、轻松感又被沉重感替代了。

其实，我能够做的极其有限。在我们的视线之外，还有多少是我们不了解的？还有多少是公众不知晓的？作为媒体人，走近，倾听，传播，这是永远的责任。

我曾设想，《声音》出版之后，再过五年、十年，我可以再做一次这样的声音收集和传播，也许，那时的社会，有的声音会消失，有的声音会出现。我乐观地猜想：一些词汇可能消失，比如"下岗""分流""再就业"；一些词汇可能减少，比如"贫困""造假""腐败""污染"……一些现象会变得奇怪荒唐，一些状态会变得出乎意料，一些事情会变得顺理成章。如果，再接着出版《声音2》《声音3》，不是很有过程感吗？

一年又一年。

五年以后，十年以后，我没有做这件事。因为，我乐观的预想没有出现，一些沉重的词依然存在着，比如污染、腐败、贫富差别，一些曾经让我压抑的现象更加严重，缺少明显的变化对比，我没能唤起重新投入的愿望；还有一个重要的原因，网络的发展改变了沟通方式，更多的观众通过便捷的现代手段与电视媒体沟通，传统的信件不再是沟通主流，中央电视台建立起观众电话、网络沟通平台，信息记录和传播有了更新的天地。自媒体时代到来，越来越多的人有了直接表达的工具，那些手写的信件日渐遥远。

《声音》这本书是一个时代的产物，它完成了属于它的使命。

我没有想到的是，观众来信的信封有了特殊的用处。

那是 2007 年夏天，崔永元告诉我，在辽宁鞍山，有些癌症晚期患者过得很艰难，甚至连镇痛药都买不起。小崔联络了台里同行，准备以慈善拍卖的方式筹得善款，帮助这些困境中的人。大家立刻响应，柴静捐来韩国总理赠送的手表、和晶捐来中国女排签名的排球、鞠萍捐来刘德华签名的手鼓、泉灵捐来神州六号纪念章、白岩松捐来女足的球衣、康辉捐来印度饰品……小崔自己捐来国家乒乓球运动员签名的球拍等四件拍品，还要现场主持拍卖。

我翻箱倒柜，思来想去，决定捐出观众来信的实寄封。

那天晚上，我动手整理这些信封。信封里面的内容有的已经收入《声音》，有的包含着曲折的故事，有的表达了观众的想法。信封的落款、邮戳，展示了一个个不同的地点和时间，而信封的字迹，都是手写，好像带有一种气息。信封上写着："中央电视台焦点访谈敬一丹收"，我好像又听到了那种种声音。

我面对这些信封，挑选、铺平、固定，放在一本粘胶影集里。手里忙碌着，脑子里回忆着。凌晨，做完了这一切，周围很静，心里却澎湃着，真的有些不舍。

在鞍山慈善拍卖现场，我拿着这本实寄封说：我不知该怎样判断它们的价值，也许与名贵的邮品比起来，这些信封没什么，可从另外的角度看，它们的价值是难以判断的。这 20 个信封是 1997 年至 2007 年十年的一种记录，它们来自民间，来自中国的一个个角落。它们带着期待和信任，走过千山万水，来到《焦点访谈》，透过这些信封，可以看到世间景象。

我对大家谈起《声音》这本书，我说，书中收入信件的内容有价值，信封也有它的价值，我愿这本实寄封册子用到最有价值的地方，还有什么比生命更有价值呢？帮助那些癌症患者度过生命中的痛苦时刻，是我们的共同愿望，我想，寄出这些信的观众也一定会愿意的。

最后，这本实寄封册拍出了 9 万元，那次活动总共筹得 59 万元，转交给了鞍山抗癌协会，实寄封由鞍山广电局拍得收藏。

传播智者的声音

2003年，中央电视台新闻频道即将开播，这是台里的大事，新闻中心总动员，各种节目设想纷纷出台。大家的创意得到鼓励，毕竟，新闻频道需要足够丰富的内容和多样的形式。

我很久以来的一个想法，这次也许可以实现了。

可不可以办这样一个节目？我没有写书面的策划案，也没有专家论证什么的，我用了大约十分钟时间给梁建增主任描述了一番：

它是一个言论节目，具有议政色彩。

它的所有话题都产生于人大代表和政协委员。

它有源源不断的高质量的话题资源，这就是代表议案和委员提案。

它的主要嘉宾是人大代表和政协委员。有精英、智者的色彩。

我主持这个节目具有身份优势，作为政协委员，有积累，便于沟通。

它将填补中央电视台的空白，作为国家电视台，建立这样一个有特色的舆论平台，促进民主法治进程，对国家形象有利。

这个想法立刻得到肯定。很快，制片人再军招兵买马，王惠丽就是那时应声而来的记者之一。她踏实能干，在栏目里持续发力，后来成为《焦点访谈》的主力记者和制片人。很多记者都相当年轻，从认识"人大""政协"出发，从区别"提案""议案"开始，进入临战状态。

我在人大代表和政协委员中广而告之："您的议案、提案是什么？如果有传播的意义，有制作节目的可能，适合电视表现，又有人物和事件线索，那么，我们来传播吧。"

如果不是有政协委员的经历，我也许不会有这样的念头。

我从1998年开始成为第九届、继而又成为第十届全国政协委员。

第一次去开两会的时候，一进分组会议室，好眼熟——"满眼都是东方之子！"好多政协委员曾是我们《东方之子》节目的主人公，我在镜头上见过。

政协委员中很多都是有故事的。这是李敏委员，毛主席的女儿。

  我被分在妇联界别，原以为委员多半是妇联的，其实她们来自各行各业，各种背景：学者、将军、律师、部长、工程师、医生、艺术家、教授，名人之后，前沿精英。

  出于记者本能，我想，她们每个人都可能成为我们潜在的采访对象。我在开会的时候，想着履职、参政议政，同时也会经常产生联想：这个建议是个好选题，那个话题可以做个节目。

  小组会很活跃，特别是妇联组的委员来自不同的行业，思路各异，百花齐放。女委员的表达感性、活泛，说话充满个性光彩。大会发言是精心准备反复挑选的，有的发言针对性很强，几乎就是经过深入调查而形成的周密翔实的调研报告，有真知灼见，有治本之策，有建设性价值。

  然而，一看那时的两会报道，怎么好像隔了好远，很难看出原汁原味，信息衰减了很多。在内容传达上，有的过于原则概略，有的肤浅热闹，在传播形式上，有的像公文套路，有的照搬会议简报。能不能更真实、准确、鲜活地传达出两会的声音呢？能不能以发现的眼睛、主动的姿态去传播有价值的信息？

  我参加了两会，才开始以这样的角度看两会报道，总觉得有些不满足。媒体还可以做很多文章啊！同时也在自省，我如果报道两会呢？

  还有一个现象，两会期间，信息密集，传播量剧增，报刊、广播、电视、网络报道铺天盖地，如大水漫灌，但是，有多少信息有效到达了呢？受众来得及思索吗？就像一场倾盆大雨浇过来，水快速流走了，并没有慢慢浸润土壤。

而两会一闭幕，如同关了水龙头，一下子就没了消息。那些有价值的信息，还没有来得及被充分吸收，就难觅踪影。平时，人们到哪儿去听代表委员之声呢？

所以，我一直在想，如果有一个细水长流的节目来传播这些有价值的信息，就好了。这样，常倾听，常思索，媒体上就有了一个常态的议政空间，就可以吸引更多公民参与公共事务，点点滴滴促进民主、润物无声促进文明。

这回，这样的节目将在我们手中产生了。我们开始紧锣密鼓筹备。

栏目叫什么名字？

我想了两个：《议论风生》《声音》。大家在猜，会批哪个？

上面批下来的是：《声音》。

还需要一个栏目广告语，让人一听，就知道我们是一个什么栏目，这个栏目想做什么。类似于：

东方之子——浓缩人生精华；

生活空间——讲述老百姓自己的故事；

焦点访谈——用事实说话。

我想，在这个栏目发出声音的是人大代表和政协委员，是精英权威的声音，这些声音里，有思索、有前瞻、有建设性。他们的关注与媒体的关注在哪里交汇？常常在社会热点上交汇，而热点多半会涉及到社会不平衡，涉及到民众中的弱势人群。

媒体人需要一种判断力，能看出什么东西是有价值的，能分辨出什么是值得传播的声音。我在话筒前、在屏幕前会传达很多声音，什么是我内心最想传播的、最想放大的呢？

如果一个社会缺少弱者的声音，它是不完整不和谐的。弱者中的很多人缺少传播渠道，鲜有话语平台，媒体能为他们做些什么？

如果一个社会缺少智者的声音，是没有希望的，媒体在各种各样的声音中能不能分辨出什么是智者的声音？什么是能推进社会向着文明方向前行的声音？

对于记者来说，以前我所做的，是出于朴素的自发；逐渐地，我越来越清楚自己要做什么了。对于一个栏目来说，能不能有这样一种传播的自觉？

一句话油然而生：放大弱者的声音，传播智者的声音。

农民
看病难

从 2003 年 5 月 4 日起，每周日 22：33，我在新闻频道与《声音》相伴。

第一期节目直面非典。从当时非典的严峻态势，谈到应对之策；从制度层面，分析非典中信息公开不足，防范举措不力等种种被动现象；对城市可能发生的其他危机提出预警，嘉宾谈到应急机制的建立是当务之急。其中有位嘉宾从重庆来，他明知回去将因北京非典而被隔离，但他还是想在这关键时刻发出声音。

节目刚播完，老爸立即来电话："节目没有就事论事，有深度，比想象的好。"又说："你怎么打不起精神呢？"到底是至亲，一眼就看出了毛病。我已经持续发烧一个多月，病态，总会反映在镜头里。录像时，再军他们也在为我担心，幸好不是非典。

《打工子弟学校路在何方》节目中，吴青老师是嘉宾之一，她拿着《宪法》来到演播室，那本《宪法》经常被吴老师带在身边，经常翻看引用，已经有些旧了，上面画着圈圈点点。她谈教育权利的时候，有理有据有情感。打工子弟学校的校长易本耀在这个节目里直接表达了诉求，而他的学生正在城市的边缘苦苦争取自己的受教育权利。我在这个栏目里，不仅是采访者，也是参与讨论的政协委员。当然，把控话题，也是我时刻要意识到的主持人的功能。

《流动人口的选举》《三十年错案》《敦煌保护》《公民建议权》都是当时

为了打工子弟的教育，各方人士在《声音》交流。前右二为人大代表吴青。她拿着《宪法》来到演播室，吴老师把《宪法》带在身边，经常翻看引用，上面画着圈圈点点。

的用心之作。让我意外的是，在全国政协十届二次会议开幕式上，提案工作报告中提到中央电视台《声音》栏目对提案的宣传起到积极作用。以这样的形式肯定媒体作用，是以往没有过的。

2004年4月21日，《声音》最后一期录制。最后一句"我们在乎声音，更在乎回声"说完，演播室和机房一片掌声。

《声音》栏目短暂地存在了一年，消失了，它留给我的那句话，成为我心底里珍惜的声音：放大弱者的声音，传播智者的声音。

我在话筒前，最有价值的就是这件事。一生应为一事来，一个职业也有最该做的事。这是一件很简单又很不容易做的事。

2008年之后的五年间，我作为第十一届全国人大代表，依然一边开会，一边参与两会报道。我们内刊《空谈》采访我："怎么把握双重角色？"

每个角色都像一只眼睛，关注的焦点常常是重合的。我在两会边开会边报道，至少有两个便利：一是我不用预热，会上吸收到的信息可以作为广义采访，说出话来趁热；二是不用办证，两会的采访证件挺严格的，我用出席证，就可以省一个记者证。同事笑谈："大姐，你这是潜伏啊！"

连续15年的3月，都是忙碌的节奏。一会儿开大会，一会儿在记者会上采访温总理，一会儿回驻地开小组会，一会儿做《焦点访谈》系列节目，一会儿进行小组会直播，一会儿做《两会一丹快递》……双重角度，往来穿梭。

忙碌中，我还是经常疑惑，这么多记者集中报道，这么密集的信息，倾盆大雨般倾泻，人们听到了吗？看到了吗？

我还是想着那个细水长流的《声音》。

"声音"，从一本书到一个栏目，这两个字成为我职业历程中的关键词。

我对"声音"这两个字有一种偏爱，它好像让我听到各种各样的话题，各种各样的语气，倾诉、感叹、抱怨、议论、呼吁……它很有生命感。

能听到形形色色的声音，是因为我从事了这个职业；而传播有价值的声音，才不负于这个职业。

听到，是幸事；

传播，是本分。

我遇到你
Encounter

06
每一个动作都是ing

直播！

一说直播，电视人的状态就不一样了。

好像吹起了冲锋号——眼睛亮了，手脚麻利了，头脑清醒了。

好像进入临战总动员——原来懈怠的现在积极了，原来散漫的现在规矩了，原来大大咧咧的，现在小心翼翼了。更多的是，原来就认真的，现在更较真了，大家一起都精神抖擞起来了。

现在，尽管电视不那么被守候了，但遇到突发新闻、重要新闻，电视直播仍大显神威，甚至让观众有这样的感觉：这才是电视，这样的电视还可以看，还愿意看。

人们对电视直播印象深刻的当数2008年。大事多多，直播多多："5·12"地震、北京奥运会。这是电视直播的大年。直播创了纪录，直播也渐成常态。

媒体同行曾有这样的说法：2008年的电视，选秀黯淡无光，电视剧黯淡无光，常规节目黯淡无光，只有直播光芒四射。

如果觉得这个说法有点儿夸张，也有平实风格的评价：直播令观众看见了新闻节目的本来面目，并更靠近按新闻规律办事，处变不惊，展现了专业媒体人的真正实力。

这一刻，我们等了 10 年

早先，直播还不是常态，一旦直播，一定是大事，一定是大会战，举全台之力那种。香港回归、澳门回归，都是那种大直播。

香港回归报道提前很久就开始培训了。提前很久的培训并没有让我们轻松下来。大事，头等大事——这样的感觉一直伴随着我们。进入到1997年6月，日程越来越紧，演练成了高频词。

6月17日初次演练磕磕绊绊，各工种各种不顺

6月20日筹备会至凌晨2：00

6月21日演练，重点练演播室与现场衔接

6月23日全系统演练

6月25日演练分段分解

6月26日应急演练：假如信号中断怎么办？机房瘫痪如何应对？

6月27日演练细化

6月28日录备播，主持人接近实战状态

6月29日 直播人员集中于梅地亚待命

我不厌其详地列出演练时间表，是为了记住当初直播的起点状态。今天，直播线上的年轻人可能奇怪，怎么那么严重啊？至于那么紧张吗？是啊，那时就那样。

终于，香港回归特别报道72小时直播开始。

6月30日清晨6：00 ，开启直播的是四位总主持人：罗京、方静、方宏进、敬一丹。

驻港部队入港

彭定康离港督府

政权交接仪式

查尔斯离港

香港回归
直播

特区政府宣誓

天安门广场欢庆

一个个历史时刻就在眼前。在这样的时刻，我感受到"历史性"这几个字的分量，不论是国家，还是我。

在直播中，我心里默念：大气、沉着、庄重——主持人这样的状态，是由眼前的历史性的大事决定的。台里也希望能表现出大国风范和大台气派。

关键时段到来。7月1日零点那一刻，万众欢腾之时，我和罗京以沉静庄重的语调说："当一个期盼已久的历史时刻近在眼前时，我们发现曾经激荡的心情如此宁静……"

我似乎感受到，自己的心跳应和着历史的脚步。

我在演播室做直播的总主持人，与在香港各个报道点的同事连线，看见水均益在机场，看见白岩松报道驻港部队。我们离得很远，然而我们一起走近共同的目标，那种特殊的时空感觉以前从来没有体验过。

7月3日早6：00，香港回归报道结束，主持人被切出画面，上字幕，播出线上一片欢呼！

赵化勇副台长面对各工种同事，说出诗一样的话：

香港回归，祖国等了150多年；

香港回归报道，CCTV等了十几年；

为了72小时报道，CCTV准备了几年；

为了这一刻，我们奋斗了72小时。

在欢呼声中，我又看了一眼屏幕，字幕竟然还在走着。我一下子定住了，眼泪也下来了。我从没见过这么长的字幕单，那是参与香港回归报道的工作人员名单。字幕走得很快，看不清也记不住这些名字，他们中，有记者、编辑、摄像、技术、通讯、制片、策划、统筹、制片人……不知在名单里有没有在演播室"推稿"的那几个小姑娘？72小时直播中，她们轮流不间断地为提示器推稿，不论正午，还是凌晨，她们纤细的手指推着稿件匀速走过。她们所做的一切，是为了主持人在镜头前多几分自如和从容。

演播室外，香槟、玫瑰、掌声。刚刚经历了史无前例直播的电视人，仍难以平静……

出了电视台，我就到学校去接孩子。直播72小时期间，我们不允许回家，

澳门回归直播，48小时，2000多人一起工作。直到直播结束，大家才有这样灿烂的笑容。

在直播的间隙，我常常猜想女儿在做什么。在校门口，她刚刚从期末考试的考场出来，有点兴奋。拉着女儿的手，我觉得，我俩是同一种心情，不都是刚刚经历了大考吗？

1999年澳门回归报道，因为有了香港回归报道的经验，也有了更大的主动空间，我和岩松、老方在演播室明显地轻松了。短片组合、现场连线、演播室访谈穿插进行，我们的状态越发自如。孙玉胜当时并没有说什么，在我们看来，没有批评，就是表扬吧？

12月21日，9：00 。直播就要结束了，告别时，我对观众说：

"前天9：00，在演播室直播开始时，觉得48小时直播时间很长，现在觉得很短。想说两个数字：据调查，90.84%的观众收看了澳门回归直播报道，如果没有这么多观众，就没有这48小时。一会儿，字幕上将出现2000多人的工作人员名单，您也许记不住，但我想说，没有他们，也没有这48小时。"

几年后，孙玉胜在《十年》中说：澳门回归直播时主持人拥有表达的主动权和控制权，可以根据前后节目和突发的变故进行主动的表达，对嘉宾的现场采访权也掌握在主持人手中。白岩松、敬一丹和方宏进在澳门回归中充分展示了各自的魅力。整个48小时直播节目显得格外流畅和鲜活。当时有媒体评论说：通过澳门回归直播，我们看到了主持人的魅力。

我是 A7

国庆60周年，我有30个小时沉浸在节日报道里。与在演播室主持不同的是，我在现场，时时刻刻看到的都是微观细节：

9月30日

17：00 到达天安门广场。参加国务院国庆招待会，顺便考察下现场，广场上遍地号码，大的小的，横的竖的，好像电影院的座位一样。明天，孩子们将在这里组字，希望明天能拍到他们。再过十几个小时，这里就是花海。

18：00 国庆招待会在大宴会厅举行。大厅摆放了400多张桌子，我在212桌。同桌的有人艺的朱旭、作家刘恒、指挥家谭利华、导演赵宝刚，还有媒体同行。温总理一声"干杯"，几千人举杯祝福祖国！我心里还有一个祝福，明天直播顺利。

19：15 走出大会堂东门，天安门广场有很多人在忙碌。广电总局张海涛副局长说，他要在凌晨1点到3点，在广场试音。我猜想，张局将要试的话筒，可能是最重要的话筒吧？它会传出："同志们好！同志们辛苦了！"不知到时有多少音频专家、录音师在这儿。这是个不眠夜。

20：30 回到CCTV，整理明天上午和下午分别用的服装。不同的场合，不同的节目，不同的光线，怎么适合环境气氛？得细致点儿。

22：00 集结在全国人大代表驻地金台宾馆。明天参加国庆典礼，今天需要集中。

23：00 睡前，好焦虑！明天上午国庆观礼，我是在人大代表区域，能不能进入媒体区与摄像会合做《焦点访谈》？采访结束后怎样能在交通管制中及时赶回台里？万一晚了，耽误《焦点访谈》怎么办？

10月1日

7：00 醒来，望窗外，好天！适合拍片子。

8：00 驻地安检。经故宫、中山公园到西观礼台。

9：00 东张西望——媒体区，我怎么过去呢？安保严密，认证不认人，敬大姐也不行，人大代表也不行！

9：30 我在人大代表观礼台，摄像师小包在媒体区，我们隔台遥遥相望。还是他有办法，从同行手里弄了记者请柬给我，进来了！

10：00 国庆盛典大幕拉开，好精彩，好忙碌，根本没纯欣赏。脑子里全是：从哪儿进入话题？场景怎么结合？时机？节奏？

啊——飞行梯队来了，驾驶头机的就是前几天刚采访的顾师长，真棒！

徒步方阵，帅！前些天在阅兵村采访时见过的一个个兵就在队列里，此刻他们成为一个整体。我旁边的老兵笔直地站起来，装备方阵过来了，老兵戴着军功章，向装甲车队敬礼，噢，自己部队的。太精彩了！采访，串场，再来一段——哎，那边，怎么能拍到组字的孩子呢？

13：00 阅兵结束后，穿过广场到前门步行街，上车、回味、喘气。又焦虑了，接下来，还有重头。

14：00 到台里给《焦点访谈》交素材带子，刚拍的 5 段串场，赶着播出，还热乎着！领证件，换晚上的统一出镜服装，浅蓝衬衫，浅米西装，整装待发。趁领导最后动员，猛喝茶，越浓越好，一会儿，有好多事，得养精神。

15：00 到世纪坛安检，这是媒体安检区，各路记者云集。中央电视台隔路相望，近水楼台。等车的空儿，吃面包，今天的午饭。

16：30 又到天安门广场。各就各位——A7，这是我的代号，位置在东华表下临时观礼台。在之前的一次次演练中，导播一说 A7，我们这个小组立马进入状态。开通系统，试音，试耳机，逐个试，摄像张玉虎示意：OK！

17：30 观礼台嘉宾陆续入场。仔细观察，都是谁？有点眼熟，代表层面？还有老外，他们是来自哪儿？

18：00 国庆晚会直播开始。分布在广场各处的十几位记者依次报道自己所在区域的情况，修平在报道，小萌在报道，我们的耳机里传来不同方位的同事采访报道的声音。

18：20 导播的声音传来："A7 准备——"我面对镜头："观礼台的嘉宾正在陆续入场，我们看到很多熟悉的面孔。你看，公安英模、道德模范……

还有外国使节……哎，关牧村，你也来了？"镜头转向对面："这里是联欢区，景山学校的同学，还有水兵们……过一会儿，这里将载歌载舞……"

22：30 "大直播"结束后的广场，欢庆的人们散去，留下的，到处是CCTV的人，到处是CCTV的设备，正是这些人这些设备，刚刚把绚丽的国庆之夜送到千家万户。收工了，一边回味，一边集结。

23：00 回到台里，方楼大厅的一排十几台监视器在显示，此刻，各路记者拍摄的国庆画面正在不同的频道播出着。这一天，全球125个国家和地区的330家电视机构转播了庆典盛况，中国首次以6种联合国工作语言和高清电视信号直播国庆盛典，中央电视台千余人全程参与了直播。

我欣慰，我在其中。

在我的职业生涯里，参与国庆庆典直播这是第一次，也是最后一次。

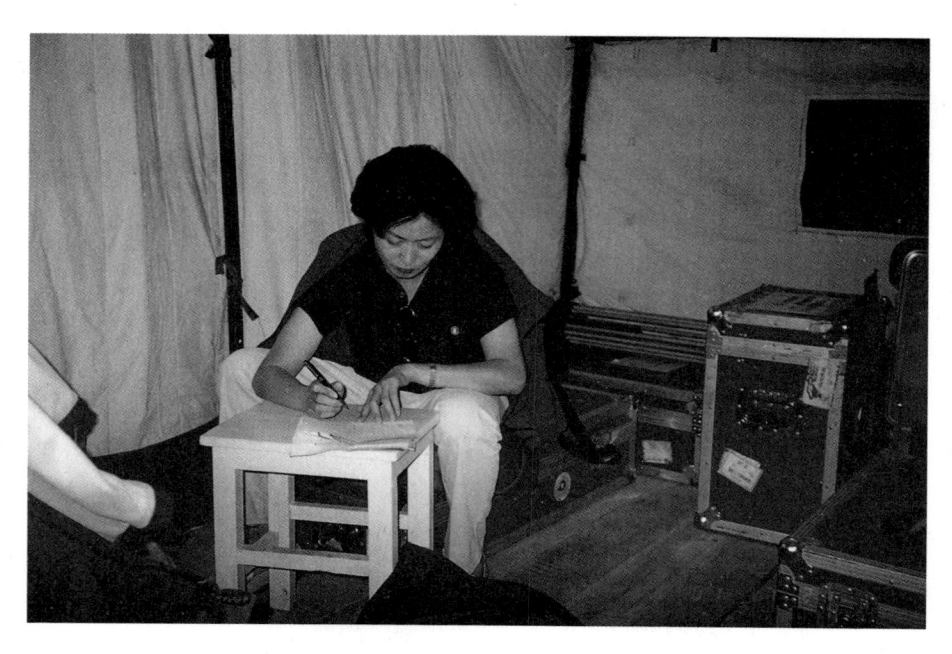

一说起直播，电视人的状态就是不一样。直播前的准备很重要。

直播让我又爱又怕

对直播，我真是又爱又怕，怕精神压力，怕冒险，怕体力不支，怕脑子突然空白，怕协调不好嘉宾……可一旦有直播的机会，我还是会兴奋起来。

电视人的直播关键词是：连线、倒计时、玩起来、默契、职业感！

连线

1997年新年没到，新词到了：现场直播连线。我过去没听过也没看过，直播连线怎么做？盖晨光和绍伟他们策划这事儿，很多话题都涉及到技术，在我听起来是一个生词又一个生词。我的任务是，在台里《东方时空》机房，与在三峡工程现场的记者陈耀文通话。我感觉很新奇，这种隔空对话会给电视带来什么呢？

元旦一大早，天蒙蒙亮，耳机里传来导播联络的声音，猜不出有多少技术工种在忙活。终于，画面上，陈耀文出现了！尽管在晨雾里，画面灰蒙蒙的，但陈耀文兴奋的样子就像太阳出来了。他站在中堡岛上，长江水在右岸导流明渠流淌，他也如江水一样滔滔不绝，介绍了大江截流前上游围堰的施工情况。也许是兴奋加紧张，采访时，他一下子忘了嘉宾的名字，那本是他很熟很熟的人啊！大家看到这情景，也没惊慌，会心一笑，毕竟是第一次嘛！

那是《东方时空》第一次栏目内直播连线，是中央电视台首次利用地面移动卫星设备连线。那种此时此刻亲临其境的现场感，很有感染力。我们的对话临结束时，我对观众说："陈耀文在现场的报道，让我们感受到长江的水汽三峡的风。"

倒计时

在景德镇直播结束之后，我在瓷盘上画上表的时针、分针、秒针。瓷盘

我抱着亲爱的话筒。西北风大，要用这种防风话筒，传出我的声音。

变成了表盘。表针显示：差 30 秒 8 点。

这是《直播中国》的关键时刻。这时，摄像的机器已经上了肩，音频的小伙子已经举起了吊杆话筒，现场导演盯着现场的一个个细节，我要说的话就在嘴边，耳机里传来导演的声音："倒计时 30 秒！"现场导演打出手势提醒：30 秒！

这是我最兴奋，最有讲话欲望的时刻，也是最紧张的时刻。所以，我在快 8：00 的位置画上了一个小人儿，神情紧张，头发一根根竖起来，那就是我。接着，我又在 8：30 的位置画了另一个小人儿，满足而享受地笑着，头发随风飘着，那是直播以后的我。

直播倒计时那一刻，很像在考场里等待试卷，不能藏拙，不能重来，所有的积累、准备、努力，都变成了期待；倒计时那一刻，很像在跑道的起跑线上，聚积的力量，亢奋的状态，绷紧的肌肉，都等着发令枪声响起；倒计时那一刻，很像乐队看到指挥拿起指挥棒，眼睛跟随着，心也跟随着，旋律将要从弦上流出来。那是箭在弦上，是蓄势待发，是喷薄欲出。直播，让我找到了一种状态，不仅是工作状态，也是生活状态。

玩起来

2001 年，《直播中国》使外景直播成了常态。这是一个很本质的变化，不再是大会战，不再是短期行为。研究直播，实践直播，这就是可持续啊！

直播成了常态，人的常态就有了可能。"玩起来！"制片人何绍伟的业务主张影响到各工种，尤其是对主持人的心态产生了强烈的暗示作用。

我在镜头前一直很拘谨。我怀疑自己，还有没有玩起来的能力？《直播中国》对我的要求是全新的。面对杨柳青年画、景德镇古陶瓷、惠安女、龙井茶，我体味着"玩起来"就是放松起来，平常起来，灵动起来，活泛起来。何绍伟开发着我的潜力。他说：你平常不那么沉重啊！你讲故事的样子就挺好，就把你平常的状态放到节目里，试一试。在录《冉庄地道》的样片时，我试了试。小时候就看《地道战》，不就是在现场讲故事吗？于是，我玩儿一样地录了一段。有人说，敬大姐还能这样啊？绍伟说，敬大姐平常就这样啊！

在《泼水橄榄坝》里，直播的最后几分钟，我和嘉宾跑进沸腾的广场，立刻，一盆盆水泼将过来，劈头盖脸，我只有招架之功，无还手之力。最后一个镜头，就是我水淋淋地裹在狂欢的人群中间。观众说，过去只看到你正襟危坐，你这样很好啊！

默契

不善合作，没有默契，就干不了直播。我提醒自己，我不能成为直播中脆弱的一环，让导演操心的一环，给搭档伙伴添麻烦的一环。至少做到，我在镜头前出现的时候，大家踏实放心，而不是让人捏把汗。

2002年初直播《三峡再聚焦》时，我是演播室的总主持人，三峡现场传来这样的情景：奉节县城的老房子按三峡工程统一部署实行爆破，灰飞烟灭，老城不再。一位奉节人说："看到老家爆破……心里很难过。"这时，耳机里传来制片人绍伟的声音："敬一丹，你找补一下。"

此刻，我没有时间、没有条件与他商量核实：找补什么？只能靠合作中产生的默契。马上就会切出我，我点头示意，明白。

切——我出现在屏幕上："刚才我们听奉节那位朋友说，看到爆破，心里很难过，我们都能理解他的心情，毕竟是故土难离。我想，三峡人既有对老家的怀恋，也有对新家的向往，就在离老城不远的地方，奉节新城正在建设……"

这样的找补，把原来有些伤感的情绪加进了期待的色彩，避免产生误读，引发负面的情绪，也利于话题的平衡。事后制片人说，就是这个意思。

职业感

《直播中国》不仅是每星期贡献一期节目，还锤炼摔打出职业的直播团队。这个团队精锐善战，高效率，运转起来，像链条，像齿轮，各就各位。在同事中，有一句话相当于骂人："业余。"而夸人夸到最高级就是："这人，很职业。"

我很欣赏同事的职业感。摄像荣欣在直播《东宁要塞》时，本已在山洞场景完成了工作，大家都坐在洞边等待直播结束。忽然间，他一跃而起，极机警，极敏捷，以标准姿势给了洞口一个标准镜头并坚持数分钟。怎么了？原来，荣欣在耳机里得知另一场景有险情，奋起救险，给了一个保险镜头供导演备用，荣欣这出于直觉的举动可以看作是"职业"的注解。当时，我也在同一现场。但我错误地提前摘掉了耳机，根本不知发生了什么，没有应急救场的意识和举动。每当想起这一幕，我自己骂自己，这就是业余啊！

看张泉灵直播"神州"系列，我忍不住发了一个微博：目前在航天领域的电视直播中，泉灵无人能比。有网友回应：一个台的，有王婆自夸之嫌啊！我想说，航天这样的高大上话题，能有这样专业的科普的有趣的有谱的有人缘的直播，还不该夸吗？

直播——钱塘江正在涌起的大潮，正在抢险的矿难，正在争论中的听证会，非洲正在迁徙的河马，查干湖正在起网的鲜鱼，正在肆虐的台风，春运正在匆匆归家的游子……直播正在进行时，每一个动作都是 ing 状态。我看到了，你也看到了；我听到了，你也听到了。这不是电视在媒体变局中很"电视"的优势吗？

我遇到你
Encounter

07
送别，难说再见

陈虹的眼神，依然明亮，依然干净，那是在成人世界里，很珍贵甚至很稀有的眼神。

罗京的冷静，分寸、智慧，让我看到他声音背后可贵的心理素质和职业感。在一些问题的判断上，他比我更成熟。

杨伟光台长就像船长一样，有判断，有远见，告诉船员前进的方向。

陈虻，你的眼神

讲述老百姓自己的故事——这句话镌刻在陈虻的墓碑上。

这句话在 90 年代的中国电视上出现的时候，让很多人内心受到触动。那是陈虻想了很久才产生的表达，它深情而贴切，质朴而隽永。从这句话里，可以读出陈虻的内心。

站在陈虻墓前，墓碑上的这句话依然让我心潮难平，我好像又看见陈虻的眼神，明亮的、干净的，让人过目不忘的眼神。

我认识他的时候，还没有《东方时空》。听说他是哈尔滨工业大学毕业的，让我平添家乡味道的亲切，同时又好奇，工科生转行做电视编导，怎么开始的呢？

我终于当面问起的时候，已经和他成了同事。他说："刚到电视台，听说是学光学的，人家不知该怎么安排，差点儿没把我分到灯光科去！"

他最初在一个栏目打杂，谁也不知道这个小伙子能干什么。有一天临近下班的时候，办公室只有他一个人，电话铃响了，组长急急地说：

"办公室有人吗？"

"就我一个。"

"再没别人了吗？"

"对，就我一个人。"

"那怎么办？！好不容易争取到采访哈默的机会，你知道吧，美国石油大亨，最早和苏联和中国来往的，明天就采访，我们手里什么资料都没有，你能不能弄个提纲？"

在没有手机没有百度的年代，陈虻——一个打杂的小伙箭步冲进了即将下班关门的资料室。幸运的是，他找到了一本哈默传记，用了一夜的时间提炼出 50 个问题。

第二天，他把提纲交给头儿。大家重新认识了这个打杂的小伙。从此，他成了编导，后来成了优秀编导，再后来成了编导的业务导师。

陈虻聊起这段经历时，旁边围上了一些年轻人，眼睛闪闪发光。这是多好的励志故事啊！

我那时主持《东方时空》，最喜欢的子栏目就是《生活空间》，每当王刚的声音响起——"讲述老百姓自己的故事"——我就很有说话的愿望。我愿意引出故事，和观众一起认识主人公。《生活空间》柔软而有情怀，有一种润物细无声的意味。那故事，那拍摄的手法，那淡淡的解说词，都让我喜欢，而最让我喜欢的是，"人"在这里活生生地存在着。我知道，在每一期节目的背后，都有陈虻的影子。正是因为他的理念，才使得中国电视纪录片有了这样里程碑式的改变。终于，老百姓成为故事的主角，镜头记录了芸芸众生，那些好看的纪录片体现出对平民的尊重，对人性的尊重，让人感受到贴心的温暖，为巨变的大时代留下一部由小人物构成的历史。

与陈虻直接的合作是在世纪之交。

怎样迎接2000年第一个黎明？全世界的媒体同行有一个联手行动，从东到西，记录新世纪的太阳在全球渐次升起。中央电视台与138个国家的1000多家电视台实现全球并网直播。陈虻为此设计了24小时直播节目《相逢2000年》，分别在中国泰山、三亚设立直播点。

我随陈虻、李伦他们的大队人马到了三亚，以直播的方式迎接新世纪的第一次日出。

各工种到位，在藤海，海边沙滩上一片忙碌。直播平台搭建，演职员协调，地方沟通，诸多繁杂事务都在陈虻面前。但陈虻最鲜明的形象依然是一个业务领袖，他的点拨启发，影响了各种角色的人们。虽然平常聊天时我把他当兄弟，但谈到业务话题时，我是暗暗仰望他的。

对节目整体的构思，陈虻深思熟虑，对细节很讲究。有一个环节是讲海南岛形成，需要用图展示，我想的是用纸板，很新闻很直白的那种。陈虻主张，在沙滩上画，用小石块来画，很随手的状态。后来的效果证明，他是对的，在那样的环境里，看起来更自然和谐。涉及到主持人的时候，陈虻常会这样问:"这样行吗?大姐你说呢?"他这样说话不是客套,他是想听,能听,并能听见的人。

陈虻一遍遍描绘着,我们中国电视人要拿出这样的作品给世界——太阳升起,生命复苏,用万物生命——超越国家、民族、地域的生命来迎接新世纪的太阳。

2000年1月1日清晨,我按照中国人迎新年的习惯,穿着红色的衣服,与中国渔民的孩子站在古老的铜壶滴漏前,看浮箭慢慢升起。我对孩子们说,也是对世界说:"这是我们中华民族发明的最早的计时仪器,是根据元代的延佑漏刻复制的,水从日壶流入月壶,又滴到星壶,最后到箭壶……不知不觉,古老的水漏为人类迎接了20万次日出,其中包括6次世纪日出。"

孩子纯净的眼睛望着古老的水漏,好像今天与昨天在对话。

这些孩子从渔村来。几天前,我们见到一群孩子,要从中物色几个参加直播,谁合适呢?陈虻说:"大姐,你定。"陈虻一定是从交流效果的角度这样说的。于是,我观察孩子的眼神和举止,选了最自然最淳朴的几个。后来,一起演练,一起玩,熟了,一个女孩问我:"你为什么对我们好?"我说:"因为你们可爱。"

此刻,我与孩子们一起在水漏前等待千年一遇的时刻,更体会到陈虻的这个设计意味深长,让世界上的蓝眼睛、黄眼睛,都看到我们可爱孩子的黑眼睛,这是多好的中国色彩!

7时12分56秒,新世纪第一缕阳光照到三亚的沙滩上,静静的沙子伴随着阳光轻微地动起来、动起来——豹子、斑马、猴子们,从沙子里蠕动、站起、腾跳,现代舞者演绎了太阳带来地球生灵的动人场景。

陈虻的创意充满诗意。这些天,我常常看到陈虻与这些舞者沟通,终于,他的想法用这样的人类都懂的语汇呈现了出来。今天,中国电视人把这样的场景献给了世界,有40亿观众可以看到中国人这样迎接新世纪的到来。这一特别节目用中国的语言演绎了自然与人文、传统与现代、艺术与生活的融合,得到世界同行的高度评价,为中央电视台赢得国际声誉。

这一次直播也给我留下对陈虻的鲜明记忆,他的背景不再是惯常的审看间和编辑机房,而是大海,是沙滩,是太阳。在天地之间,他的形象愈加生动,他潇洒地在沙滩上指指点点,与各工种人员交谈时目光友善。我想,假如,陈虻不是长年累月在审看间在机房熬着，审看成百上千部节目，假如他有更多时间到自然中去，到现场去，到自己喜欢的创作空间中去，他会不会更放松、更自由、更健康呢？

在陈虻生命的最后一个月，我去医院看他，当时，我怎么也没有想到，他的生命只有一个月了。

走向病房时，我猜想他的样子，听说了他病后受到的折磨，惦念他，想去看他，又怕打扰他，有一天，给他发了短信，他的回复一直存在我的手机里："大姐我还挺好的治病和上班差不多脏活累活都得干且干得越多长劲儿越大慢慢来吧几次化疗后还有手术会越来越好的和重建家园一样请大姐放心！陈虻"。他的短信并不短，只用了一个标点符号。我想，他在病中，写这么多字也会很累吧。

走进八楼的病房，陈虻躺在床上，苍白、虚弱、消瘦，这我想到了，而我没想到的是，他的飘飘长发没有了！我竟然忘了，化疗会夺去他的长发。记得前些年他刚刚留起长发时，我还不大习惯，我半开玩笑地说："你的头发比我的都长了！"他笑着说："大姐，你……有点老了。"我也笑自己，怎么这么保守呢！后来，就喜欢他长发的样子了，似乎那就是陈虻本来的样子。

病床上的陈虻，让人心酸，而他的眼神和过去一模一样，依然干净，依然明亮。面对这样的眼神，我似乎不是面对着病人。

我不想主动谈起他的病情。他问起我在忙什么，我告诉他刚去了北川地震灾区采访，还去了安徽小岗村做了节目。他说，都没看过，病房的电视里没有新闻频道。我心想，没有也好，这些年，总是看片子审片子，现在就不要再看了。

他主动谈起病情。他说，他总是做噩梦，同一个噩梦。手术后，他曾经经历了痛不欲生的折磨。为了止痛，只能用吗啡。而用了吗啡，就会给他带来噩梦。疼痛和噩梦之间，他太煎熬了。为了不与那个噩梦遭遇，他不想用吗啡，甚至不敢睡觉。那是什么样的梦呢？陈虻平静地告诉我："好像是，在北海，有一个巨人，很高，很大，他抡起我的身体，在空中抡……"

我不忍听下去了，眼前好像出现了比恐怖片还恐怖的画面，那画面是黑白的，没有一点点暖色。我僵在那儿，心里一片冰冷。不知那一个个暗夜，陈虻是怎么熬过去的！

50周年台庆的时候，我请台里十几位主持人在一张祝福卡上签名。我想，圣诞节去看望他，把这些同事的祝福带给他，他是在央视台史上留下光荣痕迹的人，太应该享受到50年台庆的喜悦；他是在中国电视界有卓越创建的人，太应该享受到电视人的尊重；他是给人世间带来温情的人，太应该在严冬享受到暖意。

可惜，只差一天，祝福还没送到，陈虻就走了。

陈虻走后的那个凌晨，从肿瘤医院里出来，我一个人开车走在路上，视线模糊了，看不清前方，泪水无声地流下来。

从来没见过路上这么空。心底的深处也空起来。

在远远的前方，凌晨的天光里，似乎看得见陈虻的眼神，依然明亮，依然干净，那是在成人世界里，很珍贵甚至很稀有的眼神。

他去天堂了。在圣诞前夜，小天使来接他，他去了好人该去的地方。

陈虻走了，不知多少人为他哭，为他叹。南院，笼罩着哀伤，陈虻经常审片的地方，成了他的灵堂。人们用各种各样的称呼深情呼唤：虻哥、大哥、阿虻、老弟、哥们、帅哥、虻虻、虻弟、恩师、战友、亲爱的老师……人们重新认识熟悉的他，他的存在，他的离去，对生者来说，都意味深长。

在那个小小的灵堂，我们和陈虻道别，在心痛中感受到一种状态的失去，一个时代的远离。

一位同事写道：我听不懂什么叫你"已经走了"。

你走了吗？

冬日里，我到北京北郊的天寿陵园陈虻墓前去看他。不知是谁，在他的墓前留下一个棒棒糖。我心一热，好像能想到，陈虻看见棒棒糖，目光一亮，会意一笑。也许送去棒棒糖的是孩子，或者是正在长大的年轻人；也许他从小就看过《东方时空》，看过老百姓自己的故事；也许，他想把棒棒糖送给一个纯真的人。

充满激情和
理想的灵魂
陈虻

罗京，你的声音

2009年6月5日，在中央电视台午间的《新闻30分》节目里，播出了这样的消息：

"今天早晨7时05分，中央电视台著名播音员罗京因病在北京去世，终年48岁……"

新闻主播纳森播出了这条消息。他说，这是他有生以来播过的最不愿播出的新闻。

作为同事，纳森在一分多钟的新闻播报中，没有感到罗京的离去，或者说不愿相信他真的离去，毕竟多年朝夕相处，罗京好似就在眼前。

我们都恍惚了很久。

《新闻联播》的演播室就在《焦点访谈》演播室的对面，我们常常在这里相遇。

19：00，是新闻中心生物钟里的一个特殊时刻。新闻播出区显得比平时紧张，各工种的状态也更加积极和严谨，有时会看到编辑拿着稿件磁带急急跑过，有时会看到主任、台长边商量边走来。毕竟，这是中央电视台最重要的新闻节目，是家喻户晓、万众瞩目的节目，被称为中国的晴雨表。

临近19：00，罗京走进演播室的时候，从来都是从容沉静的。

报时，片头，开始——

"观众朋友，您好，今天《新闻联播》的主要内容有……"罗京的声音传遍千家万户。中国的观众熟悉这样的声音，已经26年。

我最初被罗京吸引，是他的声音。那是文字难以描述的声音，是天赋，也是专业修炼，那声音似乎就是为《新闻联播》准备的。

后来与罗京有过几次合作，我看到，那声音后面的支撑力量。

1989年下半年，我临时被台里派去播报新闻。那时，我在经济部从事经济节目的采访和播报,对参与新闻播报完全没有心理准备。最初,与罗京搭档,他在状态上给了我很多启发。在镜头前,话筒前,我很长时间都处于被动状态,而他的冷静、他的分寸、他的智慧,让我看到声音背后可贵的心理素质和职业感。虽然我比他年长,虽然我在话筒前工作的时间比他长,但在对自身职业角色的认识上,在对一些问题的判断上,他更成熟。他以超出年龄的成熟应对大起大伏的变化,应对随时可能到来的压力。

1997年香港回归,中央电视台进行了72小时直播。在7月1日零点,我和罗京作为总主持人,见证了这样一个历史性时刻。

这一时刻,是中国人多年期盼的,有理由欢呼雀跃,有理由热泪纵横,然而,我们作为总主持人,在这一刻,选择了"静"。

倒计时——5-4-3-2-1

镜头切出了罗京和我。神情庄重,语调从容——这是久久期待之后终于如愿的感觉,是"本来就应该"的感觉,是在历史节点上的感觉。

让我珍视的是,在那样的时刻,我与罗京的默契。我们并没有说很多话来沟通,因为我们对自己面对的历史事件有同样的理解,对气氛火候有相似的感受,对表达方式有相同的把握。

不管从事什么职业,敬业的人,都让我尊重,那是一种职业态度;专业的人,都让我钦佩,那是态度再加上超凡能力。而罗京,是既敬业又专业的人,我尊重又钦佩。

他对自己的职业有这样的理解:"没有哪一种职业像电视一样担负着如此众多的责任,要对党、对人民负责,对国家负责,对民族负责,对公众负责。因此,对你的任何一种要求都不能说是过分,对你的任何一种期待都不能说是苛刻。"

很多次,走到新闻播出区,就感受到不同的气氛,有重要新闻!比如邓小平去世、重要会议消息、重要文稿发布等等。我从旁边路过,都不由得放轻脚步,屏住呼吸。我看到,不管情况多紧急,不管外面有多忙乱,只要罗京稳稳地坐在镜头前,大家就踏实了。稿件修改涂抹得"沟壑纵横",甚至一遍都没来得及看完,直播就开始了,稿件一页一页递过去,他沉着镇定、准确流畅,几千字的稿件一气呵成。大家形容那情景,说那是真正的惊心动魄,而节目完成，大家情不自禁地热烈鼓掌，这在播出线上是很少见的。

同事评价："他能把《新闻联播》的任何稿件做出最恰当的表达。"

台长评价："把最重要的东西交给他播，我很放心，他总能出色地完成。"

编辑评价："业务能力最强，全天候的播音天才。"

同行评价："上得去，打得赢，信得过，这样的职业素养，堪称标准、典范。"

观众评价："这是中国的气派，最美的声音。"

一天天，一年年，罗京以他超级的稳定感，高度的信赖感，有声语言的高水准，形成了国家电视台新闻主播的独特气质。26年时间，3000多次播音，他以从不出错的状态，为全国观众开启一扇窗口；他，成为观众的心理期待，成为全国人民的罗京。

当然，罗京不是永远不出错的机器，他也有内心的波澜。听岩松说，罗京的儿子出生那一天，他罕见地出错了，重录了。还有，他总是奉命随领导人出访报道，而当他岳母去世，春节将临的时候，他选择留下，在家陪妻子，减轻妻子失母的伤感。有情有义有趣，这就是罗京。

他离开了我们，我常常想起的是他的声音，那标志性的声音。那声音冷静、坚定、客观，每当大事发生，我们总会听到这样的声音，它是记录了时代变迁的声音。

如今，这样的声音不再。

我曾经建议，在母校中国传媒大学的校园里，为罗京竖立一座塑像。他是母校的骄傲，也是师弟师妹的榜样。我想象，在校园里，在播音前辈齐越教授的塑像旁，如果竖立罗京的塑像，有一种延续感，传承感。罗京作为优秀的学子，作为新时代话筒前的佼佼者，会有激励后来人的力量。

校长同意了这个建议。但雕塑初步做出来，征求意见时，没有得到家人认可。是啊，我深深理解，家人的意愿首先要得到尊重。也许，神形兼备地再现罗京，是很难的；也许，罗京家人更愿意以另外的方式纪念他；也许，低调的罗京不愿意这样。

现在，回想起罗京，耳边，便是他的声音。

杨台，你的背影

2014年9月20日晚上，中国传媒大学的校园里一片欢腾，母校60年校庆正在进行中。很多台里的同事都是校友，在台里也许都不易遇到，这时，不约而同地回了母校。主持校庆晚会的八位主持人，大部分是中央电视台的，白岩松作为大师兄，对学弟学妹侃侃而谈。

我在观众席，看着校友的节目，等候我将参与的访谈环节。

22：41，白岩松发来短信："杨伟光台长去世了。"

我一惊，台上歌舞依然，那些图像那些声音似乎都模糊了。

岩松短信又来了："唉，没杨台没我今天。"

不仅是岩松这样想，《东方时空》《焦点访谈》的许多人都会这样想。

一夜之间，消息传播开来。第二天早晨，央视同事姜诗明写下这样的诗：

　　这个夜晚
　　突然熄灭了一盏灯
　　他曾照亮东方时空
　　……
　　您的离去
　　定格了那十年中国电视历史性的启蒙

杨伟光在任期间，提出"新闻立台""精品工程"，创办了《东方时空》《焦点访谈》《新闻调查》《实话实说》等栏目，在新闻改革和舆论监督的旗帜下，集合了一大批有志有为的年轻人，白岩松、水均益、小崔他们也在其中。在90年代中后期，《焦点访谈》引起社会强烈反响，创造了中国电视新闻的奇迹，收视率曾达到35％，成为新闻改革中的引人注目的电视现象。也正是在那时，很多人的新闻理想得以实现。

头七,在南院,也就是央视评论部栏目聚集的地方,大家自发地聚在一起,以民间的方式追思杨台长。杨台长的照片在南院的鲜花中,音乐低回,那是二十多年前《东方时空》的东方晨曲。杨台长生前并没有来过南院,但这里的很多栏目是在他在任时创办的。杨台遗像后面,是评论部的部训:求实、公正、平等、前卫。遗像前,摆放着大型系列纪录片《点燃理想的日子——东方时空传奇》。

《东方时空》一些元老级的同事来了。他们有的早已离开《东方时空》,但在这样的时刻,他们回到这样的地方,来怀念,来倾诉。

"杨台成就了很多人的事业,甚至改变了个人命运";

"他建立的机制激发了我们生命能量";

"他给我们带来职业尊严";

"我们在最好的时光,遇到最好的平台";

"他的改革形成了创新气氛,成为一代人成长的背景"。

众口是碑,在很多人异口同声都这样说的时候,就更看得清杨台长留下了什么。也许,他搭建的平台锻炼培养出的人,是他留下的最宝贵的遗产。

在央视这艘大船上,杨伟光台长就像船长一样,有判断,有远见,告诉船员前面的方向,让船员齐心协力,让船员踏实成长。微信里,也传来各种各样的评价:拓荒者、破冰者、有担当的人。

杨台长通常是在幕后,那次去延安,我碰巧拍下了杨台长在镜头前的情景。

那是1997年,心连心艺术团在延安演出,万人空巷,一票难求。我在采访中遇到一位老大爷,他从老远的地方赶来,可是他没有票,在细雨里,老人披着化肥袋子,眼里满是渴望。我在现场遇到杨台长,就把老人的情况告诉了他,杨台长立刻决定给老人送票。他诚恳地说:"带老伴去看吧!"老人说:"老伴不在了,一张票就够了。"我们的镜头拍下了他们的交流。在人山人海的大场面里,这个细节,很温情。杨台长嘱咐:这个镜头就不要用了。我说服杨台长:这是咱电视台和延安老乡的交流啊!后来,我把这组镜头编进了《焦点访谈》里。

现在回想,那是多珍贵的镜头!

年底，各种回顾各种盘点，北京大学电视研究中心《2014中国电视掌声嘘声》发布。关注了年度电视现象之后，我在英杰中心阳光大厅的主持台上告诉大家，下一个环节：特别致敬。

几百位与会者起立，听到了这样的致敬：

> 杨伟光，一个半路出家跨入央视的资深新闻人，一个在知天命之年领导中国第一媒体破浪前进的改革家，其一生的辉煌与中国电视的光荣与梦想密不可分。他是中国电视产业最早的拓荒者，他的拓荒不仅仅是体现在他开创了什么栏目、提出了什么观点，更在于他用实际行动推动了央视媒体思维观念的进步。这对于当时资源匮乏、道路不宽的央视无疑是一种载入史册的探索。从弱势媒体到中国第一媒体，从贫困户到纳税大户，从建设国家级大台再到建设世界一流大台，中央电视台的改革和发展走过了一段不平凡的路。人们不会忘记这位改革者，他对于中国电视事业的贡献无疑将成为那个时代和电视人心中一座永远的丰碑。

台下的年轻人也许对杨台并不熟悉，研究员们描绘着每个人心中的杨伟光。我说："如果在一个特定的时空里，优秀作品成批量出现，优秀人才成批量出现，那一定与一种理念一种机制相关。杨台，就是推进先进理念和机制的人。"

台上，是"50后""60后"；台下，是"70后""80后""90后"。伴随电视成长的几代人，向那远去的背影，致敬。

我遇到你
Encounter

08
通天塔

上海踩踏伤亡、哈尔滨大火、云南巍山大火……没想到，告别2014，走进2015，本应带着喜气的日子，竟然伴随着接二连三的重大事故，让国人心惊、心痛。

每当有突发事件，我的第一反应是报道，从记者的角度去关注。然而，紧接着，我的关注就不能仅仅是报道的角度了。

从新媒体到传统媒体，报道在持续，问号一个个涌来：
大型活动改址的信息传播是不是足够充分？
有没有最大限度运用媒体广而告之？
火灾的官方通稿为什么招骂？
官方为什么禁止转发相关消息？
危机后有的举措为什么忽视民众感受、缺乏人文关怀？
为什么展示领导重视和介绍灾难篇幅不对等的"八股文"屡见媒体？

从震惊到对生命的惋惜，从民众质疑到问责，一时间，各种媒体都在发声。事故本身是热点、焦点，与事故相关的舆情也不断升温发酵，形成新的热点、焦点，有的现象甚至成为灾难之后的"次生灾害"。

舆情是怎么形成的？危机如何应对？怎样运用媒体去沟通？舆论浪潮汹涌，推着我超越记者自身角度去思考。

彼此听不懂，甚至不想听

《通天塔》这部电影曾经让我感慨万端说不出话来，后来，又让我为此说很多话。

通天塔，本是圣经故事。大洪水过后，人类想建起一座通天塔以躲避灾难。上帝不想让人类修成这座塔，于是，就想了一个办法，让人类说不同的语言。从此，语言的差异使人们再也不能顺畅地交流，相互之间沟通遇到障碍；于是，误解、隔阂产生，纷争、矛盾层出不穷，人们再也不能齐心协力去修塔了；最终，人类没能建成通天塔。

如果只是听圣经故事里的"通天塔"，我不会受到这样的触动，而电影《通天塔》借用了圣经故事作为隐喻，讲的是人世间的故事。一个个偶然，一个个线索，让不同国家不同背景的十几个人有了关联。摩洛哥的小男孩、日本的姑娘、墨西哥的保姆、美国的夫妻，他们之间各种纠结，各种冲突，几乎都源于沟通的不畅，不同"语言"的沟通障碍导致不幸的悲剧，甚至付出血的代价。

电影把人之间的沟通障碍集中了，戏剧化了，因而有了触目惊心的效果。看了电影，我久久琢磨通天塔的启示。在我们身边，不也常常有《通天塔》在上演吗？

现在有那么多现代手段，可以让人的关系接近，通信、交通、媒体、网络缩短着人们的距离，地球成了一个村。然而我们看到，在一些时候，人心的距离却那么远，似隔着鸿沟。

比如，医患关系，这是自古以来人和人之间最值得珍惜的一种关系，是生命相托的关系，却已经恶化到如此程度！每一次看到医患矛盾医患冲突导致伤医事件的报道，我都有心痛的感觉。这是让人难以接受的社会悲剧，这一次看到的是别人，下一次受伤害的可能就是我们自己。

师生关系本应是传承文明的关系，干干净净的关系，有敬有爱的关系，而在一些地方变得如此扭曲纠结：不送礼要挨老师骂，不性侵学生得写进教师规定，幼儿教师残酷虐童，中学生以暴力对老师，种种骇人听闻的消息让人为未来担忧。

是因为利益，还是因为差别，不同社会群体、不同阶层之间，怎么会有那么多的距离、隔阂、冲突？！人和人之间有多少对矛盾在我们面前：城管与商贩、交警与司机、官与民、富与贫、开发商与农民。一旦遇到事了，你说你的，我说我的，人们说着相同的语言，又说着不同的"语言"，相互听不见、听不懂，甚至不想听，于是，"白天不懂夜的黑"。

人们变得焦虑、暴戾，没有耐心好好说话，不会有效沟通；说不通，就争吵、械斗、互殴，有的矛盾升级，演变成恶性事件。

不仅是人与人之间的沟通不畅，人内心的矛盾也日渐突出，心理失衡现象出现在不同人群中，"抑郁"几乎成了常用词。缺少沟通加剧了人内心的种种纠结冲突，而内心纠结冲突有时就会外化成危害社会、伤害他人的极端行为，无辜的人们，甚至孩子都可能因此遭遇伤害。不幸的个体也会给社会带来不幸，不安的不仅是当事人。

悲剧没有看客。

沟通障碍频频发生，原因各种各样，当然远不只是《通天塔》中不同语言的差异，更有现实生活里社会、政治、经济、民族、文化的差异和冲突。

飞速变化，多样多元，人们遇到的沟通困惑也愈发多起来。我们为变革兴奋着，也为那些麻烦难受着，是不是应了那句老话呢：我们赶上了一个最好的时代，也赶上了一个最坏的时代。

矛盾凸显，多事之秋，让我们赶上了。这时候，我们能做什么？

如果我们有沟通意识，如果我们有沟通的能力，如果我们的沟通更有效，会不会减少些冲突和悲剧呢？沟通是这个时代的需要，上下左右的沟通，直接影响着人与人的关系，影响着社会的精神面貌，也影响着我们生活的品质。

而媒体的角色，就是职业的沟通者。

我们可以做的虽然有限，但至少，在沟通上，还是能有些作为吧。

矛和盾，能对话吗？

我并不是在采访。

我们在进行另一种交流。

我对这些"长"们说：在做舆论监督节目时，我发问，您回应，我是用矛的人，您是用盾的人。而此刻，在这里，看似对立的人，矛与盾之间为什么会有这种交流？

我停了停，猜想"盾"们会怎么想，也许《焦点访谈》得罪过他们啊！

"矛"又开始说：因为，在我们相遇的时候，不管是用矛还是用盾，我们都有一个共同的身份，就是沟通者，而且是专业的沟通者。我们共同面对着社会的一些结，公众想解开的结。在新闻发生的现场，我们遇到了，不管各自站在怎样的一个角度，都是要为社会为公众解开这个结。我们的目标是共同的——促进社会的有效沟通，这就是彼此能够交流的原因。今天，在这里我们坐在一起，这种交流本身，就是进步。

我的目光在问："盾"们同意吗？

这样的交流，近年越来越多，它始于政府信息公开的实践，始于新闻发言人制度的建立。

最早的新闻发言人在中国出现，是个新鲜事儿。信息公开成为中国的现实需要，专门沟通的人、促进沟通的制度，应运而生。

从 2001 年开始，中国政府各部委和各省市建立了新闻发言人制度；2003 年非典之后，信息公开成为更强烈更普遍的要求，新闻发言人随之有了进一步的普及。在最初的学习培训中，新闻发言人从头开始，认识自己的职责，适应自己的新角色，掌握信息公开的技能。

在新闻发言人的课程表上，有这样一课：记者眼中的新闻发言人。白岩松和我被约来和新闻发言人谈这个话题。

我有点意外，当时，我也是第一次面对这样的交流。

培训在我母校进行。中国传媒大学培养了众多记者，而这次，第一次迎来站在记者对面的新闻发言人身份的学员。面对一教室的新闻发言人，从哪儿说起呢？

我从两段往事讲起。

我曾经在1993年采访贫困地区教师流失、学生流失现象，回到北京，忧心忡忡，有一种急迫的愿望，为了孩子，赶紧报道。我向教育主管部门咨询，了解相关的数字，那边冷冷回答："不能你要数字，我们就给你。"

还有一次，约好了采访职工就业保障的问题。我们匆匆赶过去，那边又说，"我们部领导说不便谈，采访取消。"站在那机关大门口，我压着火，是不是该面对镜头，背后是机关的牌子，直接告诉观众，人家拒绝发表意见？但后来，还是讪讪地走了。

我的同事在全国各地采访，被拒绝，"无可奉告"，早已经是家常便饭，每个《焦点访谈》记者都有被拒绝的经历。这拒绝，其实是对信息公开的态度。

而此刻，在这间教室，我面对的是新闻发言人，是专职的与记者打交道的人，是信息公开的直接执行者。他们现在的姿态是了解记者，与记者对话。

看着他们，我由衷地说：历史进步就在眼前啊！

为了信息公开

我眼中的新闻发言人是什么样？用通俗的话说：有人缘，会说话。他乐于与人打交道，友善平和，在人群中如鱼得水，特别善于与各色人等打交道；深谙沟通技巧，有成熟的处事经验，有丰富的人生阅历；对相关业务熟悉，对舆论敏感，有深入浅出谈问题的能力；熟悉国情民心，洞察社会心理，是化解矛盾的高手。

而记者与新闻发言人的关系，是互为桥梁的关系，以我媒介，传你内容，好的沟通能够共赢。通过媒体与社会公众沟通，新闻发言人的实践将改变信息不公开的历史。

自从教育部有了新闻发言人王旭明以后，我们采访再也没有被拒过，问些数字、资讯，不但详告，还有讲解。

在最早的新闻发言人中，王旭明是形象鲜明的开拓者之一。这位当过记者也当过官儿的发言人对于"公开"，有一种发自内心的自觉。他的热诚，他的投入，他的探索，他的冒险，似乎都缘于他对公开的追求。作为教育部的新闻发言人，他发布的信息连着千家万户，有着很高的关注度；他的个性化的交流方式令人耳目一新，也引来一些议论。

难得的是，他离任时，官员、记者、学者、网友从不同的角度肯定他的实践。赵启正说，王旭明是第一批发言人中广受中外记者欢迎的佼佼者。电视人康辉感叹，他的真性情在身处一个特殊位置时显得尤为难得可贵。媒体专家董关鹏评价，他率性机敏，是新闻发言人的先锋代表。俞敏洪说，中国最难的是公开，最让人感动的也是公开，旭明公开了他的教育观点，更公开了他有血有肉的人性和良知。徐小平说，旭明敢说真话，敢说实话，敢说心里话，在中国政坛上掀起罕见的清新亲切的话语氛围。网友说，王旭明的"发言"不归俗，不滞后，不失原则，喝彩！

我想，这喝彩不仅仅是给王旭明的，他是新闻发言人制度从无到有的见证者、实践者，他和同行们为与公众沟通所付出的努力，为提升政府影响力而奉献的智慧，值得喝彩。将来，当"沟通"被更深理解，而不再是面对重重隔阂的时候，当"公开"成为平常，而不再成为新闻的时候，人们会记得王旭明的作为。

新闻发言人是个新角色，面前有太多空白和未知，充满了挑战，是个高风险的活儿。我们看到，中国的新闻发言人在为信息公开蹚路，开拓着空间，摸索着边界，试探着深浅，那份艰难，他人很难理解。

外在的制约，内在的顾虑，都在影响着新闻发言人的成熟。有的新闻发言人很少发言，有的不到万不得已不发言，有的被动交差，还有的由于各种原因不得不中断了新闻发言人的职业生涯。

原铁道部的新闻发言人王勇平在"7·23"动车事故发生后，承受了很多批评指责，然而，应该在这一事件中吸取教训的不仅仅是他一个人。在事故之后的信息发布过程中，有没有违背传播规律的做法？舆情形成的过程有及时把握吗？不同舆论场的不同声音反映出什么信号？王勇平告别了新闻发言人的角色，他的背影让我们这些和新闻发言人打交道的人，不免一声叹息。

每年人大政协两会上，中外记者云集。我心里有双重期待：获得信息、见到德高望重的资深新闻发言人。

当赵启正出现在记者面前时，我的关注点不仅是他说了什么，还有他是怎么说的。他的热忱态度首先赢得记者好感，他的清晰思路，他的个性语言，他的洒脱举止，展示了成熟的中国新闻发言人的形象。他曾说，事前，他和工作班子用迎接高考的状态为新闻发布会做周密准备，他们预想的范围几乎能够覆盖记者的提问，所以才有行云流水般的交流。很多年轻的新闻发言人把赵启正看作自己的启蒙导师，他直接推动了中国新闻发言人制度的建立和人才培养，使得新闻发言人有自觉、有能力发出中国的声音。

全国人大新闻发言人傅莹出现在记者面前，让人眼前一亮。她典雅而亲和，知性而干练，细腻而果决，成为众多记者喜欢的发言人。她说的都是国事、大事，很硬的话题，而她那种话语体系是亲和的、个性的、有效的，那种交流沟通的艺术是富于美感的。我从她身上感受到沟通者的魅力，这种难得的魅力使得各方人士更容易接近两会、理解两会，使得世界更容易听懂中国的声音。

你遭遇过记者吗？

不知不觉间，以沟通、公开为主题的交流逐渐扩展，从新闻发言人到政府官员，从医院院长到学校校长，从企业高管到社会团体，从检察官法官到警察，从科技人员到在校大学生，这样的交流越来越广泛。以媒体沟通为主题的交流内容成为中国传媒大学等院校常设的培训课程。

我有时感到意外：小学校长也有这样的需求吗？军人也有这样的需求吗？

意外之后，又欣慰。大家在意沟通，有了培养媒体素养的需求，人际关系会更友好，社会面貌会更健康，好现象！我作为媒体中人，也在交流中梳理了自己的观察、积累和经验，以另一种角度看沟通，知己知彼，这种分享的感觉挺好。

我常在课堂上问学员："你和记者打过交道吗？遭遇过媒体吗？"

举手的人渐渐多起来。

以往，和记者遭遇就意味着"出事了"，而现在和媒体打交道日益成为常态。在今天的环境里，躲得开媒体吗？

早上醒来，或拿起遥控器开电视，或拿起手机看微信，一个个体的人立刻就和世界连接起来。开车听广播，地铁上看客户端，到办公室看报，随时随地上网，这已经成为现代人的生活方式。今天，媒体高度发达，无孔不入，日益成为人们的认识工具和表达工具，成为社会庞大机器运转中的齿轮，成为一种制衡的力量。失去窗口，失去渠道，失去坐标，这对现代人来说是难以想象的。如果没有媒体，世界将会怎样？

公众有诉求，要实现自己的知情权、表达权、参与权、监督权，会借助于媒体。社会在进步，公民有着越来越多的自觉，要通过舆论监督的方式实现自己的权利。技术在更新，人们有越来越多的便利条件实现监督，到处都是镜头，到处都是话筒，人人都是记者。这样的媒体环境，怎么躲得开呢？

如果说公民权利的实现是自下而上的要求，还有自上而下的要求，这就是 2008 年《政府信息公开条例》开始实施，这就从政府的层面、国家的层面做了制度性的规定，对于公开和沟通，不是愿不愿意，而是必须，是刚性的要求。如果该公开的不公开，就可以问责。

不是领导，不是要害部门，不是前沿岗位，总可以不和媒体打交道吧？

面对这样的问号，我眼前出现两组电视镜头：

日本地震引发海啸危及核电，中国一些城市传言食盐可能污染，旋即形成抢盐风波。超市食盐瞬间抢光，市民顿生恐慌心理。于是，商家连夜行动补充货源，大批食盐上架，媒体自然也连夜行动紧盯这一事件。次日的早间新闻里，一位超市大姐对着镜头告诉大家："盐很多，别担心。"在这个特定的事件里，这位卖盐姐就和电视打了交道，成了一个特定的"发言人"。事前，她怎么能料到呢，遥远的地震让她在家门口遭遇了媒体。

做档案工作通常不在公众的视线之内，而七七事变纪念日，很少露面的档案工作人员出现在我们的镜头前，给观众讲解新公布的日军侵华的档案罪证。可能连他们自己都没有想到，与"故纸"打交道的档案研究人员和保管人员，也从密闭的档案库里走到镜头前，也通过媒体和公众打交道。

只要担任一定的社会角色，随时随地可能会遭遇记者。

新闻发言人、官员、领导干部负有更大的责任，这个社会角色就决定了，他是躲不开媒体的。通过媒体来与工作对象和公众沟通，这就是题中应有之意，这就是工作的一部分，这是社会角色决定的。当遇到了某个新闻事件的时候，就会直接面对媒体，随时成为发言人、当事人、焦点人物、目击者，甚至众矢之的。

和媒体打交道，通过媒体与社会沟通，是现代人的一种沟通方式，也是现代领导人的工作方法。

既然躲不开，那就得自问：准备好了吗？

也许，今天一出门，就和记者迎面撞上了。

咱们能像聊天那样说话吗？

我正在采访一位官员。
原来就认识，所以，见面寒暄，气氛轻松："最近天儿不错。"
那，我们开始？
他立刻收起笑容，站直，目视前方。
"我们做这件事的思路是什么？"
"我们的思路是，1……，2……，3……，4……，5……"
他眼前好似有个红头文件。
"我们能像刚才聊天那样说话吗？"
"好，1……，2……，3……"
唉！是什么让他变成了另一个人？

与电视打交道，对很多人来说，还真有点儿特殊。我在采访中，琢磨自己怎么发问，也在观察对面采访对象的状态。

常常遇到采访对象平时思路清晰，口才不错，谈笑风生，可是面对镜头和话筒，却往往失去自然，失去灵动，甚至失去常态。眼见着，人紧张起来，状态僵持下去，思路不畅、语无伦次。

如果说，某一个人出现这样的状态是偶然，一些人出现这样的状态是现象，而很多人经常出现这样的状态，那就可能涉及到人们普遍的媒介素养了。毕竟，与电视打交道对很多人来说还是新鲜事，而媒介素养的形成也需要时间和环境。

想一想，咱们当学生时有多少口语表达的训练？有多少机会当众说话？有没有讲出自己独立见解的环境？没有从孩子做起，基础教育在这方面的缺失延续到成人阶段，影响到国民媒体素养，影响到国人的面貌。在电视镜头前，这种缺憾更突出了。对很多成年人来说，面对着媒体素养的自学和补课。

电视的记录和传播有自身的特点，我和学员们一起琢磨：

- 问：电视采访对你形成怎样的压力？

  答：确实和报纸记者采访不一样，我不怕和他们谈，我晕你们电视。
- 问：为什么会在镜头前紧张？

  答：就是啊，为什么呢？总好像有人盯着我似的，哎，我该不该看镜头啊？你们那灯光一亮，人就不自在。
- 问：话筒前的语言和会议语言有什么不同？

  答：嗯……有啥不同吗？上次和电视连线，我就是照着会议上的汇报稿念的。
- 问：接受采访时怎样才能保持好的镜头前状态？

  答：对呀对呀，我准备挺充分的，怎么和平常不一样呢？我平常还行。
- 问：如何在众目睽睽之下有从容的口语表达？

  答：观众确实让人有压力，不大敢看他们的眼睛。保险点儿，我还是念稿。
- 问：视听手段与文字表达有什么区别？

  答：区别？区别……
- 问：怎样让电视表达有个性风格？

  答：还是先不谈个性了吧，低调。
- 问：文件公文的内容怎么转化成面对面的交谈？

  答：不好转化吧，用转化吗？

  …………

看来，可探讨的空间真的是不小呢！这对双方来说，都是课题。我用自己的职业经验与新闻发言人交流时，总是怀着这样的期待：与电视打交道的人们对此有所了解，有所准备，至少会少一些被动，少一些尴尬，多一些有效沟通，在障碍面前，打开一道门。

我是"挑毛病专业户"

"A 市新闻发布会现在开始,刚刚我市发生饮用水污染……"
"这里是新闻会客厅——今天就某小学发生伤亡事故采访教育局局长……"
"我是新闻发言人,在这里澄清一个不实传言,最近某企业发生群体性事件,起因是一个传言……"

情景模拟教学进行中。在参与中国传媒大学、清华大学、国家行政学院对领导干部媒介素养培训的过程中,我很喜欢情景模拟教学。有镜头,有话筒,有规定的具体情景,有模拟的记者。情景尽量靠近实战,记者尽量刁钻。

在特定的情景中,一会儿演播室访谈,一会儿突发事件现场,学员跃跃欲试,兴致盎然,一片活跃气氛。点评学员表现时,我的角色是"挑毛病专业户":

"这位学员,你在镜头前讲话能不用文件语言吗?"
"你的观众多半是在家庭的环境里,民生话题,得说得'老妪能解'。"
"您的切入角度,太官方了,与公众近一点,多一点人之常情,效果更好。"
"这位发言人,注意,再强调一下:突发事件,速讲事实,慎讲原因。"
"这位女士,您镜头前的服饰需要调整,发布负面事件请选用素色服装。"
"你的服饰标志太明显了,分散了观众注意力,可能带来'次生灾害'哦!"
"你课下挺有个性的,为啥镜头前那么收敛?"
"如果有适度的个性表达,更有魅力,更利于被观众接受啊!"
"你能不能说出一句过耳不忘,能当电视导视的话?"
"您能在 30 秒内说清楚吗?"

不管什么"长",什么"主任",在这里都是学员。他们大都乐于得到提醒,在这里挑毛病越多,将来遇到的麻烦可能越少。在教室经历了镜头前话筒前初次体验的学员,有点儿新鲜,有点儿兴奋,有点儿收获,他们说,先在模拟情景里热身,以后真的遭遇记者时,就会多一分准备,多一分自信。

新闻发布会模拟现场。我是"挑毛病专业户"。

我这个"挑毛病专业户"给官员挑的最多的毛病就是：官腔。官员是最经常与媒体打交道的人，他们的官场痕迹几乎是普遍存在的。官腔，从来就不是褒义词，它既表现在态度上，也表现在语言形式上。但很多官员并不觉得是个事儿，使用书面语言、文件语言，已经成为习惯。而面对镜头话筒的时候，面对不同人群时，这惯性就可能成了交流障碍。

我用自己的尴尬经历提醒官员们。

在采访山东农民产业协会时，我提前请教了专家。专家说：协会的组织形式是一个协会，下面几个分会，再辐射到村庄农户。于是，我到了村里采访养猪分会的会长。

我胸有成竹地开口问："会长，你这个分会辐射了多少农户啊？"

啊？会长愣住了，满脸迷惑："对不起，记者同志，什么叫辐射？"

我万万没想到，我和专家在书斋里说得那么顺的"辐射"，在村里农民面前是个生词，生词一出，采访中断。更尴尬的是，我一时竟换不出一个更合适的词来，识文断字咬文嚼字的人，词穷了。

会长说："别叫我会长，我就是个养猪头儿。"

"那，你这个养猪头儿管着多少家呀？"

"管"，也不太确切，但在那种语境里，比"辐射"好得多。

这就是对自己语言惯性缺少警觉的教训。我之所以拿自己的糗事当案例，就是想让官员们分辨出，媒体语言和官场语言是不同的，文字表达和口语表达是不同的，见什么人说什么话，是一种沟通的能力和素养。

我们不是敌人

我常常这样建议：如果在突发事件的现场和记者遭遇，你不由自主心生敌意的时候，不妨换个角度，这样想，他怎么来了？对，他是记者，记者就是奔着事儿来的。眼前出了一个大事，我是负责人，我来处理危机，我在这儿；他是记者，他来报道这个新闻事件，他在这儿。我们因这件事而相遇，彼此各尽其职，他尽他的职，我尽我的职，相遇以后看谁更专业。

这样想，会不会心平气和一些？

"防火防盗防记者"，记者常常被当成敌人来防备。记者在很多新闻发生的现场都会遇到阻力，在采访调查过程中经常会面对拒绝，有的记者在进行舆论监督时遭到报复，我的同事在报道过程中甚至还被非法拘禁。我们看到了太多敌视的目光，那目光充满了戒备和对立。

带着这种敌意，冒着火星儿，带着硝烟，怎么能形成有效的沟通呢？

我们不是敌人。我们相遇，不是为了打架，不是为了发泄情绪，不是为了事态恶化和升级，而是为了沟通信息，促进难题的化解。

在我们身边，经常会看到缺乏媒体素养的人，带着敌意，带着情绪，不想沟通，不善沟通，事前不用媒体广而告之，事中不给媒体提供有效信息，不能给公众解惑，反而是意气用事，火上浇油。如果这样的人在一个重要的位置上，可能给社会带来不幸，自身也会付出代价。

今天，自媒体已经成为人们得心应手的监督工具，"防火防盗防记者"那一套还管用吗？媒体多元格局下，到处都是镜头，人人都是记者，防不胜防，以记者为敌，岂不是处处树敌？拒绝媒体、阻挠记者，显然是缺少智慧的举动。还是学习运用媒体吧，了解一点信息传播规律和舆论形成规律，好好说话，好好沟通。

我们不是敌人，我们也不是亲人。即使是做正面报道，记者也不是亲人。有的人觉得，和记者很熟，称兄道弟拍肩膀，但是，记者就是记者。亲人是什么关系啊？利益高度一致，护短，遮瑕，任性，不怎么讲原则。亲人能理解表达中的过头话、气话，能忽略不计。记者不是，记者听到的任何一句都可以传播，就像警察听到犯罪嫌疑人说的任何一句话都可以当作证据。记者用他的新闻价值角度来判断传播意义。如果遇到不大靠谱的可能有麻烦的说法，记者没有义务像亲人一样去护短，他可能去传播。这样说，是提醒接受采访的人：有分寸。

不是敌人，也不是亲人，是什么呢？是对手，对手是可以相互激发的，这种关系有点像竞技场上运动员之间的关系，互相激发可以显示出各自的智慧。当我们相遇的时候看谁更专业，是矛问得更专业，还是盾答得更专业。

媒体素养和沟通能力该不该是衡量人、选拔人的硬指标？也许一些人还没有意识到媒体素养和沟通能力会影响处世，影响人生质量，影响职业前程。现在，是时候了。同媒体打交道是一个社会人必须具备的基本能力，而官员们高管们同媒体打交道的能力，更应当成为评价和考核的重要指标。

媒体越来越发达，沟通越来越必要，在今天传统媒体和新媒体共融的环境里，新现象层出不穷，一不留神，就 out 了。以往媒介素养教育缺位，现在也到了补课时间了。如同 50 年代提倡认字扫盲一样，现在提倡认识媒体，特别是认识新媒体，该告别媒体盲了。

今天，在新媒体环境里长大的孩子们，如果能多些媒介素养的熏陶教育，未来国民的面貌将会很不一样。

2015 年初，《焦点访谈》播出了太原工地农妇非正常死亡事件调查。我主持这期节目时很揪心，这样的悲剧本不该发生。事情的起因仅仅是因为没戴安全帽不能进门，纠纷变成冲突，冲突不断升级，酿成命案。如果从一开始，大家都心平气和，好好说话，达成有效沟通，如果该守法规的守法规，该执法的严格执法，怎么会发生这样的生命悲剧？

这悲剧，又一次让我想到电影《通天塔》，这几乎就是现实版的《通天塔》。

通天塔的故事，还得讲下去。

我遇到你
Encounter

09
每个生命都有权利发光

红叶，漫天红叶，飘飘落下！

　　我恍若在梦中，仰望片片红叶在夜色中纷纷扬扬，散落在北京鸟巢，落在人们的头上、肩上。这是怎样的意境啊！成千上万的人沉醉了。鸟巢，在2008年的秋天，盛满了奥运的激情与欢乐。此刻，在残奥会闭幕式上，兴奋的人们眼神中有惊喜，更有留恋。

　　我的眼睛湿润了，停下来吧，真美啊！

　　这种感觉只是以前在美学书上看到过，在至美的瞬间，在某种意境里，产生"停下来"的意愿，但我很少亲身体验过，此刻，我强烈地体验到了，我就在至美的意境里。

　　我不善体育，很多项目、很多运动员，对我来说，都是盲点。那一次，不知为什么让我去体育风云人物颁奖典礼当颁奖嘉宾，我懵里懵懂，一直在问：获奖的那是谁？干什么的？马拉多纳来京时，我凑热闹进了足球场，大部分时间是在看观众，看观众如何狂热，如何好玩，球踢成什么样，我完全看不懂。

　　奥运来了，没想到远远超越体育的奥运这么深地影响了我，也成为我职业经历中充满美好亮点的记忆。

孩子，你不白瞎！

"谁说那个在村道上奔跑的少年，不是明天的刘翔？"

我一下子被这句话打动了。

这句话出自奥运之年的 CCTV 电视公益行动——到农村，到偏远地区，寻找天才体育少年，走近那些有体育天分却缺少训练条件的孩子，帮助他们圆梦。制片人姜秋镝给我一份策划案，这主题词让我怦然心动。

当北京迎奥运如火如荼的时候，我们到乡下去了。在东北佳木斯桦川县的村道上，我们见到了一个奔跑着的女孩儿。

她叫韩笑。普通的村庄，普通的人家，不知为什么，出了这么一个能跑的女孩儿，她在同村的孩子里是跑得最快的，在学校里也是最快的。她不但善跑，还喜欢唱歌，在尘土飞扬的村道上，她常常一边跑一边唱歌，那是这个东北丫头心里最敞亮的时候。

我们来到学校的操场。那操场就是教室前的一片空地，沙土中长着些杂草，坑坑洼洼。老师说，如果大雨天连阴天，操场积了水，学生们就得耐心地等着，等太阳出来，晒上几天，才能进操场。我看到韩笑和同学们用粗绳拽着旧车轮，在凹凸不平的操场跑。体育老师说，学校没有什么器械，就用这土办法练体能。小姑娘脸通红，流着汗，仍然拉着车轮一趟一趟地跑着。

我问老师："你们还有什么器械？"老师把我领到一间仓库，我看到几个黑色的旧轮胎，几个篮球，几个灰蒙蒙的垫子。一些硬纸板被剪成球拍形状。

"学生用这个打羽毛球。"

我问："啊？那，球呢？"

"这就是。"

老师拿出了他们的"羽毛球"。那是用矿泉水的瓶子做成的，剪去大部分瓶身，瓶盖保留着，向下延伸七八公分，把边缘剪成羽毛状，这就是他们的羽毛球了。这些"羽毛球"放在纸盒子里，我带走了一个，回到北京，让很多人猜："这是什么？"没有人猜到。

韩笑和同学们就这样，上着他们的体育课。而这样的体育课，也不是所有乡村学校都能开出来的，有的偏远地方，没有体育老师，学生在外面跑跑跳跳，就算是体育课了。韩笑还算幸运，他的老师发现了她的天赋，尽其所能培养着她；她很有信心地唱着，跑着，一直跑到了县里的运动会上。

在县里，她又跑出了好成绩，兴冲冲地享受着喝彩，却听到大人们在谈论她："这孩子在咱们这儿，白瞎了！"东北话里，"白瞎了"的意思是：屈才了，浪费了，可惜了。

小姑娘跟我说起这件事的时候，虽然脸上还笑着，目光里却有了些复杂的东西。她的身后就是她的家，她的村庄。在这片土地上，不知有多少这样的少年，他们活泼的生命里，潜藏着能量和才华。可是，他们只能在有限的天地得到展示，也许偶尔被发现了，也许从来没有机会被发现，也许连他们自己都不知道自身的天赋和潜力，青春就这么过去了，梦想的年龄就这么过去了。对很多农村少年来说，没有机会被发现，没有机会绽放，没有机会听到喝彩，这是多大的人生遗憾！

我看着韩笑，语气肯定地告诉她："孩子，你不白瞎，你有才能，你有本事，不白瞎！"

斜阳照着小姑娘的脸，很有神采。我问她："眼前，你有什么愿望？"

"愿望……嗯……到塑胶跑道上跑一次！"

韩笑说，她只是在电视里看到过那种红色的跑道，却不知道哪里有这样的跑道，她在村道上跑来跑去的时候，心里常常在向往着遥远的跑道。

一个小小的梦想！我们来帮她圆梦。

我们开始寻找。

县里，没有；市里各中学，没有；体育场，没有。终于打听到，在佳木斯大学，有一条塑胶跑道，那是当时全市唯一的。我找到体育学院的赵院长求助，他立刻说，请她来！他还细心地准备了崭新的运动衣裤和运动鞋，粉白相间的颜色，很配小姑娘。我心一暖，他一定是个父亲，好有父爱啊！

韩笑怯怯地来了，远远地，她看见了向往已久的塑胶跑道，眼睛一下子亮了。

她跑起来，在塑胶跑道上，这个从村道上跑来的女孩儿，那么舒展，那么尽兴，那么美好！

她看见了跑道上的跨栏，兴奋地叫起来："刘翔的跨栏！"她在电视上见过。

看她跃跃欲试，几个学生过来教了她要领，还做了示范。有的还说，我也是农村的，以前和你一样，也没碰过这玩意，你能行，试试？

韩笑起跑，加速，飞身过栏，一遍又一遍，一次又一次成功，一次又一次掌声。

在这个体育场，小姑娘尽情地享受着。

我的目光追随着小姑娘的跳跃的身影。

这里，远离北京鸟巢，没有迎奥运的热烈气氛，没有五环，没有欢呼。然而，我感到，此刻，我们的心离奥运很近，我们在乡村四望，寻找天才体育少年，是在本质上靠近奥林匹克的精神。五环之下，没有角落，每一个孩子，不管他生在哪里，都平等地享受体育的快乐，都应该有机会发光，都可以用他的生命之光呼应五环的光芒。

"你将来想做什么？"

"我想当体育老师。在我们这儿当体育老师。"韩笑像是早就想好了。

"你以后可以来这里上大学，这里有体育师范专业，毕业就可以当体育老师了。"身材魁伟的赵院长俯身说，"我们在这里等你。"

我好像看到了一颗种子。

2008奥运之年，一颗种子播在一个乡村女孩心里。

村道上的
奔跑

如果火炬飘过废墟

"5·12"地震之后，我到四川采访。从成都到德阳，从绵阳到都江堰，路上，经常看到这样的标语：

"迎接 2008 北京奥运会"；

"同一个世界，同一个梦想"；

"距离奥运火炬传递到我市还有……天"。

在一片地震废墟的背景上，有的标语残破了，有的在迎风飘动，这样红红火火的标语让我有一种恍惚感。"5·12"地震，成了一个时空相隔的分界点，奥运火炬传递，那似乎是很久以前、很遥远的话题了。

火炬传递曾经那样让人兴奋，让人盼望，不仅是奥运会举办地天天在唱"北京欢迎你"，火炬将要传递的地方，都在享受着特殊的光荣，都在准备隆重地迎接圣火。而遍布全国城乡的火炬手已经遴选完成，他们都在期待。

我也是火炬手，我太理解火炬手的这种期待。当太阳把奥运圣火在奥林匹亚点燃的时候，我几乎屏住了呼吸。那火，是一种象征，超越种族、国家、政治，超越距离、隔阂、冲突、战争，它凝聚着人类的共鸣。我的目光追随着火炬，看着奥运火炬，手手相传，那是在一个特定的大背景下，一个不寻常的仪式。我期待以这种特别的方式与世界相连，期待那一刻，火炬从自己手里传下去，传下去，一直传到北京奥运主会场，那里的主火炬和千千万万个火炬手相连。

地震了。似乎一切都变了。残垣、断壁、生命、鲜血、伤痛、泪水，这一切使得那个本来越来越近的奥运变得遥远了，在震区，已经进入倒计时的奥运火炬传递准备工作戛然而止。

走过一条条受伤的街道，走过一个个残破的村庄，我在采访中看到一个个四川人、一群群灾区人。大难中的这些人，挺着、活着，他们的眼神让我怦然心动。我想，人群中，一定也有火炬手吧？他们好吗？他们在做什么？

在那废墟之上标语之下,他们还在想传递火炬的事吗?奥运会越来越临近,他们还有传递火炬的机会吗?

于是,我和中央电视台《新闻调查》的同事们到了都江堰,去寻找火炬手。

走近都江堰,我睁大眼睛望着它。我喜欢的小城,你今天是什么样子?

进城的入口处,有一种"战时"的非常气氛,路边立着指示牌:"救灾专用车道"。人来车往,来自不同地区的车辆载着救灾物资向城里驶去。在抗震救灾的各种标语中间,还依稀看得到迎接奥运火炬传递的标语:"迎接6月18日,迎接奥运火炬在都江堰传递"。

本来,这个拥有世界文化遗产的城市,将和奥运火炬一起面对世界的目光,文明的火炬将照耀着这个文明的城市。而生活在这里的奥运火炬手们也和全城的百姓热切地期待着奥运火炬的到来。然而,就在人们一天一天地接近6月18日的时候,"5·12"来了。

都江堰市是"5·12"汶川地震的重灾区,这里80%的房屋受到不同程度的损毁,有13000多人丧生或受伤,经济损失惨重。地震使都江堰受到重创,生活在这里的60多万人民遭遇灾难。

特殊的时期,特殊的地方,我们开始了特殊的寻找。

在一个体育场,我们找到了奥运火炬传递的负责机构,那里还留着先前迎奥运的痕迹,倒计时牌停在了"5·12",工作进程表中断了,工作人员抗灾去了,只有值班人员看守着空空的办公室。我们拿到了都江堰奥运火炬手的名单。

他们在哪儿?过去的闹市变成废墟,我们四处张望。

我们先去找火炬手小王。有人告诉我们,他在那边帐篷里。我们走过破损的街道,经过倒塌的楼房,地方找到了,却找不到人。编导陈新红一直在打电话,电话那边小王的声音显出忙碌和焦急,他正在乡下处理公务。

"我们去找你?具体在哪儿?"

"我很快回来。等下。"

"噢,又有急事了,得去另一个地方!"

"那我们去等。"

几个回合,我们追不上小王,却知道了他有多忙。终于,小王坐在帐篷里,面前，一个大背包，一脸疲惫。

摄制组的陈威递上了烟，我过去从没见过他给采访对象递烟。

小王说："震后，那六天五夜我没有合过一次眼，我那个时候就带了一个很大的包，包里面装得最多的，一个是香烟，一个是抗病毒冲剂。香烟，那几天我们所有在现场的人，包括武警公安，都叫它粮食，吃了就有精神，困的时候就抽支烟。抗病毒冲剂，那几天我一直在发烧，我就把抗病毒冲剂，拿瓶矿泉水兑着就喝了，每天就当茶水喝一样。香烟每天三四包，只要一困马上就抽烟，实在坚持不住了，就掐一下人中。"

我问："除了靠烟，靠抗病毒冲剂，还靠什么支撑自己？"

"我想，还有埋在底下那么多人，我可以想象那些人。如果他当时还是幸存的，他在期待救援，他在挣扎。我绝对不能倒下，因为他们需要我。地震之后，我和我妻子就分开了。她在成都，我在都江堰，昨天见了她第一次面。这是震后第二十九天吧。"

这就是地震中火炬手的样子。我心生敬意。

在都江堰景区，我们遇到了另外一位火炬手阿娇，她是都江堰景区导游。这天，她正在为一批特殊的游客服务，他们是支援地震灾区的医务工作人员。这一天是休息日，都江堰景区特意邀请他们来这里参观。

阿娇如数家珍："水利工程分成三个部分——鱼嘴、飞沙堰、宝瓶口，鱼嘴将岷江水分成内江和外江……"

这里是都江堰的骄傲，地震后，来都江堰旅游的人数降到了最低点。阿娇带我们走进青城山。震后的山，好静啊！静得异样。除了我们，山里竟没有人，以幽闻名的青城山真是幽到了极点。记得上次来青城山的时候，好风景带来好心情，每一阵风每一片绿叶都给人带来享受感，而今天，却没了心情。谈到现在的状态，她很淡定，不惊不急不躁，似乎相信，她的游客会再来。

都江堰奥运火炬手中最年轻的是大学生小欣。第一次遇到这样的灾难，年轻人很有感触，震后，她所在的学校已经成了空城，同学们都回了家，但是在家里看着电视，看着受灾的人们，就觉得心里面特别不是滋味。小欣告诉我们，当时觉得自己应该站出来做点什么。灾难面前，一呼百应，半个小时之内就有两百个志愿者报名参加救灾活动。在金堂安置点，我们看到失去家园的乡亲成为一个临时大家庭。小欣和同学们一起为灾民忙碌着，帮老人、帮孩子，做着很琐碎的事，他们大都是独生子女，干活儿不大利落，但那样子很可爱。

在寻访的过程中，我们看到火炬手没有倒下，他们依然有梦想，在谈到奥运火炬传递的时候，他们既谈到大梦想也谈到小梦想。大梦想就是高擎火炬传递人类共有的梦想。而小梦想呢？就是期待自己在参与火炬传递的时候，能够恰巧安排在自己喜欢的路上。面对不同的火炬手，我问了同一个问题："有没有设想过，最想跑过的火炬传递路线？"

阿娇说，她愿意手持火炬，跑在每天带游客欣赏的游山道上。它传达出道家精神：顺其自然、天人合一。她说着，我好像看见一团火，在绿色的山野飘荡，殷红、橙红、浓绿、淡绿……

小欣说，要是能在校园外的林荫路上传递火炬就好了，震前，那是一条很美的路。学子们来来往往，人也是风景。

小王说，他最希望跑都江堰景区，李冰在两千多年前修建水利工程，给人类留下来了文化遗产。

老陈想的是一个美丽的地方，杨柳河。那里有河，有古建筑，在老城里，是都江堰人喜欢的去处。

火炬手们描绘着他们喜欢和向往的地方，是那样神采飞扬！这些地方加在一起，就是他们的家乡。但那是震前的家乡。而此刻，残酷的现实就在眼前：远山的泥石流就像泪痕，地上的裂缝就像伤痕，家园不再。

震后，在灾区，奥运火炬还能传吗？

"传！"

火炬手们带着泪表达心愿。如果火炬能够在都江堰传递，那是对生命的尊重。灾后传递火炬，更多的是传递灾民的梦想，传递重建的希望，火炬分量更重了。

5月底，消息传来，由于地震，都江堰、绵阳、广汉的火炬传递活动被取消。

我听到这个消息，心里顿时沉了。我眼前一次次出现这样的幻觉：残垣断壁前，人们擦拭伤口，透过泪水，凝视着火炬从废墟前传递。如果，幻想成真，如果火炬飘过废墟，那也许是奥运史上最震撼人心的画面。

火炬传递与都江堰擦肩而过，但火炬手还有异地传递的机会。期待中的

小王思绪万千。我问："在异地传递火炬，当人家知道你是来自都江堰的时候，你希望他们能看到什么？"

他没有丝毫犹豫："坚强。我会举着火炬面向都江堰的方向，向遇难者、向灾难中受到伤害的人们鞠上三躬，然后我会把火炬高高举向天空，我要告诉人们：我们没有倒下。"

来到安澜索桥的桥头，看着江水流过，我有些伤感，为都江堰长叹，为火炬手惋惜。按照原来的方案，这里是都江堰奥运火炬传递的起点，而现在，圣火将不再到达这里。千年等一回，都江堰与奥运火炬失之交臂，灾难留下一道道待解的难题，也给都江堰留下无法弥补的遗憾。在没有火炬的日子里，这里的奥运火炬手们在行动着，他们依然在尽心尽职，火炬在他们心里。火炬所象征的进取、不屈、拼搏的精神与废墟边的人们同在。在我心里，这里依然是起点，这是都江堰人在地震中站起来的继续长跑的起点。

奥运会前，这一期《新闻调查》播出了，标题是《永远的火炬手》。

一个节目，包含了2008年的两件大事："5·12"地震、奥运。它是2008年我的浓缩的记忆。

7月11日，我在哈尔滨参与火炬传递。恰好，我的号牌也是11号。

在松花江边，当10号郑鸣奔跑过来，点燃我的火炬时，我们把两支火炬摆成V形。我们都是电视记者，不管是HTV还是CCTV，我们想传达的都是同一种信念。

终于，我高擎起奥运火炬，奔跑在家乡的土地上，享受着难以言传的美好。

路程怎么这样短啊！转眼间，我跑到了12号朱利安面前。我们携手，黑眼睛和灰眼睛对视，传递世界和平的愿望。

火炬在我手里燃烧片刻，而它留下的热度在我掌心，很久。

回味的时候，想起我采访过的火炬手，这火炬，是他们一路传过来的吧？

这只狗狗，让我流泪

在残奥会开幕式上，我又一次见到平亚丽。以前我采访过她，这位前残奥会冠军还是同样的热情爽朗，而不同的是，她身边多了个伴儿——导盲犬。当时在鸟巢，在万众瞩目中，导盲犬Lucky与平亚丽一起完成了火炬传递。只见Lucky从容不迫，准确地稳妥地引领着它的主人跑向目标，周围的欢呼喧闹都没有影响到它，它只是为主人忠实地引导。平亚丽说："得到了Lucky，我就Lucky了。"

那一刻，很多人知道了中国有了导盲犬。

那一刻，我感受到一束文明的光。

在休息室，导盲犬Lucky非常安静，几乎让人忘了它的存在。它是淡黄色的，体形很大，但并不威猛；它目光温和，却没有取悦于人的表情。我观察着Lucky，你从哪里来？

导盲犬Lucky是从大连来的，那里有我国第一个导盲犬培训基地。

到大连去，我们摄制组带着好多问号——

如果没有奥运会，导盲犬能来到平亚丽身边吗？也许还要晚些年吧。

和平亚丽一样的盲人能不能也得到导盲犬的帮助？

是谁有了培训导盲犬这个念头？

怎样培训导盲犬？

导盲犬给盲人带来什么？

人们接受导盲犬吗？

奥运会后，导盲犬出行有障碍吗？

我们与平亚丽、Lucky同行。摄像机首先记录了出门打车的过程：

在路边，平亚丽对着Lucky，重复着说："Lucky打车，Lucky打车，Lucky，Lucky打车。"

车来了，停下了。"Lucky，找车。"

它懂了，准确地引领主人站在车门边。

平亚丽问司机："我带了一只导盲犬，行吗？"

司机看了看："可以。"

平亚丽上了车，谢意加歉意："谢谢，谢谢。它不会弄脏你的座位，导盲犬现在北京市可能就有两只。一般人都拒载，怕拉狗。但是导盲犬是可以拉的，因为它受过训练。它也不袭击人。Lucky别捣乱，Lucky卧。而且导盲犬有六七岁的智商呢。可能以后还会有助残犬、助老犬。"

司机很职业地说："我们公司对这个有规定，导盲犬是可以上车的。"

平亚丽不大放心："奥运会以后也可以吗？"

司机语气肯定："可以，没问题。"

我们又记录了导盲犬上飞机。

平亚丽与Lucky来到东航特殊旅客服务中心，办理相关的登记手续。

她拿出一叠证件："我需要带导盲犬的训练证，导盲犬的上岗证，导盲犬的免疫证。还要有我们石景山区近期对Lucky体检的证明，免疫证，证明它是健康的狗。"

工作人员一边查验一边说，这是第一次接待带导盲犬的盲人。当工作人员引领平亚丽和导盲犬Lucky从无障碍通道进行安检时，我注意看其他乘客的反应，很平静，没有人说什么，也没人惊奇。办完手续，平亚丽松了口气："Lucky跟了我快一年了，还是第一次跟我坐飞机，第一次引领我坐飞机。"我注意到，她把"跟"换成了"引领"。

为了不打扰飞机上的其他乘客，航空公司安排导盲犬提前登机，平亚丽和导盲犬Lucky被安排在最后一排。平亚丽轻声说："Lucky卧。"整个航行中，训练有素的导盲犬Lucky一直趴在座位下，没有发出任何声音。

机长这是第一次经历导盲犬进入东航的客舱。也许，这可以写进今天的飞行日志。飞行了27年的机长高兴地说："这是我难忘的一天。"

到达大连，所有乘客下了飞机以后，平亚丽和Lucky最后走下飞机。

机场出口人很多，突然，Lucky发现了什么，它穿过人群，兴奋地扑向一个姑娘，抱着她，贴着她的脸，发出急促的呼吸声，那样子，就像小孩见到久别的亲人！

哦，这就是 Lucky 的训导员宋雅楠，是她一手把 Lucky 训练出来的："宝贝儿！看高兴的！"

平亚丽在旁边说："还是你们亲！"

这一幕，好感人。

我们随小宋来到大连导盲犬培训基地。这是我国首家导盲犬培训基地，2006 年 5 月成立。面对基地的创办人王靖宇，我们好奇，大连医科大学的教授怎么和导盲犬结缘的呢？

王靖宇生命中接触的第一个盲人是曾祖母，爷爷车祸去世，曾祖母哭瞎了眼睛，他从小就理解盲人的痛苦和不便。他说："最早有导盲犬的念头，是 1992 年在日本，看到视网膜脱落的人的最大愿望就是能有一只导盲犬，当时有一闪念，我们也可以做这件事。2004 年雅典残奥会的时候，我看到了导盲犬。我想，四年以后奥运会不是在中国嘛！中国还没有导盲犬，该做这件事了。"

奥运点燃热情，从事动物行为研究的王靖宇开始了中国最早的导盲犬的研究和培训工作。而这时，全球已经有 25000 多只导盲犬在为 60 多个国家和地区的视障人士服务。2006 年，中国第一个导盲犬培训基地成立，距离 1819 年全球第一只导盲犬在维也纳诞生，过去了 187 年。

一只导盲犬的成长要经过几个阶段：首先，幼犬 40 天后需要送到寄养家庭生活一年，培养和人良好的关系；一年之后小犬回到导盲犬基地，接受 6 到 8 个月正规的专业化训练，适合做导盲犬的狗再与盲人合练 4 到 6 周，才能正式上岗。

这里的训导员大都是大学毕业生，他们有着不同的专业背景，但对待这份工作的态度是相同的：有爱心——爱狗，爱帮助弱势人群；有耐心——能承受训导工作的压力，能够静下心来重复每天同样的工作，和狗在一起共同训练。

我随着小宋去了解训导过程。

小宋动作利索，牵着导盲鞍，念念有词：

"走吧，垃圾桶。找桶，找桶，好狗！"

"垃圾桶，好狗，好狗。"

"真乖，真乖。你看，带我拐过来了。"

我惊讶，哎呀，要说多少话呀！小宋说："对导盲犬的训练就是这样，要及时去表扬和及时说NO。但通常情况下表扬要多一些，NO要少一些。"

她摸摸狗，像是鼓励的意思："在它印象中，水果店是那个味道，垃圾桶是那个味道，书店是那个味道，全都不一样。它是凭借味道找最适合的、最像的那个地方。"

小宋告诉我："我也曾经蹲下来走路，看看它所能看到的，我们的导盲犬——这个狗狗它所能看到的世界到底是什么样的。全是人的腿，根本看不着脸。"

"你怎么会有这样的念头呢？"

"我想了解它呀。"

当导盲犬培训过关，将到盲人身边的时候，小宋他们又欣慰又不舍。而导盲犬，谁能猜到它的纠结呢？当初，小宋把Lucky送到北京平亚丽家，她要让Lucky尽快熟悉新主人，于是，她就在培训之后有意疏远淡出，但是，Lucky与小宋的感情太深了，难以分离。最后，小宋要离开平亚丽家了，她是瞒着Lucky，悄悄走的。

很长一段时间，Lucky每天都朝着小宋来的方向张望。然而，它是导盲犬，它知道自己该做什么，它开始忠诚地为平亚丽尽职了。

导盲犬工作的样子每每让我感动。主人走到马路边，它以自己的身体挡住前方，示意过马路；如果有障碍，它会绕开，给主人留下空间。主人吃饭的时候，它在一边，没有一点干扰。

我采访平亚丽，录音需要安静，Lucky坐在旁边，一点声音都没有，面前是一片草坪，不时走过孩子，也走过小猫小狗，而它不为所动，像雕塑一样。采访终于结束，主人放开了导盲鞍，这是一个信号：下班了。只见Lucky箭一样冲到草坪上，撒欢儿去了！看到它欢腾跳跃，我想，这才是狗本来的样子啊，它为了人的需要，约束着、克制着，它太职业了！

大家关心的是，奥运会给导盲犬打开的门会不会关上？奥运会后，导盲犬能不能走近更多中国盲人？导盲犬出门还有没有障碍？

其实，障碍一直存在，一些超市、公共汽车、饭店等公共场所还没能对导盲犬打开大门。我们调查时听到这样的声音："导盲犬能带我独自出行，这是一个安慰，也是一个陪伴，它就是我的一双眼睛，也是一个拐杖，我离不开它。但我没怎么领它出去过。公交车也不让坐，出租车不让在座位上坐着，还要送到后备箱里。我特别不满意，特别反感。"

每个地方都有很多视障人士，但在大街上，我们能看到的不太多，因为他们出门障碍太多，只能困在家里。导盲犬的出现是他们的福音，但用起来，还是会遇到障碍。从道理上，理解；从情感上，同情。但在制度上，还没有充分保障。

我们从大连飞回北京，和来时一样，先登机，坐在最后面的座位上。

Lucky 懂事地静静地卧着，不动声色。我凝视着它，想到它在奥运会上万众瞩目的样子。奥运会来了，又走了，它会给中国留下什么？在奥运种种遗产里，一只狗的启发是不是也算是一种遗产呢？它为我们开启了一扇门，那是文明的门，平等的门，关爱的门。它让我们看到盲人可能获得的光明和温暖。感谢奥运会，这门既然已经开启，就不要再关上了。

飞机降落了，传来空姐的声音："尊敬的旅客，今天我们的航班上，有一位特殊旅客，2008 年残奥会的火炬手平亚丽和她的导盲犬 Lucky。请大家放心，不必惊慌。根据中国民航局南方航空公司的相关规定，允许盲人旅客携带一只导盲犬进入飞机的客舱，进行运输。导盲犬是工作犬的一种，是盲人的眼睛和朋友。导盲犬性格温顺、聪明、服从性强，并经过了专门机构的严格训导，不会对任何人造成伤害和影响。当前全社会都十分关爱和关注弱势群体，帮助残疾人，帮助弱势群体是我们大家共同的社会责任和义务，也是和谐社会的要求。我们感谢您对我们工作的理解和支持，感谢您的爱心。"

旅客们四下张望，在哪里？迎着他们惊讶的眼神，平亚丽在最后的座位上站起来，她声音有些颤抖：

"感谢和我一路同行的各位旅客。今天是我和导盲犬 Lucky 第一次乘坐中国南方航空公司航班。感谢大家对残疾人和导盲犬的宽容、理解，以及对我们残疾人的关爱。"

Lucky 在过道上，沉静地望着前面的人们。

我在座位上，低着头，平亚丽说"宽容、理解"时，我流泪了。

我和你，在一起

我突然接到电话，是残奥会开闭幕式导演组工作人员打来的："张导请您来参加开幕式，您将和残疾人运动员一起出旗护旗。"

"什么？什么旗？"

"残奥会的会旗。"

啊？！有点惊喜，之后开始琢磨，为什么让我去？这是怎样一种表达？我该以怎样的形象去呢？

想来想去，问问吧，也许从服装要求能领悟导演意图，我问工作人员："我可以穿运动服吗？"

"不，你不是运动员也不是教练员。就要你平时在电视里大家熟悉的形象。"

电视，正是电视，使得我有缘接触那些残疾人运动员。

他，在水里简直就是一条鱼，在水里，这个精干的小伙那么自如自信；他没有双臂，然而他的能力超过人们的想象。他叫何军权。他说："水就是我的舞台，通过这个舞台，能够在世人面前展示自己是个强者，所以就对自己更有信心。"他在游泳时，只能用头去触摸游泳池的池壁才能计时，他总以冲刺的速度用头撞向终点，他的头常常被撞肿、撞破。在雅典残奥会上，他一人夺得4枚金牌，打破3项世界纪录，向世人展示了作为一个残疾人运动员挑战自我、超越生命极限的辉煌。

她，我国第一枚残奥会金牌获得者平亚丽。她获奖是在1984年纽约残奥会上，很多国人正是从她开始才了解了残奥会。每次和她聊天都很愉快，她经历了很多苦难，但她开朗的性格总是给人带来阳光。田径运动员平亚丽对中国第一次组团去参加残奥会记忆犹新，有24名运动员，拿了24块金银铜牌，24次升起五星红旗。平亚丽说："去参加那次比赛出乎我们的意料。人家的装备，我们根本就不能比的，中国第一次参加比赛就有两个女选手拿了金牌！"

他，苗苗，曾是武警特警，在训练中脊椎受损造成高位截瘫。他说："我想死都没办法去死。"文燕教练来了："有轮椅橄榄球这样一个运动，希望参加吗？"

于是，他在病床上被教练挑中，成为运动员。他神情开朗地告诉我："这种体育项目就源自康复。每天在不停地滑轮椅，不停地在场上叫喊着，慢慢地把我们的肺活量练出来了。现在我可以大声地唱歌。"

我问："你喜欢唱什么？"

"我喜欢刘德华的歌，《每个人都是第一名》：'我的苦不是你的苦，我的痛不是你的痛。'"

谈起自己的"战车"，苗苗兴致盎然："每天就跟它在一起，像自己的腿似的，经过上千次、上万次的磨合，会和它产生一种感觉，很快乐。任何一个动作，都非常漂亮，非常潇洒，淋漓尽致。这球，越打越爱上它了。我觉得我自己和健全人没有什么两样了。只不过我用轮椅来替我走路，你们是用你们的腿在走路。我觉得我出去很阳光。"

她，文莉，曾经是个子高高的体育老师，瘫痪后邂逅轮椅橄榄球。她兴奋地对我说："终于有一个项目适合我了，我真的很喜欢这个。在家里坐轮椅，跟一大熊猫似的，都保护你，生怕你再碰着。但是坐橄榄球轮椅可以有这种撞击，挺兴奋的，这个项目是为我生的！走到今天这一步，我真的是超越了自己。我以前的网名叫'折翅的天使'，像从天堂坠入地狱了那种感觉，心态很差的。接触轮椅橄榄球，这种团队的精神，这种团队生活，特别适合我，整个人都活了，每一个细胞好像都很兴奋，很愿意自己提升自己，后来起网名叫'天使在微笑'，我不要那个'折翅的天使'了！"

他、她、他们，都是有故事的人。我并不懂体育，采访他们的时候，也不太谈竞技成绩，在我眼里，他们是在残奥会背景下凸显的人，大写的人。

编导陈新红了解到北京有一个合唱团，这是由健全人和残疾人组成的残健共融合唱团，残奥会激发了他们的灵感，他们专门创作了一首英文歌《世界是一个家》。在那个晚上，我们看到，残疾人和健全人在一起，如同兄弟姐妹，一起唱，一起笑。合唱团团员告诉我们，他们特别想在 2008 年 9 月 6 日残奥会开幕式那一天唱起这首歌。

The world is big so big（世界很大很大）

> The world is small so small（世界很小很小）
> We are brothers and sisters（我们都是姐妹和弟兄）
> The world is a big family（世界就是一个大家庭）

9月6日，鸟巢，残奥会的开幕式。

残奥会的会旗，离我这样近。

我和一位教练分别推着轮椅，轮椅上的运动员都是杰出的人，他们一路坎坷，带着光荣与梦想，来到这里。他们是今天的主角。

我和教练今天与他们共同完成出旗护旗的使命。我们一起擎起会旗，一起绕场一周。在全场观众的注目中，我们在行进，我们的一步步，轮椅的一圈圈，都是一种独特的表达：在一起。

我们所表达的既有对旗帜的共同敬重，也有"在一起"的温暖感。残健在一起，就是为了实现超越、融合、共享的理念；在一起，就是为了我们共有的世界更完美。

我和你，在一起，真好。

我和一位教练分别推着轮椅，轮椅上坐着杰出的运动员。残健在一起，如同兄弟姐妹。我们的一步步，轮椅的一圈圈，同时在行进。

我遇到你
Encounter

10
草样年华

花儿一样，花骨朵儿一样，我多想这样形容那些孩子。
可是，他们生长的地方，他们成长的模样，更像草。
在山间，在路旁，在石头边，在风中，不引人注意的、生命力极强的小草。

从蓝竹子到绿熊猫

贵州的山，重重叠叠，远远近近，好像没有尽头。在桐梓山里，有一个地方叫花秋，很好听的地名。在花秋，我认识了一个女孩儿，她叫杨芳。

2002年早春，我第四次来贵州。对贵州的记忆几乎都与大山相关。正是这山，使得一句老话流传："地无三尺平，人无三文银。"我们来拍摄一个节目，反映西部贫困地区的教育状况，我们想在《东方时空》九周年到来时，为这里建新校舍。

编导陈丽先到了几天，天天泡在学校里，了解学生的情况，物色采访对象。她找了几个不同家境的孩子，杨芳是其中一个，属于普通家境的学生。由于普通，她可能会让观众看到村里孩子的常态。

我说，"带我们去你家吧！"杨芳就拉着我的手走上村道。她很乖巧，眼神很动人，是那种谁见了都会喜欢的女孩儿。她微微笑着，显出愿意与人交流的样子，并不像有的山里孩子那么腼腆。这是一个五口之家。爸爸、妈妈、哥哥、姐姐、杨芳。从气氛里，能看出家里的和睦，爸妈都是老实的农民，我们的到来，让夫妻俩有点儿拘谨，十一二岁的杨芳的神情倒更像个主人。我们赶紧说："你们该忙什么忙什么，我们和小杨芳说说话。"

家门外，我和杨芳面对面坐着。阳光下的小姑娘，越发好看，脸蛋儿上细细的汗毛，让人怜爱。我注意到她的很旧的毛衣袖子接了三截，用不同的旧线。

"这毛衣是你姐姐穿小了给你的？"

"是。"

"你又穿小了，妈妈给你接上的？"

"我自己织上的。"

"你会织毛衣？"

我看着她小小的手。透过粗粗的旧毛线，我眼前掠过商场橱窗里一件件五颜六色的衣裳，我好像看见它们穿在杨芳身上的样子，粉色的连衣裙、蓝色的海军服、白色的运动装、红色的小马甲、绿色的校服……杨芳穿上该多好看哪！而实际上，杨芳家里，所有的衣服都搭在床边，没有几件，很旧，或者半旧，颜色也模糊。昏暗的屋子里，没有什么鲜亮的东西，小圆镜子啊、花发卡啊、小丝巾啊、女孩儿的小玩意儿啊，都没有，看不出这户人家有两个女孩儿。

"你最喜欢上什么课？"

"美术。"

"喜欢画什么？"

"熊猫。"

"我来看看，嗯，这熊猫是蓝的，竹子也是蓝的，竹子应该是什么颜色的？"

"绿的。"

"那为什么画成蓝的呢？"

"我没有绿色的笔。"

我看到杨芳手里，握着她唯一的笔——一支蓝色的圆珠笔。我想起，学校里那位年轻的女老师曾告诉我："我只敢对学生提一支笔的要求，他们的家庭多半买不起。我也没有彩色的粉笔，我想给同学们画一朵红花，就把白粉笔泡在红墨水里，晒干了，当红粉笔用。"在美术课里，老师学生就只能面对着这样单调的色彩。

面对杨芳蓝色的熊猫和竹子，我想，她的家在当地是中等家境，别的学生呢？

"杨芳，你们全班有多少同学有彩笔？"

"五六个。"

"你知道不知道，彩笔多少钱一盒？"

"一元。"

"你知道哪里有卖的？"

"镇里。"

"你怎么没有向妈妈要一元钱去买？"

"……妈妈太辛苦了。"

我的眼睛模糊了。陈丽在镜头后面擦眼泪。一路采访，陈丽常常是这样。

杨芳的画（左），杨芳和牡丹的照片（右）。杨芳的画里，有绿熊猫、黄色的鸟、粉色的蝴蝶、黄色的云。我又想笑又想哭。这孩子，终于有彩笔了，她恨不得把眼前的世界都涂成彩色的！

有时，我们正录像，就听见抽泣声，她又控制不住了。每当这时，我就想，好编导！她动心，这节目一定能编好。

这个节目是作为《东方时空》九周年特别节目播出的，标题是《风吹过山岗》。众多观众看到了杨芳，看到了蓝色的熊猫和竹子。各种各样的彩笔寄给了孩子们。我们把彩笔寄到学校，学校老师说，他们也收到很多彩笔，这回，美术课上，同学们终于都有彩笔用了。

不久杨芳给我寄来一张照片和一幅画。照片上，杨芳和另一个同学牡丹并肩站着，手里都拎着一盒彩笔，她们都笑着。画，是杨芳新画的：绿色的竹子、黄色的鸟、粉色的蝴蝶、黄绿色的云彩、黑绿相间的熊猫。我看了，又想笑又想哭，这孩子，终于有彩笔了，连熊猫都画成彩色的了，她恨不能把眼前的世界都涂成彩色的！

杨芳在信里告诉我，父母送她到镇里的培训班学画，不知那学费是怎么挤出来的。山里的女孩，在平淡的生活里，画画是个亮点，孩子因此有多少温饱之外的享受，大人也许很难说清。幸运的是，杨芳家的日子还过得去，她的爱好兴趣被当回事儿，在那样的环境里，真的很难得。

风吹过山岗，会留下什么？也许，以后的日子，还是差不多，没有什么惊喜出现。杨芳是个平常小孩。没有极端的经历，没有催人泪下的悲惨，她是山里成千上万平常小孩中的一个。我为她动心，是因为她的小爱好、小愿望实现得如此不易。那成千上万的孩子，心里有多少愿望？不是"长大干什么"那种遥远的愿望，就是眼前，他们的小愿望是什么？

我曾经在四川一个学生破旧的作业本上，看到这样一段话："今天我看见他们吃糖，我也很想吃那甜甜的糖，我想知道在山上吃糖的味道，我的心直乱跳，我特别想吃，我很想吃。"

看了这段文字，我也"心直乱跳"。

那些孩子的童年，不该是黯淡的、黑白的、单颜色的，哪怕有一点点色彩，哪怕感受到一点点美好，哪怕有一点点愿望的满足，也不枉在好年华里走了一回。

杨芳的同学牡丹在照片上笑着，但在村里，我一直没见她笑过。她有着孩子难以承受的苦难遭遇，那一天，她去村边的小煤窑给爸爸送饭，正巧煤窑出事了，她爸爸被埋在黑暗的井下，再也没能上来。牡丹的天塌了，她的心、她的性情不再是从前，学业和生活也陷入困境。

按原来计划，准备采访她，如果她的描述再现矿难情景，无疑是很有感染力的，是节目的"泪点"。然而，我看到女孩儿小小的怯怯的样子，实在是不想再刺痛她，也不该非得让她来复述那天的悲剧，太残酷了。于是，我没有采访她，只采访了她的叔叔。

在那个村庄，在学校，几次遇到她，我远远地注视她，不想干扰她。临走，我们给老师留下了她的学费，只愿她多一些笑容。

爸妈不在家，这还算家吗？

在四川邛崃的一间教室里，我问孩子们："父母都在外地打工的，请举手。"全班一大半举起了手。

我又问："爸爸或者妈妈一方在外地打工的，请举手。"

这次，几乎全部都举起了手。

都在哪里打工呢？

雅安，新疆，青岛，西藏，成都，韶关，北京……

我问："你们想没想去爸妈身边上学？"

一个学生委屈地说："我在家里哭，很想到妈妈那里去读书。妈妈说她那里没有我们的房子就没有让我去。"

另一学生说："我去过，在江苏读三年级的时候，爸爸妈妈就让我回来了。因为那里的学费太贵，报名的时候就要一千多块钱。"

留在奶奶家里的雪莉带着钥匙回到爸爸妈妈的空房子，爸爸妈妈没在，这还算家吗？只能算空房子。我问："你爸爸妈妈都没在，回来做什么呢？"

小姑娘说，把家里打扫得干干净净让爸爸妈妈回来看到。乖巧的她把自己的、爸爸的、妈妈的名字写在墙上，三个名字写在一起。

雪莉只是想念。而德明的心思就有些复杂了，这个九岁男孩总是独往独来。

"你心里高兴的事、让你生气的事，你会跟谁说呢？"

"没跟谁说。"

"跟妈妈说吗？"

"没有。"

"跟老师说吗？"

"没有。"

男孩的眼睛不愿意与人对视。他怎么度过一天天、一夜夜的？他的喜怒哀乐，谁知道？

"你知道怎么跟你妈妈打电话吗？"

"不知道，她给我打回来。"

"妈妈如果不打回来电话，你就没法给她打电话是吗？"

"是。"

"你要遇到特别困难的事，需要告诉妈妈，找不到她，你会让谁给你帮忙？"

"没有谁。"

一群志愿者走近留守儿童，德明和别人不说的话，却愿意和一个大学男生志愿者说了。孩子们多了个哥哥姐姐，有了个可以说话的人。正赶上一个女生过生日，父母远在外地打工，怎么让孩子高兴地过个生日？志愿者们买来蛋糕，装饰了房间，请来了留守儿童小伙伴，唱起了生日歌。没想到的是，歌还没唱完，那女孩流泪了，低着头，不说话。接着，又一个孩子哭了，接二连三，孩子们都哭了。一个孩子说，他爸爸出去已经有两年多了，他从来也没有给他过过一次生日。

在贵州遵义的一所学校，我翻看学生的作文本，"打工"成了常用词：

"我的未来，去打工；没有文化，打工没有人要；爸爸妈妈去浙江打工了，妈妈寄了一件毛衣给我，是她在浙江一针一线织成的，她打电话到学校找我，问我毛衣合身不合身。"

在山里孩子的作文本里，常常出现"广东""北京""江苏"字样，这是家长打工的地方，对孩子来说，熟悉又遥远。

在四川遂宁的村里，我看到一家门上没有春联，家里只有姐弟俩留守着。

"爸妈都不在家，你们怎么过年呢？"

14岁的姐姐吴敏淡淡地说："过年，就这样过呀，跟平常一样。"

"我看你们邻居，所有的邻居家里都有春联，只有你们家没有春联。"

"买，要钱的。"

"多少钱一副春联？"

"不知道，我听说几块，我就没买。"

我又问弟弟："吴强，过年时你有没有跟姐姐要一点鞭炮？"

吴强："我说了，别人都有玩的，我没有，我叫她给我买。"

"那，给他买了？"

吴敏："没有。连糖都没有买。"

在江西的一个村庄，村里不太容易看到青壮年，被称为"993861"部队，"99"是指重阳节，指老年人，"38"是指妇女，"61"则是指儿童。村里的年轻人大都出去了，留守的是老人、妇女和儿童。我看到半大的男孩子独自一人在地里干活儿，就猜到，那也是父母出门打工了，邻居插秧他就跟着插秧，邻居施肥他就学着施肥。

寂寞的留守男孩沉默寡言，有心事，就自己闷着。

我问："那心里憋着难受咋办？"

他停了一下说："我就喝热水。"

我愣住了，不知说什么好。

这些情景，都曾进入我们的镜头。这样的情景里，最打动我的是那些孩子的表情和眼神。父母不在家，他们的眼里多了一层云，脸上没有那么明朗烂漫，状态没有那么放松无忌，更没有孩子的任性撒娇了。半大的孩子往往和人有一种距离，甚至有些戒备，我走近他们时，小心翼翼。

留守儿童的人数不断更新，一直发展到 6000 万（2013 年），占农村儿童的 37%。全国这么多孩子，长时间、非战争因素、在和平时期被迫离开他们的父母，这现象很罕见，也很值得从经济、社会不同角度去研究。在城市化的进程中，社会遭遇着阵痛，而孩子们也不得不付出代价。每每听到留守的孩子心理失衡，每每得知留守女孩受到伤害，每每了解到留守孩子的犯罪问题，都会有疼痛的感觉，久久难以平静。巨大的变化让他们付出的成长代价，不知该怎么计算，成年人能真切触摸他们的心灵世界吗？

平常日子，还好过，节日呢？

2011 年的中秋节。江西宜丰，月亮圆了，照着不圆的家。缺少成年人的村子，老的老，小的小，节还是要过的。

我们来到龙岗村邹祺家，爸爸和叔叔们五个青壮年都外出打工，留下大大小小十来个孩子由 70 岁的爷爷和 65 岁的奶奶照顾着。开饭之前，我看到小邹祺拿着一把筷子准备摆放，我想，在镜头前用筷子这个细节来展现，这就很容易让观众理解邹家人口的变化。于是我问邹祺：

"现在摆几双筷子？"

"八双。"

"爸妈、叔叔他们都回来呢？"

孩子掰着手指数着，爸爸、妈妈、叔叔，要摆十一双。中秋节，他们都不回来，只有过年他们才能回来。

年，还很远。

2011年的中秋节，江西宜丰。月亮圆了，照着不圆的家。缺少成年人的村子，老的老，小的小，节还是要过的。爸爸、妈妈、叔叔只有过年才回来。

飘在城市的边缘

镜头上，简陋的平房，旧的课桌椅，一个老师的背影。

不像是在上课，同学们面前没有书本，脸上也没有表情。

老师在说着什么。突然，一个女孩站起来，情绪激动。

…………

这是 2003 年初，在中央电视台机房里，我们在看录像素材。我们同事刚刚从京郊拍回来的，听说又有农民工子弟校被取缔了，记者闻风而去。我们关注农民工子弟上学问题很久了，这些随父母进城的孩子虽然终于与父母团聚了，但新的问题又来了：到哪里上学？公办校，门槛高，不好进，农民工子弟校应运而生，却不合规。经常听到这类学校遭遇生存危机，也曾在电视上看到，深圳的打工子弟校被推土机轰然摧毁，而且是当着学生的面。

她怎么了？

我们在镜头上看到，教室里，一个女孩站起来，大声地，几乎是喊着对老师说："我不去！我不去公办学校！"

老师解释着什么。

女孩愤怒地说："他们瞧不起我们！"

怎么回事？记者解释，他们到学校时，恰巧拍摄到了老师宣布学校将立即关门，学生转入公办校。

那女生的声音，振聋发聩。机房里，一片安静。

这个倔强的女孩经历了什么？她从哪里来到这个城市？在城市的边缘，她和家人如何生存？她感受到周围怎样的目光？她的愤怒来自何处？她如果不转学，到哪里继续上学？

我们不能不关注那些学校和学生。旧的办学规矩遇到了新进城的孩子，改变还需要等。什么都可以等，但孩子的成长不等人，一天天长大的孩子，在向社会发问：还没准备好吗？

从他们父辈开始，就经常遭遇没准备好。进城回乡，火车没准备好；务工经商，保障没准备好；孩子长大，学校没准备好。也许是流动人口太汹涌了，总是措手不及。

我对农民工后代的关注，是从对他们父辈的关注延续下来的。90年代初，我在《经济半小时》工作，第一次注意到流动人口是在拥挤的地铁上，看到春节后农民大包小包进城来，问号油然而生：从哪儿来？到哪儿去？为什么？会怎样？于是开始了持续二十多年的关注，视线再也难以移开。

那时，我还没有想到有一天会面对他们的孩子。

我们的视线那时看到的是工地上的小伙儿，流水线上的打工妹，刚进城的小保姆，胡同里的裁缝，装修队的师傅……不知从什么时候开始，卖菜大嫂的身边出现了小孩儿，一两个在车上睡着，三五个在街边玩闹着。

一年又一年，不知不觉间，流动人口成为中国特有的现象。民工潮、农民工、打工仔、留守女人、留守儿童、打工子弟、新市民，这些伴随着第一批打工者应运而生的词汇，牵引着我的视线，相关的现象屡屡成为我们节目关注的焦点。作为一名记者，不可能忽略这些最具时代特点的跳动着的脉搏。

我看到一个统计数字：2003年，2000万流动儿童失学率高达9.3%。几乎10个孩子，就有1个失学，他们奔着城市来，却流失在城市边缘。

这个数字，这些孩子，像一个个惊叹号出现在我们面前，我们如何面对？这是流动人口大课题中的一个子课题，不论是经济学家、社会学家、教育家，还是乡长县长市长，人人都得面对，谁能说与自己无关呢？

不久，2004年冬，一个特殊的展览发出呼唤：去看看他们吧！宣传画上印着我写的几行字：走近北京市农民工子弟教育巡展，看看那些孩子，问问那些孩子，就会发现一个陌生的世界就在原本熟悉的城市里，这会让我们获得一些新鲜的感受，产生一些善良的愿望。

看看他们吧，看看这些在边缘状态中的孩子，看他们的眼睛里有没有安宁，看他们书包里有没有童话，看他们学校有没有操场。

问问他们吧，在城里上学，父母用了多少心思？怎么找到的学校？转了几次学？学校搬了几次家？老师比老家的老师怎么样？你同桌是城里的吗？

你们之间合得来吗？在北京去过哪里玩？你想去哪儿？

来自打工子弟学校的孩子在这里与人们面对面。学生会告诉你，他们中间流传着这样的诗——《我是谁》：

有人要问我是谁

我总不愿回答

我们的爸爸妈妈送我们上学一路都不说话

埋头蹬着板车，腿脚沾满泥巴

我们的校园很小放不下一个鞍马

我们的教室很暗，灯光只有几瓦

我们的桌椅很旧，坐上去吱吱哑哑

…………

在这里，汇聚着公益人士和媒体同行，我听到了他们的声音：报社寻找失学农民工子弟时，没有一个北京人打电话提供线索，不是他们没有爱心，是因为没有对应的信息，这个城市是由两个世界构成的，他们彼此陌生，隔阂是比失学更严重的问题。这里不是苦情展，而是一个窗口，我们看见了，不能装作看不见。同一个城市，不同的世界，近在咫尺，也会隔着鸿沟，来这里，会减少一点陌生和隔阂，促进一点相知、相融。它至少让城里人看到角落和边缘，看到希望工程也需要进城助学。能做一点，就做一点，至少能让更多人走近和理解，而这就是改变的第一步。

我约了朋友，带着孩子来，让自己的孩子去看看那些孩子，孩子在这里会接触到过去未知的东西。展厅里复制了一个打工子弟校的教室一角，那些破旧的桌椅昨天还在用着，明天还得接着用，而今天，它们在这里告诉我们一种存在。

在大都市，各种展览五光十色，而这个小小的有点简陋的展览，却触动了我。门外，初冬的阳光洒在一个个角落，我期待，公平的阳光也会这样。将来，当"农民工""打工子弟校""流动人口"成为历史名词时，回味这个凝聚特定时代特定人群的展览，是个什么滋味呢？

率先行动的人说："当你行动了，你就会发现，大家都在行动。"我喜欢这句话，你行动了，就会遇到行动着的人。

我又遇到一群大学生，他们走进一个个农民工的家进行社会调查。

"从哪儿来？""河北、河南、安徽、湖北、黑龙江、四川……"

"干什么工作？""工地、保安、保姆、卖菜……"

"住哪儿？""租房、工棚……能睡觉就行……"

"挣多少钱？""收破烂儿，挣不了几个钱……"

"怎么看病？""买点药，挺着呗……"

"孩子在哪儿上学？""打工子弟校，小的在老家呢……"

面对着一个个来自农民工家庭的收入、住房、教育、医疗等原始信息，我似乎也走进了他们低矮的家，坐在小板凳上，听主人念叨。

这些第一手调查来自在校大学生。他们在社会学家的指导下，通过对打工子弟校的学生家访，走进了一个个城市边缘的家庭，他们的调研报告紧接地气，有着独特的价值，让人读出时代气息，也读出年轻人的责任。

钦佩之余，我想，这样的调研改变的首先是调研者，这些学生从那些边缘地带走过，目光不一样了，他们再也不会对漂泊人群视而不见，既向左看，也向右看，既看到繁华都市，也看到边缘角落。他们会因此扩展自己的视野，再看世界，就有了更多参照。接下来，他们可能是更多改变的促进者。

我把老家一个半大男孩带到一所学校：百年职校。

这是专门为贫困农民工子弟办的公益性职业学校，学生的父母是工地民工、是保洁员、是保姆、是保安、是装修师傅。

男孩眼神有些迷茫，曾经的困境在他身上留下痕迹。我期待这所学校能给他带来阳光。

走进学校，整洁清新，学生们迎面走过来，看上去，有礼貌，有规矩，质朴、开朗，又看到他们当初刚入学的照片，曾经那样生涩拘谨。这所学校教学生知识和技能，学生的气质不知不觉也变了。真希望老家男孩也能这样。

我对这所学校既有敬意又有好奇。

姚莉和志同道合者创办这所学校，是怀着填平沟壑的梦想。对沟壑有认识，对梦想有追求，填平，是个艰难的创造性的事。她的企业高管经历和学识见解，使得这所学校一创建就有明确可行的起点和愿景。我暗自赞叹，这是有能力的知识分子在巨大的社会变化中做出的有价值的事，他们将改变的是漂泊孩子的人生。

男孩入学了，人坐在教室里，心静不下来，书读不进去。我几番努力，也不见效。姚莉不放弃，苦口婆心和这学生谈，真心实意为他着急。她理解，在这里的学生，有很多都经历过生活逆境。劝学、励志，不是简单的事，姚莉们用心、用智慧对待这些成长中的孩子。学校为这些孩子确定的目标实实在在，培养有技能的普通人。曾有人问姚莉："你信什么教吗？"姚莉回答："我更相信人的善意。"

当一种办学模式可以被成功复制时，说明有需求，也有机制的力量。后来，百年职校除了在北京，还在成都、南京、武汉、三亚、郑州、大连、银川、丽江等城市建校，为当地贫困年轻人提供教育和就业机会，成为中国公益和职业教育的著名品牌。

夏日里，和志愿者一起到打工子弟校，我能为这些孩子做些什么呢？对，教他们普通话吧！其实，这些孩子刚到北京时，还说家乡话，一上学，东西南北的同学聚在一起，就得说普通话了，只不过说得不大标准。

你们老家在哪啊？

广安、南充，说的是川普。

信阳、平顶山，说的是豫普。

临泉、金寨，说的是皖普。

我先告诉孩子："你们的家乡话很好听，爷爷和爷爷的爷爷说了好几辈子了。你们的爸妈离开家乡了，和更多人打交道了，在工地干活儿，在市场卖菜，都说普通话了，你们呢，要和大家交流，就说大家都懂的话，对吧？"

孩子很灵，一教就会，叽叽喳喳，甚是可爱。

他们离开了乡土，老家在远方，他们不再是纯粹的农村孩子，也不是城市里的孩子，在城乡边缘，飘着，他们的模样和爷爷爸爸比，会很不一样。

他们的未来，有太多不确定，没有哪一代人，有他们这样的经历。

长大了，他们会是什么样？

角落里的孤独

云南，盈江，贺勐村。

小哥俩，一前一后，一人扛着一根木头从山上下来，腰上拴着绳子，别着砍刀。木头刚卸下肩头，哥哥又拿起了斧头。他熟练地把木头破开，又一斧头一斧头把柴劈成小块，做饭、晚上烤火，都用这柴。弟弟才八九岁，还没有很大的力气；爷爷老了，也没有多大力气；所以，这样的重活儿，就得哥哥干，他也不过十二三岁。如果有父母，莫家小兄弟还是孩子；而没有了父母，他们就成了小大人。

我们去采访农村的孤儿，他们比城市的孤儿更"孤"，在贫困的地方，他们是弱势中的弱势，他们往往无声无息地在角落里。

哥哥光辉本该上初中，小学毕业的时候，辍学了。

"爷爷不给上，他说没钱。"

我问："你原来上小学的那些书呢？"

光辉看着旁边的弟弟："都被他当废纸卖了。"

8岁的弟弟和12岁的哥哥。小哥俩，熟练地扛木头、劈柴，没有父母，他们就成了小大人。

弟弟一直紧靠着哥哥，看得出那种依赖。我转向弟弟：

"你怎么把哥哥的书都给卖了呢，嗯？"

弟弟低下头，不作声。

我尽量语气柔和："你把书卖了，钱做什么了？"

哥哥替弟弟回答："买零嘴了。"

我不忍问了。哥哥又告诉我，当时他打了弟弟："我就是舍不得那些书。"

弟弟低下头，眼泪扑嗒扑嗒滴下来，大大的泪滴，很重，掉在地上。我看到一个小男孩深深的愧疚，不知如何安慰他，只好说："没事，都过去了。"

哥哥现在仅有一本书，是旧课本。书上有笔迹，是昨天写的。

"你现在的愿望，想做什么？"

光辉："想读中学，我想要是还可以读书，一定好好地读。"

"你心里希望你弟弟念多少书？"

"希望他能一直读下去，读到博士。"

我们问爷爷莫在福需要什么帮助，他显出不安，有些不好意思的样子。

"这事不好说。"

我以为他会提到补助，提到帮助孙子回到学校，然而，这个黑黑瘦瘦的老人说："我这个年纪，哪一天要走了也不知道。我走了，两个不大不小的，让我丢不下。"

他看着俩孩子："要是我动不了了，要求政府从经济上照顾一点点，帮助一点点。我也是一个党员，也是一个革命军人下来。我真正过不下去了，我才伸手跟政府要；要是我将将维持得下去，我也不开口要。"

光辉告诉我，他有时会害怕，有一次爷爷跌倒了，他哭了，害怕爷爷不在了。夜里，睡觉的时候，他就会想到这些。假如爷爷走了，小哥俩怎么过这日子？

我们走进那一带的村庄，经常可以看到禁毒的标语和宣传画。毒品、艾滋，这样的字贴在村里的墙上，平静的村庄有一种看不透的不安气息。

弄璋新府村，金姓人家只有兄妹三人。

父亲吸毒，害了自己也害了儿女，爸去世，妈远走。留下的债，压在孩子的身上。

金凹洪家是特困家庭，得到了民政部门每月每人50元的补助，政府只能救助到最困难最困难的那一部分孤儿。因泥石流冲坏的房屋是德宏州禁毒防治工作队帮助重新修建的。

哥哥低声说："我们最困难的是，我爸爸他们吸毒的那些账还没有还。吸毒欠了很多，让我们还，我们又还不完，又没有钱。三亩地养不活三兄妹，收的粮食只够吃半年。16岁的哥哥还得去帮别人干活儿，换点儿米。家里养了一头猪，辛辛苦苦喂，盼着它长大，去卖。"

我看了看小弟弟，问哥哥："能留一点猪肉你们自己吃吗？"

"不能，不留。一点不留。"

哥哥和弟弟的头发都很密，没有光泽，好久没有洗过的样子。

妹妹无声地看着哥哥，眼里水汪汪的。我犹豫着问不问她，怕她一开口，眼泪就会流下来。

前些日子，她去小饭店打工了，洗碗的活儿，一个月挣150元，交给哥哥买米。没多长时间，老板让她回家了。她不会写自己的名字，勉强认识123456。

女孩几次欲言又止，我问："妹妹想起什么了？"

她终于开口说："我们太困难了，爸爸死得早。什么也不大懂，什么都不知道。"

离开这里，大家无语。我和编导陈新红默默看着窗外，沿途一些村庄，禁毒、防艾的警示标语很醒目，这一带，还有一些吸毒者和艾滋病逝者的遗孤。这些无辜的孩子，默默地活在角落里。父辈给了他们生命，他们却又承受着父辈留下的重压。

他们的今天，在困境中苦熬，他们的明天，在哪儿？

中国的孤儿，大部分在农村，最困难的，也在农村。这些孤儿，不容易出现在公众视线下，他们自己也很难发出声音，连求救的声音都很难发出。

我们遇到了他们，想让更多人知道他们的存在。我们的节目最直接的呼吁是：孤儿的救助与生存要有制度保障。孤儿救助，不仅是爱心，不仅是慈善，还是权利，还是制度。

这样的呼吁，能带来多少改变？哪怕一点点改变也好。

让女孩有尊严地活着

"兰兰、娜娜，你们的名字真好听。"我对江西抚州的两个姐妹说。

她俩没有作声。

她俩站在一起，相互间不说什么，也不和旁边的人们说什么。人来人往，仿佛和她们无关。姐姐穿着深蓝的衣服，妹妹的衣服上印着浅蓝的条纹，没有什么小女孩的饰品。她们的眼睛常看着一个地方愣神儿，没有少女特有的光彩，不怎么和别人对视，脸上也没有笑容。

过一会儿，她们将是台上的主角。即将开始的是以女孩为主题的公益活动："关爱女孩行动"。

女孩，在这片土地上，活得不容易。

重男轻女，多少年多少代了。是经济原因，还是文化原因，深究起来，是个太大的话题。在一些人家，为了保住男孩，女孩得付出代价，甚至生命的代价，连活着的权利都被剥夺了。一家这样，两家这样，好多人家这样，成了相当普遍的风气，成了大家认同的"文化"。于是，中国的出生婴儿性别比失衡，男女比例118∶100，有的地方甚至达到120∶100，出现了让人忧虑的趋向。我国已经成为世界上出生人口性别比偏高最严重的国家，如果得不到遏制，将带来一系列的社会问题。

于是，就有了一系列的举措，而关爱女孩行动是其中之一。我和蒋雯丽出任这一公益行动的特聘宣传员，也被人称为形象大使。

我理解，关爱女孩，是让女孩活得更有尊严，更有保障；改善她们的生存和发展环境，不但有温饱，还得关爱她们的心灵，尊重她们的权利。设立这个行动，正说明以往女孩得到的关爱太少，她们在社会中太弱势。相当多的节日、纪念日、公益行动都是倾向弱势的，如果是强势，就不需要这样特殊的关爱了。

关爱女孩行动能不能唤起人们对女孩生命的尊重，我不太乐观，毕竟，

女孩，看不见笑容。

千百年形成的观念太强大了；能不能改善人口性别比例，我更不乐观，那得靠更为刚性的约束。

尽管不乐观，我还是尽力吧，女孩，乡村的女孩，太不容易了。

兰兰、娜娜扶着妈妈，走上台了。妈妈矮小瘦弱，拄着拐。

她们断断续续讲着自家经历：爸爸去世后，娘仨相依为命。粗茶淡饭，女孩也算长大了。可是家里无力供俩学生上学，姐姐辍学了，真的是不舍不甘。幸好，她们得到了关爱女孩行动的帮助，姐俩同时考上了大学。录取通知书送来，妈妈和俩女孩却相对发愁，无奈之中，妹妹高利借了债。

这时，谁都能理解了，姐妹俩为什么没有一丝笑容。

关爱女孩行动把人们的目光引向困境中的女孩，那些静悄悄长大的、不为人注意的女孩，常常被忽略被遗忘的女孩，进入人们的视野。看看我们身边，不是常见这样的现象吗：女孩读了两三年书，家里就不让读了，出去打工挣钱，供弟弟读书，帮哥哥娶媳妇。谁都觉得这理所当然，甚至连女孩自己也觉得是应该的，女孩嘛！女孩上了高考的考场，操劳的妈妈却对家人说，可别考上啊，拿什么供她读啊！

如今，她们的生存状态、她们的受教育机会，在关爱女孩行动中，终于得到正视，至少是一定程度的正视。

兰兰娜娜等来了好消息：学校减免了学费，还提供了勤工俭学的机会，区里颁发了升学奖励，乡里提供了资助。姐妹俩经历的愁事太多了，现在，可以轻松地笑笑了。这是女孩本来应该有的模样啊。

他抹去了我的眼泪

2008年"5·12"地震后，尽管我在24小时内参与了直播与震区连线，尽管我连续十天在《焦点访谈》关注灾情，尽管我与200位主持人在央视"爱的奉献"募捐义演中倾力呼吁，我还是焦虑、焦虑。我离灾区太远了！

最紧急的抢救生命的时段过去，六一即将来临。震区的孩子，伤痛中的孩子，还有六一儿童节吗？大人尚且在过难关，孩子们呢？

我要去四川，我要为震区的孩子做一个特殊的六一节目。如果，2008年的六一，我们的节目没有以震区的孩子为主角，我有愧，我不安，我心里过不去。

我和李玉强、吴绍钧、沙洲会合在安县晓坝的时候，看到一大片蓝色帐篷组成的安置点。走近的时候，我想象着小孩儿的样子，也许是惊魂未定？也许是眼泪未干？我小心地琢磨，怎么和他们说话。

突然，从帐篷里冲出来一个小孩儿，塞给我一瓶矿泉水。另一个小女孩儿活蹦乱跳地来了，亮亮的眼睛看着我们：

"你们是从北京来的吗？""你们那儿地震了吗？"

我一时不知怎么回答，好像说北京没地震，会伤着小孩儿似的。

该我问了：

"你看到地震什么样？"

"地震就是摇啊摇……"

女孩儿连说带比画，一派生动活泼的样子，像一个小精灵。

在这特殊的时间特殊的地方，这女孩儿让我们眼前一亮。我和李玉强都被她感染了，我俩私下谈到她的时候，用了一个爱称："小妖"。

这是废墟之上实实在在的生命。

在灾区活跃着救援队和志愿者，在志愿者后面，跟着一个男孩儿，他叫席源源。他亲眼看到瞬间墙倒屋塌，失去家园，失去学校，他不哭，大人忙什么，他也忙什么，他成了一个小志愿者。

早上，源源将和200个孩子一起上路，暂时去云南上学。孩子大人聚集在车前，告别的气氛让我难以承受。一个母亲对即将远走他乡的儿子说："你记着，你是四川人，你是茶坪人。"

席源源上了车。我和他妈妈站在车窗下。

孩子对妈妈说："你要坚强。"

听一个十岁的男孩儿，对成年人说"你要坚强"，我的眼泪夺眶而出。

这个小孩儿从车窗探出身来，伸出一只手指，给我擦去了眼泪。

后来，我在吴绍钧拍的镜头上看到，当时我下意识地往后躲了一下，有些不知所措。我完全没想到，这个小孩子会这样安慰眼前流泪的大人，他比我想象的有力量。

茶坪留下来的更小的孩子们还是要过六一儿童节的。没有气球没有鲜花，在山坡林间，有孩子的笑脸。有孩子的地方就应该有六一，我们把节日小礼物送给孩子，他们最喜欢的是奥运福娃，这是我女儿托我带来的，孩子们捧着福娃，依然记着、向往着远方的奥运会。当时，我并没有想到，在两个多月以后的奥运会开幕式上，走在中国队最前面的就是来自四川震区的孩子小林浩。小小的林浩和高高的姚明与中国队旗帜一起亮相，地震灾区的孩子在那举世瞩目的一刻成了一种象征。

从广汉乘直升机到清平，俯视破碎山河，这曾是多少孩子的家！我随《圆梦2008》行动组要去为孩子圆梦，给他们一个节日，给他们一个新学校。

清平学校的学生已经撤离，教室墙上道道裂缝，地上片片瓦砾。学生的书包散落在桌椅间，这里保留着地震那一刻凌乱的样子。傅校长和我们一起寻觅着，找到了学校珍贵的蝴蝶标本，找到了学生的小号，找到了队旗。这旗是每年六一节与同学们共度节日的星星火炬旗，旗子右上角撕破了一个三角口，这是地震留下的痕迹。

当我们在新校址把书包、队旗交给孩子们的时候，他们眼睛一亮，那是失而复得的惊喜。同学们抱着自己的书包，他们的小手缝补着队旗上的口子，也在弥合心灵之伤。那星星火炬队旗，成了这一个六一儿童节的魂。六一上午，韩红赶来，大人们的愿望是，尽可能给灾难中的孩子们一个最好的儿童节。

这是废墟中的六一，是泪中带笑的六一。

灾区五日，安县、绵阳、广汉、清平、绵竹，我和孩子们在一起。
《焦点访谈》播出：这一个"六一"。
《圆梦2008》播出：清平学校的"六一"。

和这些孩子的相遇，是在采访中。告别时，我常常想，我还能见到你吗，孩子？

我们遇到了，我因此知道了有这样的童年和少年。茫茫人海，匆匆日子，我们要走多少路，才能如此偶然地相遇。我们面对面交谈，转瞬又分开了，我东奔西走，他们还在那里。

我一直有个梦想，将来，如果有机会，我去回访这些孩子。

这些年，采访过那么多人，有很多只能是一面之交，握手，话别，说"再见"，其实不太有缘再见。而对这些孩子，我常常想再见他们的模样，也会想象他们会变成的模样。日子还长，会有这样的缘分吧！

大时代里，那些有着不同经历的小孩儿，如同小草，活着、长着，不管怎样，终究也会艰难长大。阳光下，风雨里，高高低低、深深浅浅的草，漫山遍野。草样年华，是一个生命的过程，就算没有绽放的花，也有向下的根，向上的叶。

年年岁岁，他们长大，在不同的地方、不同的时间，遇到了什么？周围的变化使得他们自身有了什么改变？这可以让我们看到很多，不仅仅是男孩变成男人，女孩成为妈妈，还有很多、很多。

后来，他们怎么样了？

再后来呢？

现在呢？

"你要坚强"　　地震中的六一

1998年，我参加青年专家国情考察团来到青海泽库草原。与我们一起来到草原的海归教授，见到这些孩子的生活状况，失声痛哭。

地震了，《东方时空》给孩子们在张北废墟上建了希望小学。有一户农民给双胞胎孩子起名"东方"和"时空"。

我遇到你
Encounter

11

他改变了很多人,他还在那里

在大别山，山之间，一片水，一只小木盆飘过来，木盆上面坐着一个小孩和一个大人。哦，是一个学生一个老师。老师就这样接送学生上学。他坚持着，为了不让孩子们失学，他就这样坚持了二十多年。这位老师叫胡大清。

"麻风娃儿！"
"王老师带着麻风娃儿来了！"
王老师护着自己的学生，愤怒地喊：
"哪个再骂他们，我就打哪个！"

红花草

节目进行着。一个短片，吸引着人们。

在大别山，山之间，一片水，一只小木盆漂过来，木盆上面坐着一个小孩和一个大人。哦，是一个学生一个老师，老师就这样接送学生上学。他坚持着，不让孩子们失学。这位老师叫胡大清。

这是1990年底，《经济半小时》一周年特别节目。《经济半小时》的主持人王晓真、王红蕾、赵赫和我一起迎来我们的客人。

短片中的主人公胡老师此刻坐在演播室的人群中。

胡老师个子不高，穿着蓝灰色的半旧衣服，举止拘谨，一脸腼腆，眼神里有种不安，对眼前的环境，似乎格格不入。

这位老师和这条小船，打动了电视观众。后来我知道，梁晓声在屏幕前，看到了那小木盆在水中险象环生地漂着，他的心再也难以安宁。

他与十几位作家通了电话，其中有铁凝。

于是，这些作家要为老师买条船。

于是，作家们在电话里，以接力的形式为胡老师写了一首诗。

后来，就有了我们的湖北麻城之行。我与梁晓声、铁凝相约，要把这份心意送到大别山，送给胡老师。

梁晓声和我们摄制组的几个人上了火车，我们都是梁晓声的读者，除了读者，我们还是哈尔滨老乡，还都是当过知青的人，刚见面，就觉得有几分熟悉。刚说了几句《今夜有暴风雪》，火车就到了保定。短暂停车，夜色中迎来了铁凝，她的样子和她的作品一样清新。

火车向南开去。到武汉，换车到麻城，又换车到三河，到了水库边，乘船去胡老师的学校。

大别山，层层叠叠，走啊走，真的感觉到，我们正走向角落。

这角落的感觉成了后来电视专题片的第一段解说词：

中国有许多大山，山上有许多角落。

这里是大别山的一个角落。

听说过这里穷，听说过这里是出将军的地方，听说出了将军却还是穷。

我们来这儿，是想看望一个普通人，是想看望这不普通的地方。

我和梁晓声、铁凝乘着船，一点一点走近大山，梁晓声的感受是：乘船接近一个人或一个地方，感受是奇特的，这时你更体会到了什么是接近，而且更体会到了什么是距离。

作家的感受总是深刻而独特的，此刻我想，是什么使我们接近这大山呢？不管山里人读没读过作家的小说，也不管他们看没看过我们的电视，我们的心都有相通的地方，要不怎么会有这接近呢？

终于来到胡大清老师的学校。准确地说，是个教学点。

一路走来，我们的队伍如同滚雪球一样，人越来越多，麻城、乡上都来了人。村里挂了红色横幅："欢迎北京记者"。我有点不安了，我们不是主角。

主角呢？这些人都是奔着他来的，怎么一直没见到胡老师？

直到我们走到教室窗外，才看见，胡老师正在讲课。

我肃然起敬。

这就是老师，什么热闹，什么围观，都与我无关，我最本分最应该的事情是：给学生上课。

下课了，作家把自己带来的书赠给同学们，同学们除了教科书，也没有什么课外书。面对大山里的老师和孩子，铁凝读起作家们写的诗：

在一切有孩子的地方

就应该有学校

在一切有学校的地方

必有教育的诗篇

你的小船

你的双桨

荡起如歌的行板

你普通的名字和那偏僻的地方

其实离我们的心灵并不遥远
我们也曾是孩子
尽管那已成为过去
我们虽不再是孩子
却永远敬爱小时候的师长
为你如歌的行板
为你那个学校那个地方
我们能做些什么呢
我们虔诚地想
…………

铁凝的声音把诗送到大别山深处，分不清哪一句是哪一位作家写的，这是他们共同的表达。

乡亲们都来了，村里难得这么热闹。胡老师在这样的环境里，显得拘谨起来。他低着头，从口袋里掏出折叠的纸，念起来："感谢……，感谢……。"从头到尾，没有抬起眼睛。

那一刻，我决定，在接下来几天的拍摄采访中，不把话筒伸向他。采访这样的人，不能让他为难，要用其他适合他的方式：用眼睛，用摄像机。

第二天，要上课了，我们不约而同都想听。于是，梁晓声、铁凝和我像三个学生，坐在教室的最后一排。

铁凝以作家的眼睛观察：昨天胡老师和我们见面的时候，非常局促不安。今天，当他走进教室，竟是如此从容自如。他的坦然，使他讲话的声音清晰而流利；他的自信，使他那张因常年操劳而显出疲惫的脸焕发出常人难以捕捉的光彩。

我们听的是一堂数学课。这个教学点的学生是一年级二年级复式教学。这样的最简单初级的课，胡老师不知讲过多少遍了。他在黑板上写字的样子，他与孩子交流的眼神，与昨天判若两人。

铁凝后来这样描述她的感觉：他那单纯无比的心，使他把自己看作是这间教室的主人；他日复一日和孩子的交流是他那生命的一部分。于是，连我们这些外人也似乎不存在了。其实,我们并没有走进他和他的孩子们的世界。他在自己的世界里，沉静、认真地做着自己的事情，不渴望众人的喝彩，不在意众人的旁观。我却因此感受到一种教育的力量。

我向教室外面看去，想象着，如果有一个镜头在高空，就可以更清楚地看清这里的大背景。这个只有一间教室的学校，这个只有一位老师的学校，在莽莽苍苍的大别山深处。在大山的挤压之下，在大山的皱褶里，眼前这个身材瘦小的老师以他的方式释放着教育的力量，为山里孩子启蒙。

当地电视台记者郭群多次采访胡老师，他记录过胡老师的一路艰辛。胡老师曾到城里进修，那段时间，没有人接替他的工作。教学点荒芜了，学生们辍学了，门窗被偷走了，连多年积累下的教学参考资料也不见了。

胡老师本想进修后以更专业的教学面对学生，可回来，却是这样的情景等着他，人们能理解他内心的悲哀吗？

胡老师只有一个心思，孩子不能失学。他无言地把教学点重建起来，划着小木盆，把分散在库区的孩子一个一个找回来。

中午，孩子们在学校吃饭，热气腾腾的大锅前，胡老师又成了厨师，而这个厨师只能做最简单的饭，只是米饭。这里的农民人均年收入 300 多元，粮食有半年不能自给。孩子们很少吃肉，甚至没有菜，靠咸菜下饭是经常的事。胡老师用尽全力也没法让这些正在长个儿的孩子吃得好一点，父亲一样的胡老师该是一种什么样的心情呢？

晚上，静静的山里，几个家远的孩子，就像儿子一样和胡老师住在一起，而这里并不是胡老师的家。

胡老师的家在水库那边的村里，他是为了学生才常年住在学校里的。胡老师的家境，据说在这里属于中上游，乡里把近一半的财政收入用在教育上，才勉强保证教师的工资和津贴。大别山的乡亲们是在勒紧裤带保教育啊！这让人感到欣慰，也让人感到苦涩。什么时候大别山人能从从容容、宽宽松松地办教育呢？

胡老师虽然腼腆，心里却惦记着一件事。他迟疑地吞吞吐吐地说："去我家吃个饭吧。"我们一点也不迟疑地回答："好！一定去。"酒是家酿的米酒，菜是过年过节山里人待客的"吊锅"，这是我们在大别山吃到的最难忘的一顿饭。

我们来到这儿正赶上花季。

学校边的桃花还没有落，山上的杜鹃又盛开在胡老师的小木盆里。胡老师说，这是接学生们上学时，孩子们带来的。

　　油菜花正开得热闹，给乡亲们带来殷实的希望，就像太阳一样灿烂。

　　可不知怎么，田里一片青绿，一片紫红，总在吸引我，我没有见过。

　　大别山人告诉我——这叫红花草，也叫紫云英，是一种绿肥。它的茎匍匐在地面上，它的花很朴素，并不想争春。在深秋的萧瑟和冬日的寂寞里，它无声无息地生长；当喧闹的春天来临，它又无声无息地隐藏在犁铧下面的泥土里；就要插秧了，它仍无声无息地用自己的身体肥沃着土地；待到那受到滋润的秧苗水灵灵地长起来时，就再也见不到红花草了。

　　红花草！

　　胡老师就像那红花草。

　　越是贫瘠的土地越需要红花草。在麻城的墙上，我第一次看到这样的标语："再穷不能穷教育，再苦不能苦孩子。"后来那些年，这样的标语，在中国的贫困地区经常见得到。

　　曾经当过教师的梁晓声，对教育显出格外的关切：

　　"写在各处的标语，令人看了不但感动而且震动，它们显示出了近于呐喊的渴望。是的，再穷也不能穷了老区的教育事业，再苦也不能苦了老区的孩子们。国家的关注是重要的，社会各界的援助同样是重要的。锦上添花的事应该做，雪中送炭的事更应该做。"

　　铁凝的目光从大别山望向更远的地方：

　　"在中国幅员辽阔的土地上，在中国那些仍旧贫困的深山里，还有多少胡大清这样的教师呢？多一个胡大清，就多一份中国教育的希望吧；他教育着山里的孩子，也教育着不再是孩子的许多大人。"

　　这几天，和学生们在一起，熟了，舍不得了。我们就要走了，孩子们采了山上的杜鹃花来送我们。他们热乎乎的小手向回拉着我们，只说一句话："住几天吧，多住几天吧！"

　　轻轻的一句话，重重地落在我们心头。

　　这些孩子必定是未来改变大别山的人。今天胡老师为这里减少一个文盲，21世纪这里就少一个贫困户。也许有一天，有的孩子会走出这大山，而为孩子启蒙的胡老师会永远留在这山村，为后来的孩子启蒙。

　　船开了，胡老师依然没说什么，他和学生们在岸边招手。在我们的泪眼中，他们的影子越来越小……

　　回京时，卧铺票不够，梁晓声把一张报纸铺在座位下面的地板上，躺了下去。我过意不去，毕竟是我们电视台邀请作家来的，却没能安排好。然而，梁晓声就像当年知青一样，自己就这样安排了。我虽心怀歉意，但背后是大别山，也就不用多说什么了。

　　回到北京，在编辑机前，对着一个个镜头，苦思苦想，什么标题最贴切呢？眼前，总有大别山的红花草闪过，于是，节目的标题定为《红花草》。

　　这个节目不是一个纯粹的山乡老师的故事，它表现的是作家眼中的老师，是大山内外的人们心灵之间的交流。怎样准确贴切地表达作家的个性观察和独特感受，我请两位作家在节目里配音，没有什么比这样的表达更直接自然的了。

　　儿童节，《红花草》播出。

　　教师节，《红花草》重播。

　　这样的重播是破例。破例的，是时任经济部主任赵化勇。审片时，听了我在大别山的采访经历和感慨，他做出了一个决定：经济部记者都去大别山，饮水思源，净化心灵，扶助老区。于是，我们大部队出发，"大别山老区行"在鄂豫皖展开。

　　我分工做的节目是：大别山的教育。梁晓声说："你有点教育情结。"我想，嗯，是贫困加教育情结。

　　这一年的秋天，又到大别山，我去看望胡大清。

　　他和学生在一起，还是春天时见到的样子。新生又入学了。这次，没有那么多人围观，我看到小小教学点的常态：安静、按部就班。

　　"胡老师，你看了我们拍的《红花草》吗？"

　　"没有。"

　　"没有电视？"

　　"嗯，没有电。"

　　我赶紧找麻城电视台郭群："胡老师还没有看过那节目，他下山进城时，

2006年，第四次见到胡大清老师。相比15年前第一次见面，他开朗多了。

别忘了请他到台里来看看录像。"

郭群说："他很少下山到市里来，他都是在学校。"

15年以后。

2006年7月，我又一次去大别山。这次，是《经济半小时》的一个特别策划《重访大别山》，我虽然已经在《焦点访谈》工作，但《经济半小时》的事，就是娘家的事儿，招之即来。临行前，我翻箱倒柜，找到了15年前的圆领衫，上面印着"饮水思源"。15年前，鄂豫皖的山间，活跃着一群群记者，都穿着这样的圆领衫。

这次，我们又来了。

这是第四次见到胡老师。

他胖了，戴眼镜了，视力下降了。我送他一个小收音机："眼睛容易累，就多听听吧。"

当年胡老师坚守的教学点撤了。

并校以后，学校正规了，胡老师周围依然是一群学生，叽叽喳喳，孩子们明显地开朗了。

开饭了，我想到15年前的咸菜。今天呢？学生们的搪瓷碗变成了不锈钢饭盒，里面装的依然是米饭和腌豆角。

一个年轻的女老师走来，胡老师介绍："这是我的学生，你上次来，见到过的，操场上那个小姑娘。"

很难估价胡老师给学生们带来多少改变。眼前这位学生真的如歌里唱的"长大后，我就变成了你"。年轻老师学过师范，一些过去开不了的课，现在能开了，同学们有了音乐课，孩子们的小手第一次摸到风琴。

在村里，还有"单人单校"教学点。我看到，一师、十生、一屋，马老师守着，和15年前的胡老师差不多。走在坑坑洼洼的村道上，我想起50公里外那所不错的麻城一中。50公里的距离有多大？教育资源的不均，就是起跑线的不公，就是可能的后患。从麻城到喻家畈50公里，却是城乡教育资源悬殊的缩影。

胡老师的儿子也学了师范，刚刚毕业。

胡老师告诉我："儿子去深圳了，去看看，也许在那里工作，也许回来。"

"你愿意他也在这里当老师吗？"

"嗯。"

小胡面对的这个时代，有了更多选择。胡老师付出大半生心血，是为了后代有更宽的视野，有更大的天地，有更多选择，有更多改变，开创更多可能，这也包括他自己的孩子。

2013年夏，湖北希望工程有一个计划，要为山区学校的孩子建希望食堂，问我，能不能去参加慈善拍卖募捐活动。我想起胡老师学校的小厨房，当年，我们还在那厨房灶上添过柴，现在的孩子们该有更好的厨房，更好的饭菜，这也是希望工程的新希望。

"我能去，胡老师能请来吗？"

于是，在武汉的拍卖募捐现场，我又一次见到了胡大清老师。

我们站在台中央，一起为大别山的学生呼吁，愿他们有学习生活保障。

胡老师是从最基层来的，他说的话，有不可替代的说服力。也许因为不是为自己而是替孩子说话，他不那么羞涩了，显得从容自然。我们一起为同一件事尽力，为了更多的孩子。

在会场，胡老师拿来一个大大的口袋，说是从山里带来的，执意要我收下。对胡老师，我不能推辞，我收下了。打开一看，是山里的木耳蘑菇，是在那片土地上生长的。我又感受到那大山里的气息。

记者生涯，不知会和多少人遇到，有的一面之交，有的萍水相逢，有的成为朋友，有的告别了，就不会再见面。

我和胡老师23年5次见面，加在一起也没有说过多少话，从来没有深谈过，但他却是一个难忘的采访对象，好像有些话不用说。

回想第一次和胡老师见面是1990年，那时我女儿4岁。

那天，刚从大别山归来，还带着满脑子记忆和感慨，我在幼儿园门外等着接女儿的时候，生出一个个想法，于是就坐在什刹海的石头上写下了《红花草》解说词。那时女儿还看不懂我的节目，我只告诉她：山里有的孩子没有文具盒，铅笔放在牙膏盒里；他们吃饭时，没有菜，只有咸菜。

2015年早春，我女儿读到《红花草》最后一句话："面对胡老师，面对孩子们，面对着默默的大别山，我们该做些什么，我们能做些什么呢？"

这个25年前的问号今天让女儿心有所动。她已经在非营利教育项目"美丽中国"工作了两年多。加入这个项目的600多位优秀的年轻人，在中国教育资源匮乏地区从事一线长期支教工作，他们影响了数以十万计的贫困地区的学生，给孩子们带去优质的教育资源。他们在探索专业的、可持续的公益模式，是新一代的行动者，是自觉的行动者。他们用职业的公益行为，帮助孩子获得公平的教育起跑线。美丽中国的小伙伴看到了多面的生活，他们相信：总有一种力量让我们认清生活本来面目之后，仍然热爱生活。

"美丽中国"让我看到，年轻的人，年轻的理念，真的很美丽。

将来有一天，女儿也许会有机会拜访胡老师。

麻风村有了王老师

陈新红对我说:"大姐,我们去麻风村吧,那里有一个王老师。"

"好,我想去。"

陈新红是《新闻调查》编导,也曾经是《焦点访谈》记者。1994年,当我还是《焦点访谈》观众时,我看过一个节目,讲述的是流浪儿的生存状态。我在节目里感受到了一种深深的关切。而在当时的电视屏幕上,能给人这样感觉的节目是不多见的。在片尾字幕上,我认识了一个名字:陈新红。后来,在《新闻调查》,我们合作最多,每次都不需多说什么,我相信她的判断。对于选题的选择,对于表达的方式,我们都有相似的倾向,这就是默契吧。

料想这次,也会是这样的。

于是,在2005年的春天,我们和陈威、晓鹏、刘昶一起上路了。

越西,很远,从北京飞到成都,再从成都飞到西昌,再乘汽车走盘山道,盘上去,盘下来,几个小时后,才到了凉山里的小县城。

我一路上在想,这可能是一个好老师和他的学生的故事。

故事的背景是麻风病,而麻风病又能给人带来更多想象。以往的印象,那是不可靠近的,是被隔离的,是可怕的,是危险的。这些印象,很大程度上来自电视媒体,某些夸张的表达加大了人们的误解。

离开北京以前,我请教了医生,医生说,麻风病现在没有那么可怕。我想,我们这次去,别吓唬自己,也别吓唬别人,心平气和讲好一个故事吧。路上,没怎么说麻风病话题,这几位《新闻调查》的摄像、录音师在非典时都在报道一线,见过生死的人,看什么都不会大惊小怪。

越西县城什么样,我想不起来了。

那个村的模样,我记得清清楚楚,它叫大营盘。外面的人管它叫麻风村。远远望过去,这个村和别的村没什么两样,也是土黄的墙,也有油菜花,

走进村里，见到人，就看出些不一样了。有的人脸上凹凸不平，有的人手脚残缺，这就是麻风病留下的痕迹。麻风村的人也不与外人通婚。

也是一条土路，也有参差的民房，也有一所学校。

走进村里，见到人，就觉出些不一样了。上了年纪的人多半穿着黑衣服，那种能把自己包裹起来的黑斗篷，是彝族的典型服装。年轻人穿着简单，没什么民族特点。他们坐在墙边晒太阳，似乎很闲，很平淡。女人的表情似乎更生动一点，有微微的笑意。偶尔看到，有的人脸上凹凸不平，有的人手脚残缺，倚靠在墙边，据说，这就是麻风病留下的痕迹。

这个村是50年代建立的麻风病康复村。凉山里各个角落的麻风病人集中在这里进行康复治疗，病人康复以后，就留在了这里安家落户，结婚生子，逐渐繁衍成一个村落。隔一段时间，村里人就会接受健康普查，老病人维持着，据说，近年没有产生新病人。

我们发现，村里孩子很多，比我们想象的多很多。这里相对封闭，没有控制生育。大大小小的孩子们有的偎在大人身边，有的跑来跑去，有的干干净净，有的脸都没洗。

干干净净的孩子往往会和我们打招呼，目光对视的时候，挺大方的，笑起来挺好看的，他们是村里小学校的学生。

王文福老师一家都在村里学校忙着，摄制组和他的全家合影。

我们就是奔着这所学校来的。我们是奔着学校的王老师来的。

王老师个子不高，笑容里有一点谦恭。在大山里，经常可以看到这样的男人，就像岩石边的不惹人注意但很耐旱耐寒的草。他本不是这个村的人，他父母也不是，可他已经在这里生活了18年，后来妻子来了，女儿也来了，他们一家成了麻风村里唯一没有麻风病背景的人家。

"你怎么到这里来的呢？"

王老师在我的对面，在早春的阳光里，讲他的故事。

18年前，这个村里没有老师，没人愿意到这里教学。山风吹过同一片大山，而这个村与外面处于隔离状态，没有人与这里的人们来往，村里人偶尔走出去，在路上，还会有外村的人向他们扔石头。村里的孩子从小就知道自己和别村的孩子不一样，他们只能窝在村里，在村里才没有异样的眼光。在没有老师的日子，孩子们就荒着，等长成大人，就在村里找个人成家，生了孩子，还荒着。

有一天，教办主任问："你敢不敢去那个村当老师？"王老师觉得有点突然。当老师，好是好，可到麻风村当老师……

帮助王老师做出决定的是他的父亲。老父亲有文化，没偏见。他告诉儿子，麻风病不都传染，病人的后代也不一定是病人，注意点儿，没事。

于是，王老师来到大营盘村，这里的小学是全省第一所麻风村学校。

王老师没有学过师范，但他懂孩子。孩子们荒得太久了，怎么把他们吸引来读书呢？他带来一只篮球，这只篮球把孩子吸引到了他的身边。游戏让孩子快活，让孩子聚在一起，玩完了，上课！

a、o、e、i、u、ü，大小多少，上下来去，123456……读书让封闭世界的孩子走进另一个天地，读书声让这个沉寂的小村有了生气。

孩子们的天地太小了，王老师想让学生们看到村外的世界。那一天，王老师带着他的学生们出村了，他们避开人群，走上山路，孩子们好兴奋啊！因为，王老师要让他们看到一个从来没见过的东西，那个东西叫"火车"。他们一边想象着火车的样子，一边赶路，走了很远，来到一个山坡，山脚下，就是一条铁路，就是火车要经过的地方。

不知等了多久，孩子们猜想那铁路上将要走来什么。

火车来了！

呜——孩子们吓了一跳，纷纷向后退去。

"啊！这就是火车！"

很多年以后，王老师的学生依伙布都已经成了大人，回忆当年看到火车的感受，仍然兴奋得眼里放光，说当时觉得火车的样子就像一头牛，呼哧呼哧，一头巨大的牛。很难说清，那次看火车给孩子们带来的震撼有多大，影响有多深。从没离开过村子的小孩们展开了想象，那伸向远方的铁轨，能把人带到什么地方？那是一个多大的世界？

在村里，我们见到了王老师教过的第一批学生。现在他们多半都已结婚成家生子。当年，他们读到三四年级就回家种地了。

我问他们："还记得王老师当年教给你们什么？"

他们眼睛里放出光彩："教打篮球唱歌表演跳舞，然后摔跤，跑步比赛，哪个都好玩得很！"

我问："你们现在还记得王老师教你们唱什么歌吗？"

"他教我们，……小鸟在前面带路。"

这些已经当了爸爸的人，唱了起来："小鸟在前面带路，风呀吹向我们……"

我听着这歌声，心里很翻腾。我小时候也唱过这歌儿，很多人都唱着这首歌过着快乐的节日，很多人小时候都能读书。而在眼前这个村庄，王老师希望这些学生能读下去，享受到平等的教育，却难以实现。

在村里，学生们没有什么异常的感觉，出了村，就不一样了。外面的人们对麻风病不了解，有偏见，村民的生活长期与外界隔离。老一辈的麻风病人不能走出村，而他们的第二代、第三代子女却不安于守在村里，他们想走出去，可并不容易被外界接纳。

我问王老师，遇到那种眼光看你的学生，怎么办？王老师说，有一次他带学生们出了村，到另一学校搬桌子。刚到校门口正赶上他们下课，那些学生见了就嚷：

"麻风娃儿！"

"王老师带着麻风娃儿来了！"

"麻风娃儿来了！"

王老师护着自己的学生，愤怒地喊："哪个再骂他们，我就打哪个！"

学生们被刺痛了。多年以后，依伙布都和我们谈起这件事，还神情黯然。

我问："你是从什么时候开始意识到自己和外面的孩子不一样，别人看你们的眼光不一样？"

依伙布都："也就是从那天搬桌子起。从那天起，我觉得我们和别人是大不相同的，真是与众不同，因为只要我们走出这个村，别人就会歧视我们。我觉得在这个世上，我们这种麻风病人的子女，是最见不得人的人，因为连很小的孩子都说我们，歧视我们。那天，真是心中比什么都难受，我们这个村里的人，不说想到外面去，连这样近的地方都歧视我们，将来长大了，怎么见人！"

王老师当时把那些不懂事的孩子赶走了，而王老师的懂事的学生们心里难受，跑到旁边去躲起来，还对老师说："王老师你先把桌子搬出校门，我们再搬，我们不进去。"

在村里采访，听这些故事，我越来越压抑。歧视给麻风病人的子女造成的心理压力有多大，外面的人难以理解。虽然麻风病早已能够治愈，但是父母得过麻风病所造成的悲剧一直延续到他们子女的身上。

村里有小学校，但读书、升学仍然不顺畅，小学毕业就不能再升学了。麻风病人的子女没有继续升学的希望。学生们在村里，读上书了，挺好，可读了书又能怎样呢？依然窝在村里，走不出去。一拨孩子读着读着，就不想读了。王老师依然勤恳地教着，又一拨学生读着读着，又不想读了。小学校里流失的学生很多，学生和家长都看不到，读书，不读书，有什么不一样，还不都是在村里种地！还不都是直到长大以后结婚生子！

上课、下课。上学、放学。王老师守在讲台上。十几年里，这所学校只有辍学生，没有过一个毕业生。

王老师尽心了，尽力了，能改变多少是多少吧。那些年，没多少收入，没多少成就感，没什么精神激励，没什么同伴，在大山里，他很寂寞地坚持着。

王老师有些吃力了。他只是个代课老师，每个月56元5角的微薄收入难以支撑家庭，女儿的学费经常这儿借那儿借，大女儿读到五年级就辍学了。学生们一个个离开，他也看不清前面的希望，他甚至想离开了。一个远房亲戚要他出去打工，每月可以挣得700多元。

学生听说了，说："王老师你不要走，你走了没有人来教我们。"学生家长问："王老师你要到外面打工？你不能走，你有啥子困难，你只要跟我们说，我们能够帮你的就帮你。"许多学生和家长都想办法帮助王老师，他们给王老师家打猪草、种地、掰玉米，希望留住他们唯一的老师。

王老师感动着，也犹豫着。

就在这时候，一个陌生人带来意想不到的变化。

张平宜到了大营盘。

她来自台湾，曾当过多年记者，在台湾长期报道和研究麻风病等社会问题，走访过云南、广东六个麻风村，到了四川，打听到这里也有麻风村，就来了。

走南闯北的她为什么在这里停住了脚步？

张平宜这样说："这是一个莫名其妙的因缘，那时候我还在当记者，对于这种比较社会边缘的题材，我有兴趣。有一个机会，我来了解这边'麻风村'的状况。原来我以为，我看到的，会像台湾，或者是大陆沿海的状况，是一个以老人为主的疗养形态的村落或者医院。我万万没有想到，在这样一个很偏僻的村落里面，除了一群畸残的老人之外，我看到，还有一群正要长大的小孩。我想知道，在我所了解的'麻风村'里面，有没有任何一所学校可以让小朋友读书。后来我打听到，在凉山州里面就越西县有这么一所小学，唯一的。我是非常兴奋的，所以我就赶快来了。"

她是那样不同。村里的大人小孩都没有见过这样的女人。她的举止、服饰、口音给这里带来陌生的新鲜气息，而最打动村民的，是她的态度。她和村上的人打招呼，表情声音都透着热情；她看着孩子时，目光里透着真诚。她用关切的目光观察着这个村落。人们叫她张小姐，孩子们叫她张阿姨。她的目光特别关注到学校，关注到王老师和孩子们。

我问她："当时对王老师是什么印象？"

她说："很打动我，因为王老师长着一张很典型的我们中国人很诚恳的脸。我就觉得这样一个老师，在这样一个艰苦的环境之下，在那么微薄的薪资之下，他可以在这个学校坚持12年，真的是不容易的！当时王老师说，他教了那么多年都没有一个毕业生，很遗憾。"

张平宜被打动了。她认定，可以和王老师一起来帮这些孩子。

她跟王老师讲："你留在这里，我们筹款，建新校舍，和你一起来教学生。让这个学校有一个比较正规的发展。"

张平宜和一批批台湾志愿者带着精神和物质的支持来到这里，给这里注入了一种力量，他们想在麻风村和正常社会之间建一条路，让孩子跨越过来。

文明的熏陶使得孩子们打开了对美好事物的想象空间，同时他们祖祖辈辈传下来的一些生活习惯也在慢慢地发生着改变。这个特殊村庄的特殊学校，成了受人关注的地方。

县里给这里派来师范学校毕业的几位新老师，教室也变得很有样儿了。王老师的生活有了改善，他的妻子给学生做饭，菜盘里经常有肉了。王老师的大女儿曾经辍学，长大了，也有模有样走上讲台，教夜校里的成年人认字。

令我惊讶的是，张平宜能叫出那么多孩子的名字，那么熟悉！那都是彝族的名字，不是很好记的。记住这些名字恐怕不是靠记忆力，而是靠真情相处，靠真心喜爱。她爱这些孩子。

那些成年人中，有的是王老师当年的学生，辍学多年以后，他们又跟着王老师的女儿学认字来了。

我问这些成年人："为什么想来读夜校？"

他们说汉话，说得很慢：

"我们是文盲，以前没有读过书，现在年龄大了，还是识一点字好。"

"不识字，我们不可能出去打工。"

"到银行里面去取一点钱，还得签字，我们都不会。"

"还是读一点书好，所以我们继续念。"

王老师再不是孤军作战了。最让他高兴的是，18年来，这里终于要有小学毕业生了，这对学校来说是值得庆祝的，对学生来说，这是人生大事，对这个特殊村庄来说也是件历史性的大事。学校正在准备有史以来的第一个毕业典礼，我们感受到了期待的气氛。

张平宜在村里很自如，因为人们信任她。看得出她和孩子们很熟，让我惊讶的是，她能叫出那么多孩子的名字，那么熟悉！那都是彝族的名字，不是很好记的。记住这些名字恐怕不是靠记忆力，而是靠真情相处，靠真心喜爱。她听孩子们唱歌，热情地鼓励一个男孩走到众人面前，那原本腼腆的男孩用一个纸筒当作话筒，唱出了正在流行的歌："有一个女孩名叫小薇……"她告诉孩子们怎样和外人沟通，她教女孩儿要好好洗脸刷牙梳头发，还教女孩儿学会了冲泡咖啡。

当我在这样一个村庄闻到咖啡味道时，感觉有些意外。我意识到，这个曾经生活优裕的台湾女人在这里放弃了很多，忍耐了很多，克制了很多。她是怎样抗拒自己的洁癖？她是怎样面对不解？她是怎样在坚持？她不谈这些，她只谈这里的孩子们。在村里，喝一点咖啡，成了她难得的享受。

在村里，我们越来越清楚地看到，我们面对的不仅是一个好老师和他的学生的故事，还是一个学校和一个村庄的故事，是一小群人和一大群人的故事。

我们在村里待了一周，当晓鹏在闭塞的山里拍下通向山外的火车的时候，当陈威数着全身被跳蚤咬的一百三十多个疙瘩的时候，当刘昶录下孩子们唱的"小鸟在前面带路，风儿吹着我们……感谢伟大的祖国，为我们创造了美好生活"的时候，每个人对麻风村都有了新的感受。这个乡村小学在村里地位很独特，不仅在传播着知识，更在传播着爱，王老师、张平宜，还有后来的那些年轻的老师用文明改变了孩子们，影响了这个大山角落里的村庄。有一些改变也许过些年更能显现出来。

张平宜是有心事的。她说，麻风村的孩子有没有明天，这是让她忧心的事。

听到她这样说，我心生敬意。我看到一颗母亲的心。

她告诉我，她曾很大胆地做了一件事。

她看到村里年轻人穷着、闲着，就想帮他们。她挑选了王老师早年间教过的两个学生，准备把他们介绍到外地的工厂打工。要上路了，她才发现，他们没有身份证；更让人想不到的是，她由此发现，全村的人都没有身份证。男女老少几百人，在这里住了几十年，大家在一个封闭的环境里，都没有出过门，都不知身份证为何物，不但没有拥有身份证的意识，更没有想到这是一种权利。几番交涉，发证的部门终于认识到，麻风村的人也是公民，他们也有需求、有权利。这两个要出门的小伙子终于破天荒地成了麻风村里有身份证的人。

张平宜没有告诉那个远方的工厂这两个小伙子来自麻风村的背景，因为她知道，他们是健康的，她不愿让歧视害了他们。他们成了工人，接触到那么多新鲜的东西，有了那么多从未有过的体验和感受，他们让村里的新一代看到了明天的一条路。可惜的是，他们当年只读了两三年书，文化程度太低了，很多工作都承担不了。合同期满，他们回到了家乡。

人回来了，却不再是原来的那个人了。有了经历，见了世面，知道了读书的用处，就想改变了。其中一个小伙子重回课堂，高高大大的他坐在最后一排。当他读着五年级课本时，他的二儿子趴在教室门口张望。

在村里，我问一个小姑娘："读完书做什么？"

她说："打工。"

"去哪儿？"

"台湾。"

小姑娘知道台湾，是因为张平宜。在这远离海峡的山里，张平宜的家乡成了孩子的向往之地。张平宜的丈夫、孩子都在台湾，而张平宜经常来大营盘，她的孩子们也来过，他们知道妈妈在为别的孩子做什么。

眼下，王老师和张平宜喜忧参半，他们将见证村里第一届小学毕业生的产生，但同时他们又在为毕业生的未来着急了。小学毕业了，怎么上中学呢？大营盘村里没有中学，到镇上去读中学，就意味着这些孩子将走出封闭的村庄，走出去，他们能在更大的范围被接受吗？

我们摄制组去了镇上，中学校长为难地说："很多家长不愿意自己的孩子和麻风病人的孩子一起读书，他们甚至说，如果麻风病人的孩子来了，我们孩子就转学、退学。"

"那您呢？学校的意见呢？"我问这句话的时候，目光盯着校长，像是逼人表态。

"我们去做工作。"校长说这话的时候，一定知道这有多难。

我们采访校长是在校园里，学生三五成群跑着、跳着、笑着，一派活泼自在的青春模样。我也问了同学们："如果大营盘村的同学来了，你们愿意和他们在一起吗？"

同学们说："可以呀！"

我心里不太踏实，距离期末还有几个月，会等来什么消息呢？这个校园其实很普通，而对麻风村的孩子来说，这就是他们的新世界，就是他们的里程碑。我想象着，大营盘村的孩子如果来了，也能融入在这校园里，多好！

最终，我们在节目里表现得很有节制、很收敛。

让我看重的是，在拍摄过程中，我们摄制组全体有一种共同的倾向，对不同的人、对不同的事、对各种说法，交换一个眼神，就会意了。这使得拍摄中的一个个细节都顺畅舒服。我喜欢并珍惜这种感觉。

在麻风村，我们看到的、想到的，仅有一部分表现在了节目里。我们只是触碰了这个村庄的教育这一个话题。而这个村庄多层面的生活让我久久放不下，对不同栏目来说，这里不是可以产生若干选题吗？比如——

《焦点访谈》——标题：他们何以没有公民权利。记者在四川凉山越西的大营盘村发现，村民们既没有户口，也没有身份证。拥有这些证件是公民的权利，而村民的权利是如何失去的呢？

《纪事》——标题：一个被遗忘了的村庄。这个村的人口、土地都没有准数，政府也不要求统计。这里没有村民自治组织，据说是书记的人又据说不是党员，还有一多半孩子没能上学……

《面对面》——标题：台湾人与麻风娃。王志可以问张平宜：你作为台湾人，为什么要管这么远的事？为什么这里的孩子知道台湾而不知道西昌、成都、北京？你认为，没有连战大陆之行掀起的两岸热，你能出现在中央电视台屏幕上吗？

《百姓故事》——标题：一个也不能少。说的是，王老师的女儿翠平小学五年级失学，现在却每晚站在讲台上，她的学生年龄都比她大，上的学都比她少。她教书，没有资历、没有指标、没有报酬，有的是一种自我的满足。她严厉的小大人模样酷似可爱的魏敏芝。

《社会记录》——标题：不近亲又怎么办？麻风村第二代结婚生子，第三代在长大。婚恋对象全在本村，外村人不与麻风后代通婚，下一代就该出现近亲了吧？

《新闻会客厅》——标题：准备好了吗？麻风娃今年第一次有小学毕业生了，中学能接受他们吗？外面世界的歧视会不会断送了他们的学业、前程？

《央视论坛》——标题：麻风村的生存状态说明了什么……

《实话实说》——标题：假如你身边有麻风后代……

…………

这只是我的设想。种种设想的角度，其实只有一个落点：人。

后来，大营盘村的部分小学毕业生上了镇里的中学。

后来，王老师成为2005年《感动中国》候选人，但最后没有成为获奖者。

后来，2011年《感动中国》迎来了张平宜。这是《感动中国》获奖者中的第一位台湾人。在颁奖现场，张平宜带来新消息：大营盘有了九年一贯制的学校，又办起了职业培训学校。她说，缘分让她走进大营盘，一个一个希望牵着她走过12年。命运在改变，偏见在改变，大营盘的经验将复制到其他麻风村，基金会将帮助困境中的孩子。

我问：王老师呢？

他还在那里。

他改变了很多人，他还在那里。

大营盘
小学

我遇到你
Encounter

12
我的绿日子

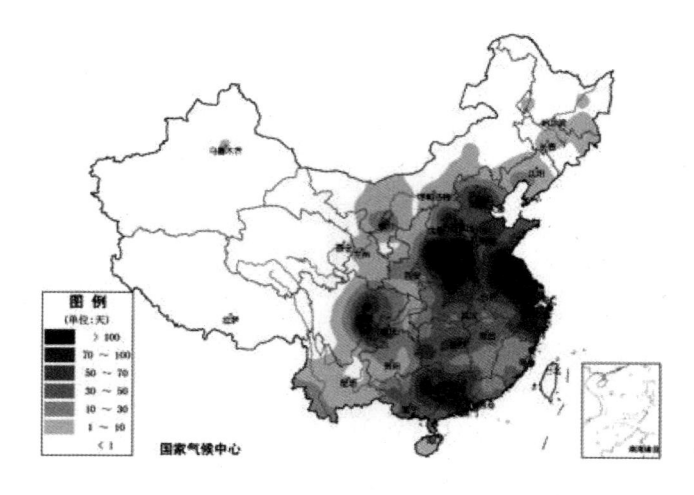

2013年全国雾霾分布图
（来源：国家气候中心）

霾，又来了。

我小时候，"霾"这个字是生僻字，好像只在形容旧社会的黑暗时偶尔用过，几乎没有用在日常生活中。而现在，它居然变成了常用词。

无处躲藏，无法逃避，空气的污染比其他污染更让人不安。当霾一次又一次到来的时候，首先让我难以忍受的还不是呼吸道，而是心情。

中国人频频遭遇有霾的日子，2013年从1月1日至4月10日这100天里，北京雾霾天数达46天，较常年同期偏多5.5倍，为近60年最多。

持续大范围雾霾笼罩着中国，2013年陆续有25个省份、100多座大中城市不同程度出现雾霾天气，覆盖了中国将近一半的国土。

黄色预警！橙色预警！

有霾的日子，成了灰色的日子。

而在我心里的日历上，是应该有绿日子的。

3.12 植树节
17 岁，走进片片树林

2015 年春，一个消息发布：我国陆续停止天然林商业性采伐。在这之前一年，黑龙江林区已经结束了 175 年的采伐历史。

是坏消息？林区面临资源枯竭危险。

是好消息？从此进入全面休养生息阶段，为子孙后代储备资源。

我 17 岁的时候，走进了小兴安岭林区。作为知识青年，我在林海雪原生活了四年半。冬天里的小白桦，春天里的红松苗，夏天里的林间花，秋天里的榛子棵，那片片树林，是我知青年代记忆的背景。

那时，清河林区刚开发，一个个主伐林场开工，一棵棵大树轰然倒下。我做的第一个工作是修路——运木材的公路。运材车拉着巨大的木材从我们面前驶过，一车又一车。我从来没有想过，有一天，这里会无材可运。

我在林区广播站常常说："伐木——大干快上，运输——多拉快跑。"从没觉得这说法有什么不对。油锯开起来，一棵树被截成一段一段；斧子抡起来，粗大的木段劈成四瓣，扔进烤火炉子，噼噼啪啪，烧热了宿舍的火墙。我当时没有啥不安，多少年，多少代，林区都这样啊！常年生活在林海雪原，我们自称是"老林家"的，没有一点儿身在"少林国家"的感觉，没有一点儿对未来森林资源的担忧。

大约是在 1974 年或 1975 年，有一天，广播稿里出现了新词："青山常在，永续利用。"我觉得很新鲜，当我在广播里多次重复这句话时，密林深处人们的生活也在发生着变化。

生活用柴不能烧好材，只能烧枝丫——这对林区来说，是从未有过的改变。靠山吃山啊，林子里的人们做饭、烧炕、取暖，烧掉多少好材？人们头一次开始算账。

这里曾是树林。现在，树木全被砍光，山坡如同坟场，看得我欲哭无泪。

我们广播站把大喇叭安装在卡车上，在林区各街道、林场巡回宣传，我在驾驶室里对着话筒大声广播："不能烧好柴，只能烧枝丫。"还要讲道理："青山常在，永续利用。"那时正在烧火做饭的主妇也许会说，大喇叭里说的是啥？

后来，听说"青山常在，永续利用"这句话是周恩来总理说的。在那个年代，能有这样的远见，这样的勇气，真是让人敬佩。很多年以后我才意识到，这个主张带来的举措多少延缓了林区资源危机的到来。

那时，林区已经是边砍树边植树。春季植树大会战，带上林区专业造林用的"郭式锹"，男女老少去植树。山坡上，雪化了，草绿了，林子里那特有的春天味儿，让我有些眩晕，我很享受那种感觉。

20年以后，我回到清河林区，看到我们当年栽的树已经成林。

然而，植树的力度，赶不上砍树。没有想到，我们这一代人会这么快遭遇资源危机。

90年代，林区的老朋友来信：树已经伐得差不多了，有的林场已经无树可砍，职工没活儿干了，工资也发不出来了，老老少少看不到成材的树，也就看不到盼头了。一些人离开林区，当年闯关东的后代，有的倒流回老家了。

那时，采访林业部门，最常用的词是"两危"：资源危机、经济危困。林业已经成了最困难的行业。不仅是行业之危，这是生态之危，环境之危。

在这样的时候，对一个日子有一种特别的期待：植树节。

把 3 月 12 日定为植树节，是因为这一天是孙中山先生逝世纪念日，也是因为这是点染绿色的时节。从南到北，鹅黄新绿，惊蛰春分之间，更让人感受到生命的力量。绿，显得弥足珍贵。

把这个日子定为植树节，是最高权力机关全国人大常委会的决定。那是 1979 年，国家刚刚从经济崩溃边缘恢复生机，百废待兴，这是一种警醒，也是一种呼唤。于是，每年到了这一天，从国家首脑到黎民百姓，几亿人在播种绿色，谈论绿色，连报纸都印成套绿的。"3·12"，成了一个绿日子。

然而，常常让人失望的是，过了轰轰烈烈的植树节，绿色就淡了。

那些在轰轰烈烈气氛里栽下的树，成活率是多少？春夏秋冬过去，树成林了没有？一些绿化机构在"3·12"之后就没了动静，仿佛休眠了。有让人不能容忍的，把山坡上的石头涂上绿色蒙骗检查，用虚假的数字应付造林任务——《焦点访谈》和《新闻调查》都报道过。种种自欺欺人，种种短期行为，都在折磨着那珍贵的绿色。

在一个缺少森林的国度，当有机会向外看时，也是在认识国情。

我几次去俄罗斯采访，总有一个心愿：走进那片片树林。每当路过树林的时候，我都恍惚觉得，我好像来过似的。卓娅和同伴打赌在夜里穿过黑森林时，我来过；保尔修铁路饥寒交迫困在树林里的时候，我也来过。似梦似真，这也许就叫神游吧？

而现在，片片树林就在眼前，在路边，在郊外，在城市街道之间。我喜欢俄罗斯的树林的模样，没有刻意收拾，乔木、灌木、野草，就那么自然和谐地自由生长。乡下林间，人们在采蘑菇，采浆果；城里的林间，老人牵着狗散步，母亲带着孩子呼吸着树林散发的气息。在托尔斯泰庄园，那大片森林让我遐想，这一草一木曾给作家带来怎样的灵感？在伏尔加河沿岸的树林里，一位老人指着草丛告诉我："这里有野草莓。"这情景，恍若童话。

对这样的人与自然融合的生活方式，一些中国人并不理解。曾经，有在俄罗斯做生意的中国人编了这样的顺口溜，说俄罗斯人"种花种树不种菜，养猫养狗不养猪"。听起来，好像在笑话人家不过日子，而仔细想想，是不是我们过日子的方式出了什么毛病？两种生活观、环境观在这顺口溜里显示出了差异。

在人多地少的国家，形成"吃饭第一"的观念是合乎情理的，但，如果只盯着今天的饭碗，不顾及环境，不顾及明天，这日子也很难过出个样儿来。

我在大别山采访，曾经看到一座座秃山，当地人说，这里在1958年以前都是密密的林子，后来，树都被砍下来烧木炭、炼钢铁去了，从此，林子没了，山秃了，几十年就那么默默地秃着，秃得没法对山里的儿孙交待。

树林关系着我们的饭碗、我们的生存空间、我们和自然相处的心态。

羡慕人家那片片树林，我更想走进的，是我们自己的片片树林。

我和先生一起植树。前些年栽的小树已经成林。

3.22 水日
月牙泉，你的病好些了吗？

月牙泉病了。

2007 年，有消息传来：存在千百年的月牙泉近年变得越来越小了！月牙泉水位急剧下降，水域面积锐减，濒临消失。

我们去探望她！路上，想起那首歌：

　　它是天的镜子，沙漠的眼，

　　星星沐浴的乐园。

　　那年我从月牙泉边走过，

　　从此以后魂绕梦牵。

在鸣沙山的怀抱里，月牙泉静静地映着蓝天。山泉共处，沙水共生，敦煌的月牙泉是一个奇迹。敦煌盆地内气候干旱，根据从 1980 年到 2000 年的统计，年均降水量仅为 36 毫米，而蒸发量高达 2563 毫米，是降水量的 71.2 倍。这个地方还有"世界风库"之称，大风和沙暴非常频繁，每年 8 级以上大风平均出现 15 至 20 次。在这样恶劣的环境中，月牙泉展现了非凡的生命力。

土生土长的老敦煌人从小就听爷爷奶奶讲月牙泉的故事。月牙泉水从古到今，都是圣水，是圣泉。月牙泉曾是敦煌人祭祀、祈雨、集会的重要场所。

一组数字让我们看到月牙泉的今昔：

　　50 年代，月牙泉水域面积 20 亩，深 7 米；

　　60 年代，泉水深 6 米；

　　70 年代，泉水尚能灌溉农田，但水位已开始下降；

　　2006 年，水深 1 米。

月牙泉就像是敦煌的眼睛，那波光粼粼的眼神，与敦煌的沧桑对视。它似在发问：怎么了？为什么？

从月牙泉向着东南方向骑着骆驼走 14 公里就到了莫高窟。莫高窟和月牙泉被称为"敦煌双绝",一个是文化的奇迹,一个是自然的奇观,都是宝贝。当月牙泉遭受干渴之苦的时候,莫高窟有没有隐忧呢?

我迫不及待去见敦煌研究院的樊锦诗院长。我和樊老师在全国政协恰好在一个界别,每当她谈起敦煌,我都格外留心,她的关于保护敦煌文化遗产的提案被评为全国政协优秀提案,我们也在电视节目里关注过这个话题。

当初就是月牙泉和莫高窟吸引她来到了敦煌,她的生命都与敦煌融合在了一起。60年代她来时,还是刚走出校门的女生。她说,那时,敦煌的井不深,打水的时候,能看见水中映着自己的脸。而现在,井越来越深了,水位下降越来越快了。月牙泉水位的变化,是一个不安的信号。

樊锦诗的忧虑是很自然的:像月牙泉这样,城里水位迅速下降,莫高窟的水源怎么办?滋润着莫高窟的是从它面前流过的大泉河水。大泉河水的源头是距离莫高窟15公里的5个泉眼。莫高窟在古代选择这个地方,肯定是考虑到风水,那时,肯定是有水有山有树。

樊老师说:"'文化大革命'中,我们脑袋也热过,在有泉水的山沟里种地。现在,就是让它长些沙生植物,不能再让人种任何东西。如果这股水也像月牙泉这样,那莫高窟今后还能不能存在?我保护的是莫高窟,莫高窟的洞、莫高窟的壁画、莫高窟的彩塑,也要保护它的生态环境。"

从月牙泉的东南方向我们爬上山坡,这里距离月牙泉大约有500米,从高处看,更容易看清月牙泉同鸣沙山、同敦煌这个城市的关系。它们之间是那么近,真的是相依相偎。如果月牙泉干了,鸣沙山还会有这样的魅力吗?如果月牙泉干了,绿洲还会有这样的生机吗?月牙泉的水映出了很多东西,告诉了我们很多信号。

专家说,人的行为加速了环境的恶化,移民多了,打井多了,开垦多了,这片土地已经难以承载这样的负担。

"农业学大寨"运动中的一次重大人为动作是月牙泉萎缩的起点。1975年,杨家桥公社在月牙泉安装了三台水泵,大规模抽水灌溉开始了。抽水!抽水!最后南岸崩塌了,泉岸的坍塌堵塞了泉眼,这不仅改变了月牙泉的形状,更危及了月牙泉的生命。

我们听了,无语。唉,这是无知,还是无奈?这就是那个时代的认识,那个时代的选择。

怎样拯救月牙泉？在 80 年代初期，为了使月牙泉不至于干枯，在旁边修了一个人工湖，湖水经过地下管道，直接输到月牙泉。人工注水的方式并没有从根本上扭转水位下降的趋势。到了 1999 年，月牙泉泉底已经露出水面，平均水深 0.4 米。

生活在月牙泉边的老范说："当时月牙泉的水面成了一个哑铃形，中间被一些沙子给断开了。不成月牙形了，看着非常凄凉。"

敦煌曾是水草丰美的绿洲，千百年来人们在这里创造了伟大的文明，人与自然的关系曾经和谐。今天，人与自然之间的平衡正在一点一点被打破。人口和耕地面积的飞速增长致使水资源不堪重负，敦煌面临着缺水的危机、环境的困境。

我站在干枯的河床，很难想象这里是疏勒河，曾经波光粼粼，曾是敦煌至关重要的水源。由于上游修建了水库和堤坝，敦煌境内的疏勒河于 1960 年断流。水源减少了，而用水量却在快速增加着。从 70 年代初开始，人们不得不越来越多地开采地下水。月牙泉的变化是西北生态环境变化的缩影。而大环境的恶化，会影响到敦煌的未来。

樊锦诗老师忧虑的不仅仅是莫高窟的保护。她说："月牙泉是个警示，还是得记住中国古人的话，天人合一。你要从大自然索取，你就要保护大自然；你要取水，你就要保护这个水。大自然它不说话，它到一定时候就报复你，它要报复的！公元 400 年前后，古楼兰还存在，以后慢慢不行了，它的问题是水的改道，还是用水不当，是跟水有关系的。咱们这儿不要成为第二个楼兰！"

月牙泉的身影日渐消瘦，如果月牙泉消失，我们该怎么面对自己？怎么面对后代呢？保护月牙泉迫在眉睫，而我们能做什么？也许，做一期调查节目并不能改变什么，但能改变一点点，也是有价值的。

告别月牙泉，我还远远地、常常地关注它的变化。

2006 年，月牙泉水深 1 米；

2009 年，月牙泉水深 1.15 米；

2011 年，月牙泉水深 1.7 米；

2012 年，月牙泉水深 2 米。

看这些数据时，我有期待，也有担心，生怕再发生什么不利的变化。沙化面积在增加，沙漠向敦煌逼近，生态如此脆弱，让人放不下心。为了遏制月牙泉水位下降，曾经采取渗灌技术，如同给重病患应急输液，解燃眉之急。长效举措也在实施，节水、引水，禁止打井、开荒和移民，促进生态的平衡。改变的不仅仅是月牙泉，改变最多的是人。伴随着月牙泉的变化，人的自然观、生产和生活方式都在变化吧？

　　水的变化，总能映照出一些东西。如果身边的河水发生了变化，牵动的是两岸的人心；如果身边的湖水发生了变化，牵动的是周边百姓的惦念；如果远远的泉水发生了变化，牵动的是什么呢？

　　远远的月牙泉，说它远，不仅是说地理位置上的远，更是说心理距离的远，它的变化似乎还没有直接威胁到今天的饭碗，因而人们还没有感觉到它的急迫。然而，月牙泉真的那么远吗？

　　月牙泉很远，也很近。

月牙泉

月牙泉，还会再瘦下去吗？

3.22 水日
母亲河，我能为你做些什么？

松花江被污染了！

2005年11月，吉化的爆炸导致了这一次重大的水污染事件，哈尔滨市400万人断水，沿江城乡受到不同程度的影响，污染危及界河黑龙江，引来国际社会的关注。

听到这个消息，我的心疼了。以前，不知多少次报道江河污染的消息，每一次，都带来叹息、愤怒，而这次松花江污染，带给我的是心疼。

这是我的母亲河。我出生在松花江边的哈尔滨，也在佳木斯、清河生活过，那也在松花江边。"我的家在东北松花江上"，那是与我血脉相连的江。

松花江不是第一次被污染了，污染源也不仅仅是上游的吉化。哈尔滨人早就不能放心地在松花江游泳了。"水里贼埋汰！""整一身臭油子！"他们这样抱怨。"美丽的太阳岛，浪花里飞出欢乐的歌……姑娘们穿上游泳装……"一度成为歌里的遥远记忆。

而这次的污染，让松花江沿岸震荡了。长达80公里的污染带从江水里流来，流经吉林、黑龙江两省多个市县，苯、苯胺、硝基苯……约百吨乱七八糟的化学污染物流入松花江，超过国家标准数十倍，甚至上百倍。紧急应对，严密监测，严厉问责——每天，都有新消息传来。

我在北京遥望着松花江，每天都在问：怎么样了？接着是一声叹息。

最终，我没能为无告的松花江说一句话。

每次回家乡，我都要到松花江边去看看。哈尔滨人把松花江畔叫"江沿儿"。如果没去江沿儿，就像没回哈尔滨似的。

端详着母亲河，想到她的美好，也想到她经历的磨难。松花江污染事件之后，人们对这条江、对更多的江河有了更多关注。这一重大水污染事件引发了人们的反思，多层面、多角度的探寻，有着超越松花江的意义。人们的思索触及到应急机制、环境损害补偿、政府信息发布、民众知情权、公司环境责任、城市备用水源地、跨国界污染的处理、水危机、水安全等诸多问题。事件似乎平息了，思考还在继续。

如果松花江污染的教训能被吸取，如果大大小小的江河湖泊能避免污染损害，我的母亲河也算没有白白付出代价。

四年以后，我终于能为松花江做点什么了。

我们《新闻调查》摄制组从松花江源头出发，开始了沿江采访调查。

哦，这就是松花江的源头——吉林长白山的天池，早就想到这里来了！早就该来了！

想到这里来，不光是因为我是喝松花江水长大的，对母亲河的源头一直有一份向往，更是因为这些年来，我和松花江流域几千万人一样，越发地牵挂母亲河。污染改变着松花江的模样，她累了，她病了，她受伤了，这次我们来到这儿，就是想从源头开始，追随着她一路走下去，看看疲惫不堪的松花江是否得到了喘息。

松花江全长约 1900 公里，最终在同江市汇入黑龙江。我们要从天池出发，一路走到同江，探访松花江如今的模样，看看"休养生息"的国家决策给松花江带来了什么。

松花江源头的水，清澈透明，这就是一类水的模样。我直接喝下源头水，心想，接下来，就没有直接喝的可能了。眼前细小的源头之水一路流下去，将汇入多少溪水？得接纳多少东西？最后会变成什么模样？

编导王晓清有一个很好的思路，在松花江源头取一瓶水，带着它向下游走，到了江之尾，再做一个比较。

从松花江源头向西北走 500 公里，我们到了吉林市。吉林市是距离松花江源头最近的工业城市，从 50 年代开始，东北老工业基地建设拉开阵势，松花江沿岸出现了大大小小的工厂。一些高耗水、高排放的企业在这里安营扎寨。它们为经济强筋健骨，同时，也给松花江带来了环境隐患。

70 年末到 80 年代初，吉林市、哈尔滨市以下江段，水黑臭，鱼虾绝迹。人们痛心地看到，好好的松花江，由于工业污染排放造成严重污染。2005 年，松花江流域 COD 排放强度居全国七大流域之首，整个松花江流域环境容量超载 60%。

和吉林市的朋友聊天，彼此都爱说："咱们同饮一江水啊！"我半开玩笑地说："嗯，我们下游，喝的是你们上游污染的水。"一位吉林市民说："我们对不起你们，我们把水弄污染了，一条江的水，上游人不顾下游人，不好，真的不好。"

我来到当时出事的吉林石化的时候，一直在提醒自己，尽量客观，不能有"下游人"的情绪化表达。可我发问时，忍不住总是在质疑：水里怎么这么多沫子？围堰这么矮，能起到防护作用吗？有害物质漫上来怎么办？下意识地，我在为家乡人提问。我们看到了很多亡羊补牢的举措，毕竟是大企业，治理的力度不小，建立了三级防控体系。爆炸污染那一天，被看成警示日。

当时吉林的省长是黑龙江人韩长赋。我们谈了 GDP，谈了 COD，话题又谈到上下游。我问："您到吉林工作以后，黑龙江老家人会不会问你，你在那儿，看着上游的水呢，给我们送下来什么水呀？"

韩长赋笑了，他也是松花江边长大的。他说："我努力吧！"

从松花江源头向下走 1200 公里，我们就到了哈尔滨。从当年晒渔网的场子到现在松花江边最大的城市，哈尔滨和松花江息息相关。在这座城市里，有一条老街就叫松花江街，还有一条街叫阿什河街，让人想到松花江的支流。在哈尔滨，有很多企业、饭店、产品都是用松花江来命名的。可以说，松花江决定了哈尔滨这座城市的风貌，松花江也影响了哈尔滨人的气质，松花江千丝万缕地融入了哈尔滨人的生活方式。

松花江源头的水，清澈透明。我直接喝下，心想，往下走，就没有直接喝的可能了。

很久以来,哈尔滨人一提到污染,就会冲着松花江上游的工厂抱怨,治污工作也主要集中在工业污染上。后来人们终于发现,松花江污染的构成已经发生了很大的改变,工业污染以前是头号污染源,现在污染源中60%左右是生活污水。

在哈尔滨看到的最闹心的情景就是生活污水直排松花江。那种脏,那种恶心,那是另一种惊心动魄。

我们去了城乡接合部的一些村庄,那里的污染彻底打破了以往"田园生活"的美好传说。生活污染分散在一个个边远村庄、偏僻街道,居住在这里的一些人没能养成文明习惯,管理者视而不见,监督者常常失察,致使有的地方已经到了"看不下眼,下不去脚"的地步。生活污染源,人人都在其中。我们在松花江支流阿什河看到,污染的河水已经影响到地下水,居民打井打了36米深,打出水来,却是闻着又腥又臭的水。家庭主妇无奈:"沉淀四天,才能做饭,焖出饭来是黑色的。"

老话说,井水不犯河水,污染的是河水,家家的井水怎么这样呢?居民齐喊:"污染从河里已经渗进去了,渗进去老深了!"

我问:"你们下水怎么办?用脏的水往哪儿倒?"

居民:"我们下水都往大河倒。"

我:"你看,那大河不又污染了吗?"

居民无奈:"我们也没想倒,也没有下水道啊!"

唉,就这样,恶性循环。市民很清楚:"现在污染都是大家伙儿污染,不是哪一个人污染的。"哈尔滨市市长说:"我们是水体污染的受害者,同时我们又是水污染的制造者。"

在很长一段时间里,松花江沿岸城市用水量翻了几番,生活污水处理设施却几乎是个空白。我们采访期间了解到,按照国家规划,73个污水处理厂在全流域各地开工,全流域这一批污水处理厂建好后,大部分城市生活污水将得到处理。能不能建成,也有硬手段:企业怕关停,政府怕限批,领导人怕问责,和他的政绩考核、和他的奖惩挂钩,这就促进了目标实现。

松花江有没有人游泳,似乎是一个环保标志。时任省长栗战书这样比较:"如果这个水体污染还像2005年的时候,你在江边是看不到这么多人的。但是要是说真正恢复,我们还很不满意,我本人也很不满意。有时候我看到这么多人到江水里头去游泳，我还为他们感觉到担忧。水里面还是有一定的有害物质，我们治污的责任还非常重大。"

我们看到，江水缓缓流过，江上在修一座新桥。桥、水，似乎有着某种意味。

省长说："我们不能在桥上看到的是车水马龙，而桥下江水是浑浊不清。那对我们来说，就是一个很大的刺激。经济发达，江水清澈，这是我理想当中的松花江两岸的景色。"

从松花江源头向下走1600公里左右，我们到了佳木斯附近的一个村庄。400年前，有一户赫哲人家从松花江上游的依兰搬到这儿，他们在这儿安了家，到现在，这个叫敖其的村庄已经有了500多户人家。

松花江，就是赫哲人的日子，就是他们的饭碗。在渔船上，我和渔民葛亚明唠嗑：

"有人怀疑，咱东北人说的'棒打狍子瓢舀鱼'太夸张了。"

"不算夸张。我小时候十来岁，就这个网下去了，回来半船鱼。"

"这江水，这些年，你看着有什么变化？"

"四五年以前，水就黑，有个亚麻厂，还有个农药厂，排的脏水污水，鱼都打不出来，该跑的跑，该逃的逃了。"

"江水最埋汰的时候，想没想以后不干这个了？"

"怎么没寻思？想种点地，开个车就得了，前两年，不少的厂都关了，后来鱼又多了，我就又回来了。"

唠着唠着，我说话的东北味儿就来了。从心里，为这位赫哲兄弟欣慰，没了好水，没了鱼，赫哲的原汁原味也失去了。

松花江到底治理得怎么样？鱼会告诉人。据资料记载，松花江一共有79种鱼类。比较名贵的是鳌花鱼、大马哈。60年代末到70年代，松花江水质受到污染，鱼类种类数量都在下降。水产专家说："我们难受啊，没鱼，还研究什么？"

值得庆幸的是，随着环境治理，水质变好了，松花江的鱼类渐渐在恢复，被老百姓称为"三花五罗"的几个名贵鱼种又出现了。"又看到鲟鱼了，二三十年没有见到了！""鳌花都见了，多少年都不见了！"人们恨不得奔走相告。

松花江从源头一路走来，走了1900多公里，终于在同江这个地方汇入黑龙江。

黑龙江是一条更为自然的河流，专家评价是基本健康。如果黑龙江发生变化，牵动的就是整个东北亚的生态系统。松花江是黑龙江污染的最大来源，这让松花江治理具有国际意义。按国家要求，松花江汇入黑龙江的断面必须达到三类水标准。我们看到，松花江沿岸都在严防死守。

在松花江边，我想起小的时候曾经学过的一篇课文：

> 小河流过我门前，
> 我请小河玩一玩，
> 小河摇头不答应，
> 急急忙忙去发电。

后来小河又急急忙忙地去浇田，它一分一秒也不停，总是在忙这忙那，这篇课文表现了那个时代人们对于自然的一种态度。而现在，在孩子们的课本里已经见不到这篇课文了，人们选择了这样的表达：让江河湖泊休养生息。

这是我们付出了那么多代价以后才获得的改变。

凡是在江河湖海的汇合处，我总是莫名地激动，好像感受到血脉相连。一路喜忧，一路记忆，我们把从松花江源头带来的那瓶水放在江边：一清一浊。

即将汇入黑龙江的松花江水轻轻拍打着松花江源头的这瓶水，江之头和江之尾以这样一种方式相遇。

如果能够听懂它们的对话，我们会听到什么呢？

6.05 世界环境日
梁从诫：梁家三代人都是失败者

我望着窗外的沙尘暴，心情也变成灰暗的。街上黄尘滚滚，行人匆匆，天空像黄河一样浑浊，风中夹着尘土，显得很厚重，一切平的地方都落满了尘土：窗台上、车顶上、树叶上……太阳在厚厚的沙尘中挣扎，只能看到惨淡的光。北京沙尘暴肆虐，越来越频繁，每当这样的日子，人都很压抑，世界末日可能就这样吧？

唉声叹气。

唉声叹气过后，我给梁从诫先生写了一封信。这封信，也算是一份申请书。我说："在沙尘暴里，面对恶劣的环境，我消沉悲观，但看到你们'自然之友'没有叹气，而是在行动，我想和你们在一起。"

在这之前，我知道"自然之友"，缘于一张小纸条。那是我收到的自然之友的环保活动通知，通知印在窄窄的纸条上，背面有印刷品的字，看得出，是印厂从书上裁下的纸边。

我肃然起敬。自然之友，是个什么组织？集合了什么样的人呢？

恰巧，我同事中有一位自然之友成员——奚志农。他是一位摄影师，拍摄人物，也拍摄动物，最后还是拍动物更有感觉。有人说，他太环保，甚至有点儿极端：坐车出去采访，他会要求关上空调；去市场买菜，他会拒绝用小贩递上的塑料袋。在云南的山林里，我们都骑着马，只有小奚一如既往地走着。他在林间寻寻觅觅，把石头缝里、杂草丛中的食品包装袋、饮料瓶、胶卷盒、废纸片捡起来，放进大塑料袋里。他做着这些自然得就像在自家院里。

小奚常常在人迹罕至的地方拍摄野生动物，他曾为滇金丝猴做了一件奋不顾身的事。在云南德钦，有一片原始森林，是世界级珍稀动物滇金丝猴的重要栖息地。1995 年，当地为解决财政困难，决定砍伐其中的一百多平方公里的森林。奚志农闻讯奔走呼号：这是吃祖宗饭，造子孙孽！木头财政，吃森林，必然使自然条件更加恶化，使今后的经济发展更加困难，形成无法解

沙尘暴过后，一切平的地方都抖落上沙尘。

脱的恶性循环。为了保住滇金丝猴的家园，为了保护当地水土气候，为了经济社会的长久发展，他呼吁：斧下留情！

但是，小奚遇到重重阻力，就在他执着奔走的时候，梁从诫先生向自然之友成员呼吁：大家都来做奚志农的后盾，各人运用自己的一切可能方式和途径来声援他、支持他，并尽可能地使社会上有更多的人来关心这件事。让我们为保护我国仅存着的几处原始森林，为保护滇金丝猴，为帮助滇西北少数民族兄弟摆脱贫困，贡献我们的一份力量。

自然之友一呼百应，特别是自然之友中的记者，用各种传播方式呼吁。接着，更多的人关注那片森林，更多的人在呼号，更多的人和小奚在一起。小奚的努力终于见效了，那片森林保住了。

就是这样的 NGO 组织，就是这样的一群人！

于是，在沙尘暴中，我加入了他们。

那个春天，我们去京郊栽树。尽管我和其他自然之友的成员还不熟，但有环保倾向的人都很好打交道。他们大都朴素、自然、开朗，让人喜欢。自然之友凝聚了众多有环保理念的成员，男女老少，各行各业。大家自带干粮，自己交钱买树苗，自己交费包一辆车，风尘仆仆到了山坡上，每个人的注意力立刻集中在挖土坑栽树苗上。我干着活儿，想起另一种栽树，那种被组织的栽树太热闹了，一阵动员几通表态若干镜头，人比树苗还多，镜头躲都躲不开，是造林，还是造势？弄得心里乱糟糟的，恨不能逃掉，一点植树的满足感都没有。而此刻，自然之友栽树就是栽树，没有花活儿，没有虚招，大家都在埋头干活，看着小树在山坡上，一排排一片片，很有满足感。

那个夏天，随梁先生去额尔古纳参加环境主题的论坛。额尔古纳，自然得让我恍惚，在如今环境恶化的大背景中，那里的草原、森林、江河，竟然能以它们本来的样子幸存着。在很多地方都在忙活着GDP的时候，这个地方在守护着自己最宝贵的资源。也有不少公司企业惦记着这里的开发，而当地的决策者说，"我们额尔古纳是个好姑娘，不能随便嫁了"。梁先生赞许这样的珍惜之心，他联手环保专家的额尔古纳之行表达了他的态度。

在额尔古纳的山坡上，盛开着大片的野芍药，我真有些惊呆了，没有人，只有花，这情景太罕见了。主人盛情："带芍药回北京吧！"我犹豫了一下，在心里为自己找了个理由：这花开在这里，没人来欣赏，多寂寞啊！可是，花刚拿在手里，心立刻不安了。这哪像自然之友啊！梁先生一定会皱起眉头的。花，已经折下来了，只好用报纸把花包起来，悄悄带回了北京。花很快就谢了，而我的愧疚一直在心里。

那个秋夜，我终于见到珍·古道尔。当梁先生把这位世界著名的动物行为学家介绍给自然之友和大学生时，好像打开了一个窗口。珍用了40年时间在非洲森林里观察、记录和研究黑猩猩的行为习性，有着传奇经历的她和大家打招呼，是用猩猩的语言："呜—呜—呜"。她说起黑猩猩，如同说自己的老朋友。珍站在我们面前，苗条、文雅，而在她消瘦的身躯里有那么大的能量，那么持久的韧性。珍的讲述平静舒缓，我的眼前好像出现了一幅幅画面：小姑娘珍，幼小的猩猩，成熟的珍，长大的猩猩。哦，可以这样和动物沟通，可以这样和地球生命共处，可以这样理解地球家园，我们对珍充满敬意，而梁先生作为珍和大家之间的桥，享受着这份独特的美好。让更多的中国年轻人和孩子听到珍的声音，是梁先生的愿望。

那个冬日，我到自然之友办公室，遇见梁先生骑着自行车穿过胡同来自然之友上班。梁先生谈起，他正在操心明年办公室的房租。NGO生存不易，同时，它要的是：坚持自己理念的生存。自然之友的办公室简洁而有品位，没有一点华而不实的地方。当有人送给梁先生有些奢华感的礼物时，梁先生退回并直言相告：自然之友办公室用的办公纸都是别的公司或出版社用过一面的废纸，我自己的名片也是印在这种废纸背面的。而你们赠送的东西却是一件相当奢华的摆设，这放在我这个环保志愿者的桌上，太不相称了，违反了提倡简朴生活和有利于可持续发展的消费方式。当梁先生面对房租之困时，我深感，民间环保组织需要精神理解，也需要物质支撑。

2010年10月，梁先生去世。

告别是在世纪坛医院后院的小片空地上，没有花圈，没有仪式，只有一条条朴素的挽联微微飘动。这些挽联是自然之友成员和其他环保组织送来的。这现场看起来就像是一张黑白照片。现场很安静，是先生一向喜欢的安静，人们用眼神打着招呼，心里有一份默契。先生表情安详，身边放着一瓶水，它来自青藏高原长江之源。

看着那长江之水，我想，梁先生的朋友们太理解他了。梁先生曾经多次为高原生态呼吁，藏羚羊、可可西里、野牦牛队，都是先生倾情关注的。他儒雅温和，同时又执着坚定。他很少大声说话，也不慷慨激昂。然而，他的坚持就是一种力量。梁先生努力，再努力，我们的生存环境还在恶化，人与自然的关系愈发紧张，先生"知其不可而为之"，倾注了全力。

与梁先生告别的时候，我想，我们在这里纪念的是一位真正的知识分子。他有远见，不流俗，敢直言。他清高，他自然，他自觉。他的后半生都献给了自然。

在朴素的悼念纪念页上，印着梁先生的母亲林徽因写的《你是人间四月天》：

> 我说你是人间四月天，
> 笑声点亮了四面风，轻灵
> 在春的光艳中交舞着变。
> …………
> 你是爱，是暖，
> 是希望，你是人间四月天！

当年，年轻的母亲把这样的诗写给初生的儿子，可以读出，梁从诫的到来，给母亲带来多少欢愉！我曾问梁先生："您小时候觉得母亲特别美吗？"梁先生笑了，他回答："没有啊，小时候，从见到妈妈就是这样的，就不觉得有什么特别。"

今天，他追寻母亲去了。

梁先生的笑容和妈妈林徽因很像。梁先生，真愿意看到您这样笑着。

梁先生作为名门之后，时代和家族带给他独特经历。"文化大革命"中，他被看成是："保皇党的孙子""反动学术权威的儿子""修正主义的苗子"。干校八年，他这位历史学家远离自己的专业，亲身感受到的是非常时期的残酷历史。

他曾经说："从梁启超到梁思成，再到我，我们祖孙三代如果说有共同点的话，那就是社会责任感。我们生于斯，长于斯，这块土地养育了我们，我们不能不尽我们的力量，为这块土地、为这个民族做一些力所能及的回报。"

梁先生说："我们三代人都是失败者。"这话背后是怎样的悲怆之情！

后来去天津出差，我去了梁家的旧居"饮冰室"，感受三代人的气息和痕迹。梁启超的变法，梁思成的护城，梁从诫的环保，三代人都是爱国忧国，他们付出的，都留给后人去思量。

这位致力于自然环境的人，回到自然中去了。

那以后，我心里出现一片空缺，那是很难填补的空缺。我常去看北京西边那座古塔，塔默默屹立，古旧质朴，有一种独特的魅力。塔下，浓荫犹在，草坪犹在，梁先生和一群知识分子在1993年6月5日世界环境日这一天，就是在这里生发出"自然之友"的念头。

梁先生的声音好似就在耳边："自然之友的每一个呼吁，都会在一些人的心里留下一个回音，总有一天，这些回音将引起一种巨大的社会共鸣。"

6.17 防治荒漠化日
娃儿叫沙沙

沙漠,沙漠。还是沙漠。

1995年初夏我去甘肃民勤采访。小小的民勤县位置独特,它在巴丹吉林沙漠和腾格里沙漠的夹击中生存着。一旦民勤失守,两个沙漠就连在一起,地图就得改写了。

我们来到沙漠边缘的宋和村,村上的人指着远处沙漠中的废墟,告诉我:"这是一百年前沙埋掉的。"他们又指着近处的废墟:"这是十年前沙子埋掉的。"

风来了,沙来了,逼得人们往后撤,撤了一次又一次,眼看着,沙又来了,在离沙漠最近的人家,沙已经漫上了墙。墙有多高,庄子有多高,沙子就有多高。

沙漠边缘,长着零星的梭梭,那是生存能力极强的沙生灌木,能固沙,可惜,梭梭太少了,沙太多了。一位老奶奶坐在沙漠边上,絮絮地给我们讲过去的事:"过去,那沙窝里有梭梭。后来,梭梭没有了,沙就来了,人就走了。"

在离沙漠最近的一个村庄,老百姓春天种下洋芋,从二月到六月,这里8级以上的大风就刮了18次,刮来刮去,把原来的洋芋地全给掩埋掉了。

在100年的时间里,民勤有6000多个村庄被沙埋压,沙进人退,一退再退,已经没有退路了。

民勤,只是一个缩影。

我编辑了一组沙暴镜头,似乎能感觉到沙子扑面而来。1993年发生在我国西北地区的特大沙尘暴,造成85人死亡,受灾面积37万公顷。两年后,沙暴又一次袭击西北。中国的荒漠化发展相当严重,沙漠化的面积占国土面积的15.9%,沙漠化速度在逐年递增。

中国科学院的沙漠研究专家集中在兰州,他们告诉我,沙漠化的成因既有气候干旱的自然原因,也有人为因素。人类不合理的经济活动加速、加剧了沙漠化,人为因素在沙漠化过程中要占50%以上,有的可能达到80%。过度放牧、过度农垦、过度樵柴，就是普遍存在的大难题。

　　在腾格里沙漠边缘的山上，我遇到一位放羊老汉。他的羊群在馒头形状的山坡上，走来走去找草吃，山坡上形成一条条羊肠小道，像一张网。山上没有多少草，羊很辛苦地寻寻觅觅。老汉早年间就放羊，他说："那时人少羊少，草就好嘛！那时只有两伙子羊嘛，现在四十伙子嘛！"老人从18岁放羊，放到57岁，眼看着，草越来越少，山越来越秃。我问老汉的名字，他用干硬的手指在干硬的沙地上写下："葛生泽"。这个名字，带着水汽，带着润泽，带着祖祖辈辈的盼望。他望了望光秃秃的山，说："现在天也不下雨嘛，粮食地里，羊也去吃，没人的时候。"他有点无奈有点狡黠地告诉我，他看到羊进庄稼地，就装没看见。他像是自言自语，又像对我说：现在，天也不下雨，人也可恶了。

　　唉，我不知该说什么了。

　　在沙漠里，眼前永远是一个色彩基调：黄。那次采访，从宁夏到甘肃，走了二十多天，就这样黄沙漫漫。在土黄的背景上，会看见星星点点的红颜色闪着，那是沙漠女人的红头巾，是沙漠孩子的红衣裳。

　　沙漠里的女人，特别是年轻的女人都喜欢用红头巾，大红的、桃红的、玫瑰红的，没有花儿印在上面，也没有图案织在上面，就是那么彻底的红，饱和的红，单纯的红。夏日的阳光下，红头巾严严实实地包裹着女人的头发、额头。有的女人还要戴上口罩，只露出眼睛，也许只有这样，才能挡住炽热的阳光，才能挡住粗糙的沙粒。我与她们相遇的时候，常常猜想，她们从小生长在这里？她也许是嫁到了这里？当她们赶着骆驼车走路时，当她们在田间干活儿时，当她们在公路上清沙时，她们也成为这一方水土上的风景，尽管她们自己并不在意。

　　她们心里也有风景。在一位大嫂家里，我看见沙子从窗缝吹进来，而大嫂绣的花儿在屋里灿烂着。帐子上，椅垫上，门帘上，绣的都是荷花，那是水里的花，远离沙漠的花，是大嫂在家乡从没见过的花。荷花绣得很艳，粉的花，绿的叶，蓝的水，在黑的底子上，像一个梦。大嫂飞针走线时，在想些什么呢？

　　大嫂的儿子正在上大学，有意思的是，大学在武汉，在长江边，学的是航运专业。沙漠里长大的儿子报高考志愿时，该有着怎样的梦啊！浩浩一江水,母亲没有见过;湿润的空气,母亲没有呼吸过。沙漠边的家乡年降雨量不足200毫米,母亲守着老屋绣荷花。也许有一天,儿子会接母亲去长江边看看水,去东湖看看真的荷花。

　　哪里的人都有梦。锁住沙丘,沙退人进,就是沙漠乡亲的梦。
　　沙丘上,用麦草做成的防沙网格对抗着沙漠的肆虐,人们用智慧和耐力来保护家园,千辛万苦,千方百计,能用的固沙材料都用上了,能用的办法都想了,10%的荒漠化土地得到初步治理。然而,荒漠的治理赶不上荒漠的蔓延,荒漠蚕食着绿洲,蚕食着耕地。在这个地球上,它一年吃掉的面积相当于一个爱尔兰,在中国,它一年吃掉2100平方公里,几近于两个香港。1995年,我听到这个数字时,不禁有些恐慌,今天的沙漠边缘,也许将来会变成沙漠腹地?
　　沿着河西走廊空旷的沙石地上,我看到,孤零零地站着两棵树。曾经,人们辛辛苦苦在这里栽了一片树,希望能阻挡沙漠,但,这里的生存条件太严酷了,树一棵棵死去,侥幸活着的树,就像是消息树,向人们发出警示。
　　离开沙漠那天,飞机在敦煌起飞后向东南方向飞去,我的眼睛离不开下面的沙漠。在灰黄的大地上,一条细细的线飘着,那就是我们曾驱车采访的公路。在几千米高空俯瞰我们刚刚走过的地方,回味刚刚进行的采访,依然难以平静。
　　飞机飞过库姆塔格沙漠、巴丹吉林沙漠和腾格里沙漠。沙漠太大了,变化太小了。飞机显得很慢,有时好像停在空中。从高空看,沙丘被风折腾着,变幻着模样,一个个沙丘,就像一个个狰狞的鬼脸得意地望着天。
　　舷窗下,忽然出现了绿洲!这是哪儿?空姐告诉我:"这是民勤。"
　　民勤!我心一动。
　　我们刚刚和民勤那户人家告别。在离沙漠最近的村庄宋和村,我听见年轻的妈妈唤她的孩子:
　　"沙沙!"
　　"哪个沙啊?"
　　"沙子的沙。"
　　"谁给起的名儿?"

"他爸爸。"

"为啥起这个名儿啊？"

"出门也是沙，进门也是沙，就叫他沙沙。"

沙沙坐在沙土上，看妈妈淘净麦粒里的沙。沙沙的旁边坐着邻家的小姐姐，叫了个让人心疼的名儿：翠翠。小女孩耳朵上扎了孔，穿了线，等长大了戴耳环。翠翠脸蛋红红的，眼神怯怯的，一直随着我们，为我们留下画一样的镜头：在沙漠边缘，在院墙边，翠翠露出半张脸，眼睛里好像在说什么，又像什么也没说。翠翠，沙窝里的孩子有这样一个水灵灵、绿莹莹的名字，这里头不是有一种盼头吗？

回到北京，一头扎进编辑机房。重看一个个镜头，多半是黄色调，而绿色一出现，就让人兴奋。我特意编辑了一组绿色的画面作为演播室的背景。茵茵的草，闪闪的杨树叶——站在一片绿色面前，我对观众说：

这绿色，是我们采访时一路追寻的颜色，是西北沙漠大片黄色基调上的亮色，也应该是伴着沙沙和翠翠们长大的颜色。一路上，我们节目的摄像一直在说，到西北沙漠上去画画儿，只需要带两种颜色——十管黄的，一管绿的就够了。我想，我们今天去画沙漠是这样，但愿，我们再去的时候，多带一点绿颜色。

这一期《焦点访谈》节目播出是在 1995 年 6 月 17 日，标题是《在沙漠边缘》。这一天，是世界上第一个防治荒漠化日。

19 年后，又一个防治荒漠化日过后，我去了库布齐沙漠。它在黄河"几"字形的边上，如同弓上的弦。这里距北京 800 公里，人们都说，这里一旦起了沙尘，七个小时就飘到北京，是北京沙尘暴的重要源头之一。

走近我国第七大沙漠，我们行驶在穿沙公路上，惊喜地看到路上没有黄沙漫上来。多年的治沙开始见到成效，5000 平方公里的沙漠得到绿化治理，成片的网格笼罩着沙丘，沙生植物顽强生长，抵御着荒漠的蔓延，形成绿色屏障。公路边建起漂亮的村落，沙漠旅游吸引了远近游客，国际沙漠论坛曾在这里举行，治理沙漠的理念、技术、实践得到肯定。沙漠，在这里，似乎不那么严酷了。

库布齐沙漠之夜，满天星斗，沙丘展开优美的弧线，沙柳沙蒿寂静守候。在我的指缝里，细沙流淌。

遥看西北，民勤的沙沙、翠翠也该是二十多岁的小伙子大姑娘了。

你们怎么样了？

还有这么多和环境相关的纪念日，这些日子，是提醒，是警示。这些都是我们的绿日子。每天，都该是绿日子。

  2月2日 国际湿地日
  3月9日 全国保护母亲河日
  3月12日 中国植树节
  3月22日 世界水日
  4月22日 世界地球日
  5月22日 国际生物多样性日
  5月31日 世界无烟日
  6月5日 世界环境日
  6月8日 世界海洋日
  6月17日 世界防治荒漠化及干旱日
  6月25日 中国土地日
  7月11日 世界人口日
  9月15日 清洁地球日
  9月16日 国际保护臭氧层日
  10月4日 世界动物日
  10月14日 国际减少自然灾害日
  …………

我遇到你
Encounter

13
每年春天与好人约会

"走进羊年春天，从北到南，不论是面对冰雪，还是萌芽，我们相聚在《感动中国》，是面对自己的心。在这里，我们经历心与心的对话。"

在《感动中国》说这段话时，我心里是浓缩的三个词：时间、空间、心灵。

这已经是第十三年的《感动中国》。

在我的职业生涯里，遇到《感动中国》，在13年的时间里与它相伴，是我的幸运。

中国需要这样一个节目，我自己也需要。常年在《焦点访谈》工作，很多时候面对的东西是负面的，是阴影，而《感动中国》让我感受到阳光。在《焦点访谈》有时候还跟坏人打交道，而《感动中国》让我和好人打交道，让我和真诚、美好、善良打交道，它让我在最寒冷的季节里，进行一番温暖的浸泡，给我信心，这样我就能应付在未来的日子可能遇见的阴影。

我也需要一种抚慰，我也需要加油，《感动中国》就给了我这样的心灵抚慰，给我的精神世界加了油。它至少让我看到，这世界上还是好人多啊！虽然有很多的不如意，但是在这里毕竟让我们看到了这么多好人，这么高贵的品格。我在善恶之间找到一种平衡，在冷热之间找到一种温度，就这一点来说，我特别感谢《感动中国》，不是《感动中国》需要我，而是我更需要《感动中国》。

遇到不平不顺，我也会发牢骚，也会说"怎么这样啊"，也会情绪低沉。在这样的时候，我需要信心。《感动中国》就是一个让人对未来、对人心、对社会有信心的节目。我庆幸遇到它。

感动中国
13年

你的呼吸，这样触动我

那些有缘在《感动中国》相识的人，我一直想对他们说：职业中遇到你，生命中遇到你，是我的幸运，你改变了我，你鼓舞了我。

徐本禹

当徐本禹走上台的时候，我才看到他戴着校徽。

是叫你小徐同学，还是叫你小徐老师？

这正是他的双重身份，他是个学生志愿者，正在贵州大山里支教。谈到他的学生，他的眉宇间好像有一层云，细雨蒙蒙。

他好像看到了远方的学生，说："学生们不知道北京。"

他流泪了。我一时无语。他是在为别人，为穷人，为苦孩子流泪，这泪，金贵！我想到一位作家的话："流血容易，流泪不容易。"因为，血是从血管里流出来的，而泪是从心里流出来的。这小伙子心太软了！

《感动中国》给徐本禹的颁奖词："如果眼泪是一种财富，徐本禹就是一个富有的人，他让我们泪流满面。从繁华的城市，他走进大山深处，用一副刚刚毕业的大学生的稚嫩肩膀，扛住了倾颓的教室，扛住了贫穷和孤独，扛起了本来不属于他的责任。也许一个人的力量还不能让孩子的眼睛铺满阳光，爱，被期待着。徐本禹点亮了火把，刺痛了我们的眼睛。"

最后一句话，直抵我心深处。这是让我最有共鸣的颁奖词。

小徐回贵州了，我用手机短信不时联络着他。这不仅因为他在大山里很寂寞，还因为，他太年轻了，我有点牵挂。

1月10日，他的短信："我走在回村的路上"。我好像看到离开喧哗的小徐，走回寂寞的山里。

1月30日，短信，没有标点符号："在集上遇到一个失学的学生在卖菜一毛一斤只卖了十斤挣一元钱后来我全买了给了她 20 元她哭了我也哭了"。

腊月二十八短信："我在学生家过年在这里有事做时间挺快的"。

除夕："我在大石给你拜年"。

2 月 17 日，雨水节气将临，《感动中国》播出。如同细雨一样的徐本禹感动了千千万万人。久不流泪的人们为他，为遥远大山里的孩子流了泪，正逢雨水，天知人意。

我短信问他："看了没有？"

他短信回复："节目没有看到这里只有远程教育用的电视只有教育台我今晚给 6 个学生补习。"

这次，我哭了。

徐本禹

刘姝威

被刘姝威吸引，是因为先前王志对她的采访，那是可以被当作范本的一次调查式采访，从内容到形式，都给人留下深刻印象。由那次专访，人们知道了一位知识分子如何揭露上市公司蓝田黑幕，顶着压力和威胁维护公众利益。

刘老师，她看上去就是一位成熟大方的女老师，没有什么修饰，大眼睛里有着东北人特有的坦然。她揭开黑幕，就像一个孩子告诉众人："皇帝没穿衣服。"她认为这是她本来就应该做的事，合乎良知和道德的平常之举。

她曾经因此受到威胁，警察说："正义终将战胜邪恶，你不要怕，我支持你！"这个勇敢的女人眼圈红了，声音哽咽了，心却更硬了。

当时正在热映的电影《英雄》有一个海报，不知是谁，把主角李连杰的脸换成了刘姝威。于是，我们在报纸上看到一介书生成了一个手持宝剑的英雄。我问她，看到了吗？她有些意外，爽朗地笑了，现场观众也笑了，笑声里有种会意：她就是英雄。

人们这样评价这位端庄的研究员："她保持着中国知识分子的风骨；一个直面迷局的勇敢者；当许多人对负面现象睁一只眼闭一只眼，甚至熟视无睹的时候，她告诉人们，中国还有揉不进沙子的眼睛。"

刘姝威

王选

王选一开口，就能让人记住她的声音。

她的声音是沙哑的，语气恳切，语速急促，每句话都像从心底流出来的。她说话时，目光专注，状态投入，让人不能不注意她说的内容。

面对日本细菌战的罪恶，她说："我看到了，就不能背过身去装作不知道。我的名字叫王选，而我无从选择，我不能说'不'。"她代表着家乡崇山村人也代表着中国人27次出庭，有十几次，整个法庭只有她一个中国人，能让她坚持下来的是一个念头：让日本人知道，中国人是怎么想的。在她看来，细菌战的罪恶得不到追究，是人类文明永远的耻辱。

王选是很好看的南方女人，身材娇小，动作敏捷，她的眼神里有一种单纯的色彩，专注而执着。看上去，她有点操劳。同为女人，我为这一个女人自觉承担的责任和超出常人的韧性而感动。

在刘姝威和王选身上，我看到另一种美丽：坚韧、自信、清醒、智慧。她们也如所有的女人一样会流泪，而那是为别人流泪，那是大我的境界。中国需要越来越多站出来的人，而不顾一切站出来的人，是有风骨的。正义的风骨更是一种大善。

她们带给我们的感动，并不是柔软的，但她们在这个和平年代敢于为了公平和正义去穿越"刀光剑影"，难道不应该赢得更多的掌声和尊敬吗？我们需要并企盼着更多有风骨的"好人"，这样的"好人"更需要我们的掌声，更需要时代的喝彩。

王选

老红军

我没有想到，他的呼吸声会这样触动我。

在2006年那个炎热的夏日，老人家穿着厚厚的棉背心，说话有些吃力，他断断续续和我们谈起他十几岁的时候，怎样当了红军，怎样参加了长征。

拜访老红军是崔永元组织的"我的长征"活动中的公益行动，我前后参与了五次，有幸近距离接触了很多老红军。见到他们，总要听到70年前的故事。每个人的故事都有共同的背景，也都有不同的细节。

临告别的时候，我们请老人家在签名簿上留下名字。老人家拿笔的时候，老伴在旁边说："他很久没有拿笔了。"他的手抖着、抖着，终于握住了笔，他的呼吸变得越发不均匀了，声音沉重，夹杂着丝丝杂音。

这样的气息让人心疼。我觉得有些熟悉，我姥爷年迈的时候，也是这样的呼吸声。我的心被这种熟悉重重地撞了一下。在这样的呼吸声里，老红军不是一个概念，不是一个模糊的群体，不是课本上的文字，不是回忆录里的故事，不是银幕上创作的影像，而是具体可感的个体，是一位亲近的老人。

他开始写了，写了自己所在部队的番号，方面军、团、营、连、排、班，接着，他慢慢写下两个字："战士"。

战士！我的视线模糊了，透过泪水，我看到"战士"这两个字有着穿越时空的深意。

曾经的战士，今天依然是战士，改变历史的战士。

到夹金山的时候，我们的公益车已经走了22000公里。从海拔4114的山上下来，我们去找山下的一位女红军。那个在房前屋后忙碌的老太太，是老红军吗？当地人说，就是，这就是安奶奶。

院子里种着一片向日葵，安奶奶脸上皱纹纵横。安奶奶告诉我：十几岁的时候，家里没吃的，我就去当红军了。那时年龄小，干不了别的，让我去贴标语，不认识字，贴倒了，也不知道。后来，教我们打枪，不敢打呀！

听安奶奶说着，我眼前好像出现了一组镜头：一个小姑娘，怯生生地扛着沉重的枪，跟跄着跟上了部队，过了雪山，过了草地，在战火中，她变成了战士。她说："我见过毛主席，他腿上打着绑腿，对我们小鬼说，打牙祭啦！他手里还拿着羊皮，就像你们这个——"安奶奶指着我们的话筒防风罩。我们都笑了。

安奶奶的家没怎么收拾，也没什么东西，屋前随便种了点菜，有点荒。她走向墙边的一个沉默的中年人，那是她有病的儿子，生活不能自理，还需要年迈的母亲照顾。从一个女战士到一个老百姓，这中间不知有多少曲折故事！安奶奶和一些老红军与部队失散了，就有了另外的人生境遇。

安奶奶每月可以拿二百多元的政府补贴，她去领取补贴，也有领不出来的时候。遇到办事员漫不经心，安奶奶就问："你不知道长征爬雪山过草地呀？"对方说："不知道。"安奶奶默默地转身，空手回家了。

在长沙，老红军伍衡阳在一张地图上圈圈点点，那是他 16 岁到 18 岁走过的路，他牢牢地记着。如今，很多老战友高龄久病，常年卧床，记忆不清，说话也含糊了，而伍衡阳的讲述准确细致，有度有情。他说，在长征中，最艰难的是过草地，他们全班 12 人，只有 3 人走过去了。他也曾掉过队，又饿又累，实在走不动，倒下了。在茫茫草地，倒下，掉队，就意味着死亡。就在这时，师长走过来，他对这个精疲力尽的小战士说："起来，走！前边有树林，我们到树林杀马吃。"小战士还是站不起来，师长上前打了他一棍子，他激灵一下，站了起来，跟跟跄跄跟上了队伍。为了这一棍子，他感念师长一辈子。

我们赶到两河口大板村，太阳当头，路边草又高又密，如果不留心，看不出草中有一个大土包。两河口的老乡们一代一代传下来："这是一座红军坟。"

1935 年，这里曾有一场战斗，战后，留下七个红军的遗体，他们草草葬在这里。没有人知道他们的名字，也不知道他们的家乡，只知道，那是很年轻的战士。

70 多年过去，草木长起来了，坟渐渐平下去了，如今，这里一片寂静。我面对红军坟，心想，一年年一代代，七位红军的家人不知怎样猜想，怎样盼望，他们不知道，亲人在这里。

《我的长征》带着敬意，一路上为无名红军修墓。从江西出发，到四川两河口，这是我们修建的第七座红军墓。英灵该有安息之地。

老红军干休所里，挂着几张大合影照片，在红军长征的纪念日，老战友们总会聚在一起，留下个纪念。我依次看过去，长征 50 周年纪念、长征 60 周年纪念，越到后面，人数越少了。工作人员说，正准备拍长征 70 周年纪念照呢，人又少了 113 位。2006 年，纪念长征 70 年的时候，老红军已经 90 岁左右了。饱经风霜的他们是长征的亲历者，是历史的见证人，能够见到他们，是我的幸运。

《我的长征》队伍在行进，一群年轻人思考着、走着。

我有时跟着他们走，有时去寻找沿途的老红军，目光在今天和昨天之间切换。沿途的一位位老红军，有的在病床上煎熬，有的在村里牵牛，有的在儿孙的簇拥中。见到每位老红军，我们都要听老人讲他的传奇，都要拍摄昔日老红军的今天，都要送上慰问品表达祝福。想听的想说的很多，而我的心愿越来越单纯：让老人在有生之年感受到晚辈的敬意。我郑重地告诉老红军：

"《我的长征》正走着呢！"老人家听不清，我就附在他的耳边，大声说："你们当年走的路，现在，一群年轻人正走着呢！"

终于，我有机会在一个更隆重更圣洁的场合向老红军致敬了，那就是《感动中国》。

2006年底，作为《感动中国》的推选委员，我力荐老红军群体进入《感动中国》。一次次讨论，一层层推选，就在临近确定候选人的关键时刻，有消息传来，老红军群体没能进入最后名单。

我赶到节目组办公室，大家都想弄明白：为什么？名额所限？哪一层领导的考虑？具体的原因是什么？

大家无奈而又不甘。

导演樊馨蔓说："我们都努力了，不行。大姐，你再努力一下！"

我犹豫着，一层层都努力了，我还能做什么？樊导又说："最后努力一下吧，我们不是为了自己。"

"我们不是为了自己"，这句话打动了我。

我推开了台长的门。

我给赵化勇台长讲了我在长征路上看到的老红军，特别讲到"战士"这两个字，讲到老人的呼吸声带给我的切身感受，还讲到人数越来越少的老红军纪念长征合影。

赵台长专注地听着。

我声音有些哽咽："如果这次不在《感动中国》向他们致敬，我们这些晚辈就再没有机会了。"

赵台长说："好，老红军群体进入《感动中国》。"他停了一下，说，"曾有一个操作上的顾虑，老红军是一个群体，请谁来？奖杯怎么办？"

我说："任何一位老红军都是群体的代表，他们出生入死，没有谁会在意奖杯，可以把奖杯放在军事博物馆。"

就要录制《感动中国》了。我把自己关在房间，准备着，酝酿着。面对的素材太多，要说的话太多，积聚的情感太多。一座座山，一条条路，一个个面孔涌在眼前，我泪流满面。我叮嘱自己，明天在录制现场，不能泣不成声。

老红军。

在《感动中国》现场,《红军不怕远征难》的歌声响起,七位老红军代表走过长长的步道,正如导演说的,步道的长度与人们的敬意成正比,老红军的步伐缓慢而坚定,全场观众起立,仰望着前辈,以注目礼的方式表达特别的致敬。我浑身一震,这样的情景,在《感动中国》的历次节目录制中都不曾出现过。

老红军的代表从容地站在《感动中国》的舞台上,胸前的勋章在闪光,我眼前好像浮现出众多的我曾经见过的老红军形象。这些前辈曾经身经百战,历尽沧桑,今天,他们也许并不在意奖杯和掌声,可是,我们在意!我们想让老人家知道,那段历史我们没忘,那些创造历史的人,晚辈铭记。

2014年感动我们的那些人那些事,在羊年正月初九,呈现在《感动中国》的屏幕上:

为了一件事,隐姓埋名30年,他的名字并非如雷贯耳,他的事业世人瞩目——

她是一位诗人,过去写诗的手现在洗洗涮涮,过去写诗的心思,现在想着柴米油盐,这一切,只因为她是女儿,在父亲面前,她写下另一种诗——

　　这对夫妻的年龄让人想到夕阳，而他们选择面对朝阳。昔日外交官今天和山里孩子相伴，彼此都拥有阳光——

　　大师没能来到我们中间，而他的创造让我们以另外的方式亲近他，一位知识分子一生的付出，依然在释放着力量——

　　南水北调通水时，移民们在哪里？他们以怎样的目光遥望故乡——

　　默默帮助别人的人，淡然、自然，并不愿意在众目睽睽的关注中——

　　面对麻风病人，医生看到身体的病，好医生更看到心里的病——

　　与儿子同桌16年，所有愿望都是为了儿子，母亲自己的愿望呢——

　　妈妈曾为儿子小时候失聪没有上台表演唱歌的机会难过，现在，上了大学的儿子在《感动中国》终于唱了歌——

　　他从新疆反恐前沿走来，他的名字叫木拉提，意思是梦想。一个警察的梦想是什么——

　　2014年"埃博拉"让世界的目光聚焦在非洲，人们闻之色变，而有这样一群中国人，向着疫区，飞奔而去——

　　从发小到亲人，39年邻里守望，谁帮了谁？温情的大院带来对幸福感的期待——

　　13年，感动我们的人物，有变，有不变。变化着的是背景，不变的是人性中最美好的东西。变，让我们摸到脉搏；不变，让我们感受到心灵。

　　偶然间，我听到《你鼓舞了我》这首歌，心底一下被触动了。我面对《感动中国》那些人物时，就是这样的感觉：

　　　　你鼓舞了我，当我失落的时候，

　　　　当你来临的时候我看到了永远。

　　　　你鼓舞了我，所以我能站在群山顶端；

　　　　你鼓舞了我，让我能走过狂风暴雨的海。

老红军

白方礼们

2012年,《感动中国》第十年。

录制临近尾声,观众依然凝神关注。

我开口时,控制着自己的情感,这是今天节目的重头:回首这十年,有欣慰也有遗憾。欣慰的是,有那么多人在《感动中国》的舞台上接受了掌声;遗憾的是,还有那么多好人没能在这里接受大家的致敬。

大屏幕上,出现了一位老人。有的观众立刻就认出了他:白方礼!镜头上,老人家流着汗蹬着三轮车,他拿着辛苦挣来的钱去给学生捐款,他愈发体弱,却依然竭尽全力。18年,他靠蹬三轮车的收入资助了300多个学生。2005年,92岁的老人告别了他所挚爱的世界。这就是曾经两度进入《感动中国》候选范围,最终却没能获奖的助学老人白方礼。

两度没能入选,留下太多遗憾。《感动中国》因此受到一些观众的批评:"为什么白方礼不能感动中国?"这样的批评至今还在网上流传。

每年到了评选的最后阶段,都是特别纠结的时刻。名额有限,很多候选人未能入选,很多像白方礼这样的好人没能在《感动中国》接受致敬。想起来,心里就不安,几乎没法面对。

观众席上,人们的眼神中充满崇敬,同时又有些复杂的色彩。

那一年,也是在观众席,我曾经看到王文福老师坐在人群中,周围的人们关注点都在台上,没有人知道他是谁。他来自四川凉山一个麻风村,为了让那里的孩子受到教育,他坚守了18年。我在麻风村采访他时,看到他在闭塞、贫穷、寂寞的环境里,为孩子们启蒙,又与志愿者们一起为新一代打开通向未来之门。他成为2005年《感动中国》候选人,但遗憾的是,最后他没有成为获奖者。在那一年《感动中国》颁奖现场,我看到王老师作为特邀嘉宾静静地坐在观众席上,专注地听获奖者的访谈,诚恳地为获奖者鼓掌。我远远地看着他,忍着泪,在心里为他鼓掌!我知道,盛典之后,他会回到村里,回到孩子们中间,他会和以往一样为这些孩子尽心,不管是不是获了奖。

终于,在《感动中国》十年的时候,颁奖典礼设立了一个特别的环节:向"白方礼们"致敬。这个迟到的致敬,有着别样的分量,别样的意味。一个"们"字,蕴含着很多、很多。

录制现场,出现了一辆三轮车,车的主人已经离开我们很久,然而,他的身影恍然还在。曾经浸着汗水的旧车里今天盛满了鲜花,一群孩子簇拥着这辆不凡的车。这些朴实的孩子来自白方礼老家——河北沧州的白方礼小学,每个孩子都知道这车的主人的故事。

"白方礼们"几个字在舞台中央熠熠生辉,我仰望着,眼前似乎出现了很多人的面孔,不管有没有掌声,不管有没有喝彩,他们都一如既往,他们本来就并不在意什么奖杯,他们只是做着自己想做的事情。

这样的故事还在发生,这样的人,就在身边。

感动中国的观众是带着期待和敬意来的。他们给了我们有力的心理支持。

早春的种子

《感动中国》总是在早春播出。

早春时节,乍暖还寒。这是一段能让人沉静的日子。元旦前的忙碌过去了,春节的热闹刚刚散去,元宵节还没到来,在早春的这个时候,最适合静下心来,回头看看过去的日子,想想留在心底的人,听听自己心跳的声音,让我们的心得到滋润。

这也是一个播种的季节,《感动中国》想做的就是在心灵里播下一粒种子,虽然这粒小小的种子并不会马上长成参天大树,但内在的生命力使得它终会生长起来,带来长久的美好。

最初的《感动中国》是 2003 年早春和观众见面的,而策划是在几个月前的秋天。每到年底,媒体都会争相推出各类年终盘点和评选,中央电视台新闻评论部是个创新成为习惯的团队,大家琢磨办一个年度人物评选。"神仙会"几番头脑风暴,最后,陈虻提出了点子:"找好人。"这思路如同一颗火星,引出火星四溅,讨论、质疑、完善,最后形成"感动中国"这几个字的时候,大家眼前一亮。

我没有参加最初的策划会,制片人朱波对我说起这个节目时,我还想不出它的样子,它还处在纸上谈兵状态。这个将从无到有的节目是什么形态,在哪个频道、哪个栏目播,都不太清楚,听说先在栏目里试试,作为《东方时空》年终特别节目,一期播不完,就播两期。我在想象它的模样,对它似乎没有太高估价。

看到《感动中国》2002 年度人物候选人的时候,我立刻就有感觉了。哦,是这样的人!一个个人物从不同背景带着不同气息走来,进入《感动中国》的视野。他们新鲜又熟悉,陌生又亲切;他们是不同的,而骨子里又有相同。在这里相识的人们,都有一些熟悉感,我有一种美妙的感觉,我们好像认识,心底里原先就有了这样的人,好像彼此神交已久似的。

这样的人让我的敬意油然而生。带着由衷的敬意，朴素而郑重地表达敬意，我依稀感觉到了这个节目的模样。

我对"感动"最直接的理解，就是能让人心里一热，浑身一震，是产生行动的欲望。感动可以很震撼、很宏大，也可以很微小、很温暖，是细细地下着的雨，是默默地流着的泪。感动，让我们看到，这世界除了硬邦邦的规则，干巴巴的关系，赤裸裸的利害，还有很多柔软的东西。

就这样，每年早春，我都和《感动中国》在一起。

在中央电视台这些年，我参与的节目，有的很重大，有的很前沿，而《感动中国》是我最倾心也是最期待的一个。它和我内心的节拍有一种应和，对它，我倾注了由衷的情感。准备这个节目时，正值隆冬，天正冷，我的心情却会温暖起来。临近录制节目了，我就会尽量排除杂事，不敢分心，让自己的情绪"浸泡"在这个节目里。我深知，我面对的是一个有圣洁感的典礼，得让自己保持敬意，让自己的心静下来，净下来。

我与《感动中国》相伴了13年，这个节目对我来说，是每年早春和好人的约会。每年的春天也因此更有春意。

什么样的人能感动中国？

我至今留存着 2002 年 11 月 29 日《感动中国》发给推选委员的信，上面的曲别针已经锈了，在泛黄的纸上留下印迹。信里这样表述：

  什么样的人能成为《感动中国》2002 年度人物？这些人身份各异，有着不同的背景，不同的经历，有的可能曾经见诸媒体，有的也许还不为人知。他们的所作所为，感动了我们，感动了中国。他们或者用自己的力量，推动中国社会的进步和发展，诠释着一个人对这个国家、对这个社会，应当担起怎样的责任，以坚强的民族精神挺起我们的民族脊梁；他们或者用自己的故事，解读人与人之间应该有着怎样的情感，带给人们感人至深的心灵冲击。他们共同的特质是：震撼人心的人格力量。生活中并不缺少感动，缺少的是发现，是传播，那么就让我们共同来传扬这些动人的故事，共同传播正义、勇气和爱的力量。

今天重读这段话，好像又看到了当初出发时我们的状态、我们的方向。这些年来，参与《感动中国》的各方人士掂量着，体会着，文字的表述成为现实，并形成了大家的共识。

什么样的人能够感动中国？我的直觉，他、她，他们的行为，能让人摸到今天中国人的脉。我们看重这个人物在这个时代背景下的意义，这里有一种对社会心理的把握，有一种价值观的判断，有一种对未来的期许。我们面对的是有高尚情怀的人，是有时代感的人，有脉搏感的人，有影响力、有正义感的人，是在变化的时代里给人带来信心的人。

最初，我的视野里，多半是凡人型好人，正如歌中唱的："平凡的人给我最多感动"。期望更多平凡的人走近《感动中国》，似乎是自然而然的，而对另外背景的人，我还得琢磨琢磨。

当一个日本人进入候选人范围的时候，我的反应是：啊？！

我是东北人，这样的反应几乎是本能，731细菌部队的罪恶大本营就在我家乡哈尔滨，我的父母曾生活在"满洲国"。当我父亲已经进入老年的时候，有一次在北京遭遇日餐，没想到他勃然大怒："吃这个干什么！"他本是一个性情温和的人，什么刺痛了他？什么记忆让他有如此强烈的反应？后来父亲谈到，他当时在学校读书，日本人强制要求学生学日语吃日餐唱日本歌，他尝到了亡国奴的屈辱滋味。

我虽然没有父辈那样的刻骨铭心之痛，但也很难接受曾经的敌人。我早早就告诫读初中的女儿：

"以后找丈夫，不能找日本人。"

女儿不以为然："为什么？"

"他们侵略中国，残害中国人，你看南京大屠杀、哈尔滨731……"

女儿想了想："那也不是他。"

我的反应，不仅因为我是东北人，还因为我先前进行的一次采访。就在2002年，我在东北采访了二战后日本遗孤与中国养父母。尽管日本侵略者在战争中失去人性，中国人饱受蹂躏，然而，中国人在战争结束后，收养了战乱中遭遗弃的数千名日本孤儿。

日本遗孤最多的地方是黑龙江省松花江边的方正县，这个地方与我当知青的林区隔江相望。我们林场的一位老职工，就是日本遗孤，当时我对他充满好奇，还没来得及打听他的前辈开拓团的经历，他就回日本了。2002年的这次采访中，我了解到众多日本遗孤被善良的中国养父母抚养长大，留下悲欢离合的故事。

一边是暴行，一边是仁慈，听了那么多苦难与大爱交织的故事，我感慨万端。要说感动，中国这些养父母才让人感动。不但感动中国，甚至感动世界呢！

而我们现在面对的是一个日本人。

我们了解到，他不是一个普通的日本人，他作为日本侵华战争中国受害人的代理律师四十多年来参与了大量对日诉讼案件，承受巨大压力，不屈不挠，追求正义。

我们尊重他，但这是《感动中国》啊！

制片人朱波搜集了所能搜集到的尾山宏的资料，与跟拍日本律师团的纪录片导演、中方律师深入交流。这些素材很有说服力，这位日本律师的形象渐渐清晰，而我对这个特殊的日本人的认识也在改变。从心存隔膜到了解、理解，又到认同、敬重，个人的朴素感情转向理性审视，我感觉到，我们在经历一种超越。

当观众在《感动中国》看到这位日本律师的时候，也看到《感动中国》体现的媒体责任和媒体眼光。

我们在《感动中国》看到的平民背景的人比较多，当官员背景的候选人出现，我就会很自然地想，他们做得好，这是应该的，是公仆本分。但我还有另外的顾虑，近年来，公众对官民之间的关系常有批评，对一些官员时有微词，仇官情绪也不鲜见，那么，在《感动中国》出现"官"，人们会接受吗？

后来，从观众的反应看，人们对好官有热切的甚至是迫切的期待。两袖清风一心为民的好干部多次出现在《感动中国》，他们赢得了掌声，掌声不仅是给获奖者的，也是一种愿望的表达，人们希望自己身边、自己的国家有更多好官。

2014年，反腐廉政之风强劲，刘金国被委以重任，担任中纪委副书记。我们注意到，多家媒体介绍他的履历时，都强调了一点：他是2011年《感动中国》人物。

在那一年的颁奖典礼上，引出他的短片时，我说："我们可以忽略他的职位，他的相貌，只注意他的警徽。"在几分钟的短片里，讲了几件事：作为公安部副部长，他在危险的第一线，他住在普通的房子里，他的家人在当临时工。平实的讲述却让观众印象深刻。当时，刘金国没有到《感动中国》接受奖杯，我读了他致大家的信："我因执行紧急公务，不能到现场，向大家表示歉意和致敬！我的荣誉属于200万公安干警，来源于广大人民群众。我是人民公仆，如有不廉洁、不公正、不负责、不作为的任何一点，定将主动辞职，坚决言行一致，绝不失信于民。"我读这段话时，感觉到沉甸甸的分量。

"人民公仆"的无畏、有为、清廉赢得了掌声，我从中感受到观众的心声。

《感动中国》给人们带来多层面的色彩，时代在改变，我们在逐渐打开视野：感动我们的人既有个人，也有群体；既有"大家"，也有"草根"；既有精英，也有凡人；既有中国人，也有外国人；既有高官，也有百姓。

只要他能打动我们的心灵，只要他有"脉搏感"。

《感动中国》并没有创造好人

《感动中国》从无到有，一出现，就得到共鸣。这种共鸣是如此"广谱"，不分城乡，不分南北，不分贫富，不分高低，不分贵贱，大家同样期待，同样动心，同样流泪。

节目正播着，我们的手机就忙碌起来，各方信息都在叫好。节目播完了，电话里亲友熟人排着队说观后感。

《感动中国》二月播出，三月我去开两会，常常有人大代表和政协委员和我谈起《感动中国》，他们对节目的细节还记忆犹新。他们有各种各样的职业背景和文化背景，其中有的眼光独到，有的很有文化品位，有的对电视作品很严苛，但他们对《感动中国》却都是肯定。

一位将军，每年看过《感动中国》都会立即发来短信鼓励我们，他最肯定的就是节目发现感动的力量和鼓舞人心的作用。

一所小学校自编了一套教材，学生和家长一起参与，把《感动中国》获奖者的事迹和自己的感言编成《爱的教育》读本，走进爱的世界。老师们说，爱是一种精神，也是一份信仰，而教育者有责任传递爱。这所学校的校长是全国人大代表，她建议把《感动中国》编写成中小学德育课程教材。

已经不能仅仅把《感动中国》当成一个电视节目看待了，它成了一种现象，它折射出人们的心灵渴望，折射出时代的精神需求，对这个节目的反应可以看到世道人心。

《感动中国》是一种呼应，它呼应的是人们心里本来就有的向善之心。大千世界，芸芸众生，尽管有这样那样的差异，但人的内心大都存有善意，大都会对是非善恶有判断，不管处境如何，面对着善良和美好，人们会有本能的认同。

《感动中国》并没有"创造"好人，那些人、那些善举，原本就是真实存在的，我们做的就是走近他们，发现他们，再把他们的故事用电视的方式

航天员让《感动中国》多了一抹亮色。

传播出去。

　　这种传播，触动到人的内心深处。也许，在东奔西走忙忙碌碌中，人们有时顾不上停下来，想一想，问一问自己的内心。而《感动中国》以一种接近的方式叩问内心。看《感动中国》的时候，久不流泪的男人流了泪，他这样解释：这不是伤心流泪，眼泪的成分不一样，有分量；本有代沟的父子会坐在一起看同一电视节目，为同样的细节动心，进而有了心灵交流；在人们的反应里，可以看出人心深处的价值判断。

　　我们只是用一种媒体人的方式将人们心中的善呈现出来。给人以力量，给人以鼓舞，观众动心动容的一刻，我们看到善良和美好被触动、被点燃，于是更多人有了可贵的心灵共鸣。

花开没有声音，却很美

作为主持人，对《感动中国》的内容有了丰富的内心感受之后，如何呈现？怎样表达？

本来，我对仪式感很强的节目，大舞台式的主持，并不很适应，也不很擅长，我更喜欢新闻现场，更适应新闻类型的节目。但《感动中国》不一样，它的节目内容首先深深地吸引了我，让我投入、融入，积聚了感情，继而激发起传播的欲望。

自己感动到传播感动，主持人有多大的作为？怎样的作为？

《感动中国》给了主持人最大的空间。

从第一次录制感动中国，制片人朱波就对岩松和我说："你们看着弄吧。"看似轻描淡写，其实呢，这是一种举重若轻。朱波随意的样子背后，是一种思考后的判断。没限制，高度信任，这是让主持人深度参与节目的方式。

那好吧。我想，第一次，在没前例没限制的前提下，说什么，怎么说，也许就有"基调"的意义了。

在镜头前，我按照自己的方式说了2002年首次《感动中国》的开场白：

我问一个十岁的小女孩：你遇到过让你感动的事吗？女孩说：有一天，我放学晚了一小时，出校门时，看到姥爷在寒风中一直等着，我就哭了。

我问一个十七岁的少年，怎么理解感动？他说：当一个人真心为别人着想时，在别人心底里带来的那种感情。

我又问一位七十岁的老人，怎么看感动？他说：回忆往事时，记得最清楚的，是那些曾让人感动的人和事。

正是感动，让我们走到了一起。

接下来，就成了每年的惯例。节目的开场、串词、收尾、采访，除颁奖词外，所有主持人说出的话，都是主持人自己拟定的。在主持人这一环节，从来没有人要事先听听，主持人会说什么，会问什么。越是这样，主持人就越珍惜，如履薄冰，把握分寸，锤炼字句，要比其他的节目更在意。越给主持人空间，表达可能越有个性。

在《感动中国》的主持中，我提醒自己："隐"和"引"。

隐

"隐"是相对于"显"的。通常，主持人在台上，几乎天然地处于"显"的位置。在诸多电视表现手段中，主持人是重要手段，或者承上启下，或者画龙点睛，或者直抒胸臆，干什么都挺显眼，脸熟，容易吸引眼球。在一群人中，脸熟的人更容易被注意到。这样一个角色，稍不留神就过了，夸张了，失分寸了，就会影响整体效果。

那些候选的年度人物是我喜欢的、敬佩的人，他们是主角，他们应该最大限度赢得观众目光，考虑到脸熟效应，我提醒自己：隐。

在态度上，力求平和。在《感动中国》这个节目里，内容已经有足够的分量，主持人用不着张扬，用不着亢奋，用不着渲染。理解深刻，感觉丰满，内心才有东西；内心里到了十分，都快溢出来了，表达也许就九分。表达出来是饱满的，又是留有余地的。即使有太多欢呼雀跃的理由，也需要适度收敛；即使有太多泣不成声的理由，也要适度克制。专业的表达是有控制的表达，最大限度地把主人公烘托出来。

在服饰上，力求简约。虽说是典礼，有一定的隆重感、仪式感，但毕竟主角具有质朴感，而我是和他们近距离交流的人，我不希望观众注意我的服饰，因为有更值得他们注意的。乡村医生李春燕来到颁奖现场时，穿着一件半旧的家常毛衣，一位现场导演助理临时解下自己的丝巾给春燕，让春燕在众人关注下捧起奖杯时，服饰显得稍微正式些；最孝女儿朱晓晖十几年没给自己买过衣服，来京接受颁奖，别人送了她一件衣服；从草原来的胡忠老师出远门到北京，穿的外衣是借来的。这样的细节让我动心，与他们面对面，我怎么能不考虑"隐"呢？如果自己的服饰有任何不协调，我会不安。

在语言上，我力求分寸得当。准确简洁有意韵是我追求的，不把话说满，也算留白吧；尽量不说那些大词儿，也算忌语吧。《感动中国》全面检验着主持人的有声语言表达能力：

颁奖词——读，读出黑体字的郑重感；

串联词——说，说得妥帖得体；

采访——谈，谈得自然融洽。

哪一种方式，都得字斟句酌。

引

"引"是说主持人通过串联词、采访引出《感动中国》主人公的形象，每一位年度人物出场，都是主持人引出来的。短片前，在二三十秒的时间里，说什么能有悬念、有期待、有情感？

在引出袁隆平的时候，我说："这是一个端起饭碗就很容易想到的人。是一个总是出现在田野很像农民的人。有人说，中国人吃饭靠'两平'，一靠邓小平，二靠，就是他——袁隆平。"

引出刘翔时，我说："一秒钟、一分钟、一小时、一天、一年过去了，有的时刻平淡得让人想不起它是怎么过去的，而有的时刻却是那样绚丽，以至于它过去很久了，我们还能用心跳应和那秒针的跳动。2004年就有这样的时刻：这就是8月28日，刘翔的12秒91。"

引出邰丽华时，我说："我采访过一群年轻人，共同的意愿让他们成立了一个社团'花开社'。为什么叫这个名字？他们说，花开是没有声音的，却是美的。他们学习哑语来促进健全人与残疾人的沟通，花开，确实很美，美得让人流泪。"

在采访环节，"引"直接影响着呈现的层次和深度。《感动中国》颁奖典礼上的采访和在主人公生活环境里的采访很不一样，对双方都多了一重考验，这就是，采访是在现场观众的众目睽睽之下，在几乎准直播的气氛里，在限定的时长内进行的。对现场气氛节奏的掌控，对采访对象内心的揣摩，都更复杂。能不能引出获奖人物的真情实感？能不能在大庭广众之下从容交谈？能不能让不善言辞的人谈出精彩？能不能引出个性的表达？不同的人在面前，对主持人都是不同的考验。

岩松在采访中经常迸发火花，引发了精彩表达，也启发了我。

2013年《感动中国》迎来最年长的年度获奖人物胡佩兰，胡医生已经98岁高龄，依然每天出诊看病，她的仁心医德打动人心。在这之前，她曾经是河南《感动中原》中的年度人物，我在郑州采访过她，老人家耳朵听不清，交流不畅，我感受到采访高龄老人的难度。眼下，老人家从"中原"到"中国"，将给更多人带来感动。这次是岩松采访老人。只见岩松半跪着凑近老人，对着她耳朵，大声地用短句子来问话，和老人聊得热热闹闹，即使老人听不清打了岔，也有另一种精彩。

我们面对的是同一个人，采访的效果却不同。岩松更会"引"，他对老人的揣摩，他特有的语言方式，引来老人富有个性的表达，观众也是满堂彩。这是功夫，赞！

在《感动中国》2007年度人物颁奖现场，谢延信即将登台，我被告知，他本来就不善言辞，前一段又患病，语言交流就更困难。

怎么办？这是一个好人，三十多年，他照顾着前妻一家人，老、瘫、傻、幼，都在他毫无怨言的照料中，他付出大半辈子心血，如今自己也成了病人。如果，在采访的段落，他不能自如表达，不能充分展示他的形象，那我会觉得对不起他付出的那些岁月。

短片正播放着，过一会儿，就该采访了，此刻，我又一次从镜头里感受人物，捕捉信息。一个镜头，引起我的注意：老谢在听收音机。

我们开始交谈了，憨厚的老谢面前是密密麻麻的观众。

"看你听收音机，你听啥呢？"

"豫剧。"这个话题让老谢挺轻松。

"是《朝阳沟》？"

他笑着，开心的样子。

"会唱吧？来一段？"

他有点不好意思："我唱得不好。"但没说不。

我转向观众："怎么样？听他来一段？"

老谢开口唱了！这让曾经担心的人们大感意外，话都很难说几句，居然唱起来了，他的生动的模样打动了大家，场上一片欢笑。

接下来的谈话就顺了。好状态，迎来了好效果。

我真想让每个年度人物在这里展现得自然充分，他们一路走来，不容易。在这里，我们近距离面对面，我拿什么奉献给你？想方设法接近、挖掘，把他们可敬可爱的形象展示出来，这也是我们表达敬意的方式。

为你写下传奇

心有敬意，就会以敬意来表达，为了向好人致敬，把他们最珍贵的品格呈现给观众，《感动中国》精英组成的团队可谓是精益求精。

这是一个专业而稳定的团队。制作这个节目的核心人物多年来都在坚守，制片人、主持人没变，总编导多年没变。主力编导们每到年底，都会放下手头的其他工作，相聚在一起。

短片的编导和摄像集结起来正是在天气最冷的时候，他们像一个个游击队悄然出发了，在主人公的生活空间里，他们发现、记录、呈现，他们是与人物最接近的人。当他们回到机房，劳神劳力，拿出片子时，还要经受一层层的严格审视。他们在镜头后面，而他们的短片镜头却是最先吸引和感动了观众。提前看短片，注意每一个镜头每一句话，也是我的必备的功课。

按照我们不成文的规矩，正式录播前，主持人和获奖人物不深谈，即使遇到了，也仅仅是打个招呼，在演练时，也只是走技术程序，试话筒，听口音，不涉及具体内容。这样做的目的，是为了采访时双方都保持新鲜感。为了实现这样的采访，我们就要事先从编导那里获得信息，采访话题在短片基础上生发、扩展，编导又为主持人提供各种背景信息，这使得主持人与年度人物面对面时，已经有了充分的准备。

"感动中国人物"的颁奖词，先由策划、撰稿刘凯拿出第一稿，作为靶子，听各方说法，从普通编辑到制片人、主任、主管节目的台领导，大家都可以提出自己的修改意见。刘凯属于非典型的东北人，既不火爆也不喑瑟，他随和且虚心，使得大家肆无忌惮，七嘴八舌。有时候，不到百字的颁奖词要反反复复修改七八次，字斟句酌，为的是准确、朴素、到位，有文采，更要有打动人心的力量。刘凯自己可能也没有想到，颁奖词成了一种特有的文体，出现在各种颁奖仪式上，也出现在学生的课堂上。《感动中国》颁奖词中的一些佳句经得住反复诵读，而我每次朗读时，是有享受感的。

《感动中国》颁奖典礼用了多种电视语言，融入到表达中，营造出一种致敬的氛围。树碑立传，用电视的方式为好人树碑立传，是各工种共同追求的目标。

　　每次一进场，都有一种空间带来的独特感受，这里的灯光设计、舞美设计都在体现着致敬的含义。奖杯、屏幕，都是树碑立传的要素。我在这样的环境中，找到大气圣洁的感觉。特别是2006年的场景让我很难忘，老红军上场时，缓缓走过超长的步道，从侧面一直走到正面，观众的目光追随着他们，长时间地起立致敬。这种特殊设计形成的气氛节奏，有力地烘托了老红军的形象，也帮助我的表达和环境融为一体。

　　《感动中国》的主题歌响起，我便进入状态。

　　　　用第一抹光线的纯净，为世界画一双眼睛；
　　　　用第一朵花开的声音，为世界唱一首歌曲。
　　　　用所有春天的消息，为你写下传奇……

　　每当这首歌响起时，都会让我不由得屏住呼吸。这首歌是央视的年轻女编辑喻江作词、韩红作曲并演唱的。当年韩红拿到歌词，只用了半个小时，就谱成了曲子，然后在电话里给我们的制片人朱波唱了一遍，制片人一下子就被打动了，就是它了！后来，朱波的手机铃声就是这首歌。我由衷地喜欢这首歌，但我平时有意地不去听这首歌，我得保持一种新鲜感，不能让自己的感觉因为太熟悉而钝了。每当我在录制现场听到这首歌的时候，随之就被感染，很自然进入状态了。

　　"感动中国"这四个字是启功先生题写的。可敬的老人家把这字给了可敬的人，那么美，那么好！为你写下传奇，这四个字就是传奇的封面。

　　《感动中国》的现场观众也是最好的，他们是带着期待和敬意来的。他们质朴的气质，真诚的眼神，动容的模样，都给了我们有力的心理支持。他们的专注，他们流露出来的感情，都成为节目不可缺少的要素。在观众中，有的是从千里之外远道而来的，有的是饱经风霜的老人，有的是爱中的情侣，还有随父母来的孩子。有一些人的关注是特别的。比如，年度人物刘姝威的学生们，一届又一届，他们的关注持续着。比如，岩松的母亲。在很多年里，岩松的母亲把《感动中国》录像那一天当成一个重要的日子，不管多远、多

"感动中国"这四个字是启功先生题写的。可敬的老人家把这字给了可敬的人，那么美，那么好！为你写下传奇——

冷，她都会来。她总是悄悄地，静静地，融入到观众中，我在现场看不到她，但我能感知她的心。

总摄像栗严点兵布阵，12位摄像师各就各位，踏实靠谱。平时，他们有着纪录片、专题片的功底，有着新闻的敏感，他们捕捉到的东西有的是我们在现场没能发现的，那些细节，那些角度，后面是他们无所不在的眼睛。摄像机的镜头掠过，像是带着感情，抚摸着颁奖典礼上的一切。

总导演这时在我们视线看不到的地方运筹帷幄。在第一次录制《感动中国》的时候，在经历了开创性的准备和焦虑折磨以后，迎来了倒计时，各工种在耳机里听到总导演樊馨蔓带有江南味道的柔和女声："相信我，下面要开始的工作是要写进中国电视历史的，你可以骄傲地对你的父母和孩子讲，这一天，你在现场。现在进行最后一次调适……"从那时起，对品质的追求已经成为习惯，不管是樊导，还是何昊。"相信我"，对，我们一直相信。

制片人，这时在哪儿？他可能在任何地方出现。他拿着手机，悄然游走于各工种之间。千头万绪之间，他看起来却挺轻松的。

录制开始，现场精心设计的灯光渐次亮起，那样的字、那样的音乐、那样的镜头、那样的观众，共同营造了一个场、一种氛围。此时，屏息、期待，我特别想表达，酝酿已久的心声呼之欲出。

为你写下传奇——

当《感动中国》遇到微博

2011年初,《感动中国》到了第九年。我试着发了一个微博,告诉大家,《感动中国》又要来了。

这是为了广而告之,也是为了听听大家怎么说。

当时微博在中国方兴未艾,观众、网友有了新的认识平台和表达渠道。这使得我能在微博上听到对《感动中国》的各种各样的声音,那些声音直接、生动,尽管有些嘈杂,但很有价值。

早些年,没有微博的时候,《感动中国》播出后,听到的多是赞许之声:精神洗礼、好人颂歌、浩然正气、人性光辉、完美呈现。我们享受着成功带来的满足和喜悦,都有点习惯了。走进编辑部办公室就会看到一行字:"总是被模仿,从未被超越。"一年又一年,虽然没有被别人超越,自己呢?似乎也不太具有自我认识、自我超越的能力了。

在微博的天地里,会更清醒,会逼迫自己思考,因为在各种评价中,少了客气,多了问号。

在微博上,网友问:"真的还有什么能感动我们吗?"我想,这位网友不相信感动,也许是因为失望太多,也许是因为心底里不再柔软。于是,他发问。这是问别人,还是问自己?

我们有没有善感的心?有善感的心,听到孩子的笑声,看到老人的眼神,闻着春雨的味道,摸着手心的温度,都会动心,更不要说,面对感天动地的人。

在滚滚红尘里,在左顾右盼中,我们能不能保持善感之心?善感,是一种态度,也是一种能力。在多元的环境里,在急剧的变化中,如果失去这种态度和能力,还会接着失去更多。

还有一位网友说:"之所以感动,是因为太少。"

是感动我们的人物太少？还是我们发现传播的太少？也许兼而有之。是啊，对世风、对道德、对人心，人们忧虑已久，而让人纠结的是，自己也在这世道中。我在西部采访时，曾遇到一位放羊的老汉，朴实勤劳，天旱，草少，老汉趁没人，放任自家的羊去吃人家的苗。还说，自己的心都给吃了呢！看得出，老人不是心安理得做这件事，他也为这缺德行为自责呢，晚上也睡不安稳呢。人世间，老汉很多，感天动地的人少，凡人多，楷模少，发现楷模，宣扬楷模，让老汉感动、让世风改善，这是媒体的本分。

"感动人的故事背后，也让人看到一些政府部门责任的缺失。"对，说得好！这位网友的话让我共鸣，这也是我一直关注的。

看看我们的主人公：那乡村医生苦苦支撑乡间的卫生所，连丈夫给的耳环都卖了，就是为了让乡亲们身边有个看病拿药的人——在穷乡僻壤，还有多少人还没有享受到最基本的乡村医疗保障？

那残疾的老父亲，照顾着重病的妻儿，支撑着飘摇的家庭——社会保障的大伞怎么庇护困境中的人？

那志愿者以自己年轻的肩膀吃力地扛起山里穷孩子的教育重担，而教育本应是国家大计啊！从国家大计到山里孩子的书桌，距离有多远？

那医生以她的良知和胆识揭开医疗器械黑幕，不顾个人利益被损害——医生的权益保障呢？监管机构的责任呢？谁来问责？

那滇池的保卫者，不畏威胁压力，把自己的生命和滇池绑在一起——那环境的恶化该由谁来负责？谁来给环保卫士撑腰？

想到这些，心里就有说不清的纠结。正如有的推选委员所想到的：如果社会机制更完善一些，有些感动背后就会少一些悲凉；如果机会更均等一些，有些感动背后会少一些遗憾。

《感动中国》的人物，离不开特定的时空背景，走近这些人物，不仅仅是了解了一个人的故事，也更理解了这样的人物为什么会产生。正是这背景，凸显了人物的独特价值。我经常想，很多人物的背景都是《焦点访谈》和《新闻调查》的选题，这些人物的背景加在一起，就是当今中国的图景，其中可以看出种种关联、种种纠结、种种改变。

"这几年,《感动中国》缺点儿什么?"这是微博里很有价值的问号。网友问我们,我也问自己。

《感动中国》里有善良,有敬业,有付出,而人们不满足,人们还希望,在这里和更多类型的好人相聚,在这里更多地感受到正义、勇气、风骨、责任。

面对《感动中国》的道德高地,很多网友对道德滑坡现象愈发愤慨和忧虑。一个个看似偶然的事件,往往会形成全民"围观",全民道德提问。这说明人们关注道德,自责反省、扪心自问,这不正是清醒的、进步的表现吗?

麻木不仁、视而不见才最值得忧虑。人们发出的道德追问越多,就越显示出内心对于真善美的渴望和需求。

所以,当《感动中国》走过一年又一年,当全民都在关注、讨论道德现状的时候,我们会发现,这些年,无论时代怎么变化,人们对善的向往都是不变的,人们心底对美好的渴望都是不变的。

有一个微博:"感动,有用吗?"微博里看不出语气,不知是弱弱的,还是不在乎的;是犹豫的,还是质疑的……

我说,有用。

现在,更有用。

尽管这种"有用"不是立竿见影,它带来的改变不是日新月异天翻地覆,但它是一种润物细无声的力量,是支撑我们内心的恒久的力量。

感动,会让人更像人,会让世界更好。

回到茫茫人海

《感动中国》的颁奖典礼是短暂的，我常常没有机会说再见，他们就回到茫茫人海。

后来，有的人"走"了。比如歌手丛飞，他帮助了那么多人，甚至以透支生命的方式帮助别人，最后走的时候，连背影都带着歌声。比如98岁的老医生胡佩兰，她把生命的最后时光给了她的患者，她安然离去时，享有亿万人的尊敬。

后来，有的人来了。比如曾到贵州山区支教的大学生志愿者徐本禹，他迎来了自己的孩子，他告诉我这个喜讯的时候，这样说："孩子将来长大了也当志愿者。"小徐的师弟师妹们一批又一批持续地在贵州支教，他们以接力的方式在改变那个地方，帮助那里的孩子，而他们回来时，自身也获得了升华。

后来，我和刘伟一起去云南怒江，参加2012年公益活动"为孩子们送双运动鞋"。怒江，山高路远。一路上，聊起来，这个小伙的形象、才学、视野都有一种时尚感，我还顺便向他请教了手机的新功能。在福贡县依垮底村里，我给孩子们讲了刘伟的故事，他从《达人秀》走到《感动中国》，这个路径耐人寻味。他没有双臂，用神奇的脚趾在钢琴上弹出动人心魄的乐曲；他还是游泳冠军；他用脚打字一分钟233个字母，创造了吉尼斯世界纪录。面对他，人们会很自然地提到苦难、悲剧，而他淡淡地说："还好吧。"他一派平静的背后是这样的心思：活着已值得庆祝。山里孩子没有把他称作励志榜样，而是叫他"哥哥"。他说，做公益，最后受益的是自己。我们告别的时候，他说："以后有公益活动，叫着我！"

后来，我在微信朋友圈上看到张丽莉写的《丽言莉语》，真不愧是语文教师啊，把她刚当老师的情景描绘得活灵活现。我在人民大会堂主持了以她为主人公的故事片电影首映，看来看去，还是真人最美，不但她美，她的丈夫，也那么美。丽莉是在新婚不久受伤的，在病床上，想自己也想丈夫的未来，她犹豫再三对丈夫说:"我不想连累别人。"

丈夫说:"我不是别人。"

我听到这句话,潸然泪下,这是最美的爱的表达。

有一次,在微信里看到她说:"我的腰啊!在演播室等了几个小时了。"我着急了,丽莉在轮椅上,坐不了那么久,这是哪个粗心的节目组啊!我赶紧告诉她:"你先回去休息,你可以提自己的要求啊!"可是,丽莉不想麻烦别人,就这样坚持着。后来,她一边康复一边读研究生,我常看她朋友圈里的自拍照,心情很好,美丽依然。

后来,我去西藏墨脱,回访了德吉老师和她的学生们。墨脱是全国最后一个通公路的县,可以想见那路有多远,有多难。从北京出发,飞成都,飞林芝,公路经鲁朗、通麦,到波密,次日从波密走过雪山,走过雅鲁藏布江,到邦辛乡学校,路上用了两天时间,终于见到德吉老师。德吉老师和学生们在一起,显得更加生动自若。这时,我更理解了德吉老师的价值,在那遥远闭塞的山里,孩子们太需要这样的老师了。老师的力量是传承的力量,也是一种改变未来的力量。在那里,学生们没有像样儿的操场,我们和腾讯公益给孩子们送去了操场的装备。腾讯的小伙教孩子篮球,《感动中国》的小蔡教孩子们足球,山间难得有平地,这里还没有一个足球场,但孩子们初尝足球的快乐,一片欢腾。回到北京,回望墨脱,千里万里,大路小路,墨脱归来,不言路难。

他们回到茫茫人海中,在自己的位置上做着有价值的事,我们在节目里看到的只是他们的一瞬,而他们的一生都有声有色。他们给我们带来的改变是潜移默化的,而他们自己,走过《感动中国》以后,日子过得怎么样,有了怎样的改变,如果有机会,做一个系列感动人物回访,也会有新发现、新感受吧!

这 13 年,捧着《感动中国》奖杯的孩子也长大了。孩子,单纯干净,象征着未来。录制前,我常常告诉孩子:"你们知道什么叫好人,什么叫英雄吗?看,那个人就是好人,就是英雄。"当孩子捧着奖杯和鲜花走到台前,用纯净的眼神仰望获奖者的那一刻,好人的"种子"种在了他们的心里,也种在了更多人的心里。

一年又一年，捧着奖杯走来的那些孩子们，能不能再见到你们？没有什么比孩子的成长更有历程感的了，看看善的种子如何在孩子的心里生根发芽，多好！

茫茫人海，总会有人给世界带来长叹、带来悲凉、带来愤慨，也总有人让这个世界温暖着、美好着、高贵着。感动的力量让我们面对茫茫人海仍然相信，仍然热爱，对未来，对生活。

感动中国
十年对话

后记

写下这些文字，是一种告别。

当我以这种方式回望职业生涯时，感慨而充实。在记忆里，原以为淡忘了的，重又清晰起来；端详来路，似乎对自己对岁月有了新的认识。一个电视人的记忆也许会融入媒体集体记忆，一个人的感悟也许会被他人分享，这使我在写作的忙碌中，享受着愉悦，告别职业生涯的时候，平和宁静。

写下这些文字，是一种感谢。

感谢引我走上职业之路的一双双温暖的手。每一段经历都是我珍视的财富，感谢一路上遇到的人和事。

这是我与金丽红和黎波的第二次合作。1998年出版《声音》时，我们彼此开始了解，16年以后，我们因《我遇到你》再次相遇，这次又遇到了年轻责编罗小洁。感谢他们所有的付出，让我从与观众的交流转换到与读者的交流。感谢长江文艺出版社把这本书呈现在读者面前。

封面照片来自陈威，是在采访中抓拍的，熟悉的人说，这是我采访中的常态。书中照片是邢旭东、王晓鹏、孙国民等提供的，书中的部分二维码影像片段是李作诗整理，尹韬、李玉强等编辑的。都是很熟的同事，平常说谢会显得见外，但此时还是要感谢他们留下这永久的纪念。

写下这些文字，也是一种开始。

　　在这个春天，我又想起1994年《一丹话题》告别观众时，我从背景墙上取下的蓝色"逗号"。那个逗号之后，我经历了职业生涯最丰富的时光，眼前，还是一个逗号。即将的开始，让我有更多想象，未来会有多少新鲜？生活中还会有多少种可能？

　　我准备好了，拥抱明天。

敬一丹

2015年4月27日

图书在版编目（CIP）数据

我遇到你 / 敬一丹著 .- 武汉：长江文艺出版社，
2015.5（2017.12 重印）
ISBN 978-7-5354-7991-4

Ⅰ.①我… Ⅱ.①敬… Ⅲ.①随笔 - 中国 - 当代 Ⅳ.① I267.1

中国版本图书馆 CIP 数据核字（2015）第 074809 号

我遇到你

敬一丹 著

选题产品策划生产机构	北京长江新世纪文化传媒有限公司
选题策划	金丽红　黎　波　安波舜
责任编辑	罗小洁　　视频剪辑	尹 韬　李作诗　李玉强　王 玲　杨翠翠　田 彤
封面摄影	陈　威　　装帧设计	郭　璐　　责任校对	葛　钢　孔庆强
内文制作	张景莹　　责任印制	张志杰　　媒体运营	银　铃　刘　冲

总　发　行	北京长江新世纪文化传媒有限公司		
电　　　话	010-58678881	传　　真	010-58677346
地　　　址	北京市朝阳区曙光西里甲 6 号时间国际大厦 A 座 1905 室	邮　编	100028

出　　　版	长江出版传媒　长江文艺出版社		
地　　　址	湖北省武汉市雄楚大街 268 号湖北出版文化城 B 座 9-11 楼	邮　编	430070
印　　　刷	大厂回族自治县彩虹印刷有限公司		
开　　　本	710 毫米 ×1000 毫米　1/16	印　张	20
版　　　次	2015 年 5 月第 1 版	印　次	2017 年 12 月第 17 次印刷
字　　　数	236 千字		
定　　　价	39.80 元		

盗版必究（举报电话：010-58678881）
（图书如出现印装质量问题，请与选题产品策划生产机构联系调换）

我们承诺保护环境和负责任地使用自然资源。我们将协同我们的纸张供应商，逐步停止使用来自原始森林的纸张印刷书籍。这本书是朝这个目标前进迈进的重要一步。这是一本环境友好型纸张印刷的图书。我们希望广大读者都参与到环境保护的行列中来，认购环境友好型纸张印刷的图书。